폭풍의 시대 3권

폭풍의 시대 3권

초판1쇄 인쇄 | 2023년 3월 7일
초판1쇄 발행 | 2023년 3월 15일

지은이 | 이원호
펴낸이 | 박연
펴낸곳 | 한결미디어

등록 | 2006년 7월 24일(제313-2006-000152호)
주소 | 서울시 마포구 모래내로 83 한올빌딩 6층
전화 | 02-704-3331
팩스 | 02-704-3360
이메일 | okpk@hanmail.net

ISBN 979-11-5916-173-5 979-11-5916-170-4(set) 04810

ⓒ한결미디어

폭풍의 시대

3권
최고 통치자

이원호 지음

한결미디어

차례

1장
시진핑의 악수(惡手)

이곳은 아프간, 신장성으로 통하는 회랑 지역의 마을이다.

골짜기 안의 마을은 어둠에 덮여 있지만 꾸물거리는 사람들이 많다.

탈레반 지원군이다.

이곳에 카질이 본부를 차리고 있는 것이다.

마을에 모인 탈레반 지원군은 약 1천 명, 2개 대대 병력이 넘는다.

본부로 사용하는 민가의 방 안, 낡은 양탄자 위에 둘러앉은 간부들은 모두 탈레반 군(軍) 출신 장교들이다.

카질이 간부들을 둘러보았다.

"우리도 독자적으로 활동한다. 지휘부는 오직 나다."

카질이 엄지를 구부려 제 얼굴을 가리켰다.

"내가 독립군 지휘부와 연락해서 지시할 거다. 그것을 명심하도록."

탈레반 지원군도 위구르 독립군처럼 팀 별로 활동할 계획인 것이다.

제각기 맡은 지역으로 침투한 지원군은 독자적으로 중국의 진압군과 공안을 상대로 전쟁을 시작하는 것이다.

카질이 말을 이었다.

"자, 내일부터 작전이다."

내일 밤에 국경을 넘어가는 것이다.

숙소로 돌아온 카질에게 보좌관 하시시가 다가왔다.

"장군, 손님이 오셨습니다."

고개를 끄덕인 카질이 자리에서 일어섰다.

옆방으로 들어간 카질이 자리에 앉아있는 여자를 보았다.

정민아다. 정민아는 히잡을 썼지만 점퍼에 바지 차림이다. 자리에서 일어선 정민아가 말했다.

"내일 들어가실 거죠?"

"예, 내일 밤 출발입니다."

정민아하고는 아는 처지여서 마주 보고 앉은 카질이 바로 본론을 꺼내었다.

"총사령과 직접 통신하면 감청될 염려가 있기 때문에 일단 국경을 통과시켜 드리기로 하지요."

"폐를 끼쳐서 미안합니다."

"호위는 둘 데리고 오셨지요?"

"둘이면 충분합니다."

"그래도 총사령 보좌관이신데, 제가 둘을 더 붙여드리지요."

정민아는 마침내 파키스탄을 떠나 이곳까지 온 것이다. 전장(戰場)이 되어있는 신장성으로 들어가려는 것이다.

자리에서 일어선 카질이 말을 이었다.

"국경을 넘으면 우리는 동쪽으로 이동합니다. 보좌관께서는 북쪽으로 가셔야 될 겁니다."

이동욱의 사령부는 북쪽에 있기 때문이다.

계엄령으로 전국에 중국군이 깔려있고 사방에서 테러가 일어나는 상황이다.

정민아가 고개를 끄덕였다.

자주 이동하는 사령부를 찾는 것이 쉽지 않은 일이다.

"2개 팀이 당했습니다."

박영철이 보고했다.

오전 11시 반, 이곳은 사막 복판의 도시 아우르, 인구가 1천 명 정도인 도시다.

고개를 든 이동욱에게 박영철이 말을 이었다.

"지금까지 4개 팀 33명이 피살, 14명이 부상당했습니다."

부상자는 25명인데 모두 은신처에서 치료 중이다. 따라서 7개 팀이 활동 불능 상태가 되었다.

그러나 4일 동안 148개의 관공서와 군부대를 파손했고, 공안과 진압군을 24번 공격, 피해를 입혔다. 이쪽 독립군이 추산한 전과는 적군 227명 사살, 800여 명에게 부상을 입힌 것이다.

그때 옆에서 폴이 말했다.

"위구르족의 반응이 점점 높아지고 있습니다. 어제도 우루무치 시청 앞에 1천여 명의 위구르족이 독립만세를 부르다가 해산되었는데 곧 각 지역으로 번질 것 같습니다."

이동욱의 표정이 밝아졌다.

이것이 독립군의 테러보다 수십 배, 수백 배 더 영향력이 강한 것이다.

테러에 자극을 받은 위구르족들이 대거 봉기하는 것이 최종 목표다. 부족의 열망을 세계에 알려줘야 하는 것이다.

이동욱이 벽에 붙은 상황판을 보았다.

작전 4일째다. 아직 우루무치를 중심으로 한 서쪽 지역은 움직이지 않았다.

우무루치, 공안본부 회의실에서 진압군 사령관 탕성과 신장성 공안부장 방태세, 신장성장 홍문기까지 중국 측 지휘부는 다 모였다.

지휘부의 상석에 앉은 사내는 바로 해방군 정보국장 장평이다.

오후 4시 반.

장평이 입을 열었다.

"문제는 주민 시위요. 주민들의 시위가 방송을 타지 못하도록 해요. 보도진들의 통제를 강화시켜야합니다."

장평의 목소리에 열기가 띠어졌다.

"주민들이 일어나면 진압군 1백만이 동원되어도 안 됩니다. 밖으로 나오지 못하게 하시오."

"알겠습니다."

계엄군 사령관 탕성이 대답했다.

테러가 확산되면서 신장성 전역을 계엄군으로 덮는다면 현재 동원된 30만으로는 턱도 없이 모자란다. 중국 해방군 전체를 동원해도 불가능한 것이다.

그때 공안 정보부장 보광진이 말했다.

"현재 신장성에 입국한 외국 통신사 보도진은 127명입니다. 모두 감시 병력을 붙였더니 불만이 많습니다. 인권 단체도 벌써부터 떠들어대기 시작했습니다."

강력한 방법이다. 이렇게 되면 외국에서 난리를 치겠지만 어쩔 수 없다.

모두 수긍하는 분위기였고 장평도 고개를 끄덕였다.

"그렇게 하도록. 감시할 수밖에 없어."

회의가 끝나고 장평이 공안 부장실 옆의 지휘부 사무실로 들어섰다.

그때 따라 들어온 보광진이 말했다.

"기자들을 모두 연금시키는 것이 낫겠습니다, 국장 동지."

장평이 고개만 끄덕였고 시선을 받은 보광진이 몸을 돌렸다.

초강수다. 지금까지 전쟁 중이라고 해도 보도기자를 잡아 가두는 국가는 없었던 것이다.

그런데 신장성 공안은 외국 보도진들을 연금시키기로 했다.

보도진들의 과감 없는 보도가 주민들을 선동할 우려가 있기 때문이다.

"좋아. 보도진들을 모두 숙소에 연금시켜버려. 방문 밖으로 나가지 못하게 하란 말야."

보광진이 본부 마당에 서서 정보과장 하윤에게 말했다.

보광진이 이제 신장성 공안의 실세다. 공안부장 방태세를 젖히고 장평이 직접 지시하기 때문이다. 따라서 하윤이 제2인자로 급부상했다. 하윤이 강력부, 형사부 대원을 직접 지휘하는 셈이다.

놀란 하윤이 보광진을 보았다.

"휴대폰으로 연락할 텐데요. 그럼 금방 사방에서 난리가 날 겁니다."

"스파이 혐의자를 찾는다고 하고 보도진, 사진기자, 수행원까지 모두 휴대폰을 압수해."

보광진이 번들거리는 눈으로 하윤을 보았다.

"감금시키란 말야. 호텔에 있다면 내부 전화도 못 하게 해."

그야말로 감옥이다.

하윤이 고개를 끄덕였다.

"알겠습니다."

후유증이 일어나면 하윤의 책임은 아니다.

카질이 이끄는 지원군 사령부가 국경을 넘었을 때는 오후 11시가 되어갈 무렵이다. 지원군 사령부는 참모진 10여 명과 경호부대 10여 명으로 구성되어 있다. 그중에 정민아가 포함되어 있는 것이다.

정민아는 남장 차림으로 카질이 보내준 경호원 둘까지 넷의 보호를 받고 있다.

대열이 신장성 서쪽의 고원지대에 들어섰을 때 카질에게 정민아가 말했다.

"여기서 헤어지겠습니다."

카질이 고개를 끄덕였다.

"총사령은 북쪽 사막에 계십니다. 아우르에 가시면 찾으실 수 있을 겁니다."

인사를 마친 정민아가 몸을 돌렸다.

이곳은 국경에서 4킬로쯤 떨어진 지역이어서 초소가 밀집되어 있다.

정민아와 경호병 넷은 곧 동북쪽 사막을 향해 나아갔다.

해 뜨기 전까지 최소한 20킬로는 국경에서 떨어져야 한다.

이동욱이 정민아가 국경을 넘었다는 보고를 받았을 때는 오전 8시경이다.

사막 도시 아우르를 떠나 더 북쪽으로 이동한 상황이다.

"어젯밤에 아프간 회랑 쪽 국경을 넘었습니다."

강기철이 보고했다.

"카질과 헤어져 사막으로 오는 중입니다. 경호원 넷을 데리고 있습니다."

국경에서 아우르까지는 약 200킬로, 최소한 5일 일정이다. 낮에 움직이기가 힘들기 때문이다.

이동욱이 강기철을 보았다.

"1개 팀을 아우르로 보내."

"예, 근처에 있는 팀을 보내겠습니다."

강기철이 말을 이었다.

"그리고 보좌관의 진입로를 체크하겠습니다."

이동욱이 고개를 끄덕였다.

정민아가 기어코 전장(戰場)에 오겠다는 의지는 감동적이다. 그러나 위험하다.

"쾅!"

폭음과 함께 벽이 무너지면서 자욱한 먼지로 뒤덮였다.

테러다.

벌떡 일어선 우덕산 상위가 입을 쩍 벌렸지만 소리가 나오지 않았다.

다음 순간.

"콰쾅!"

다시 폭음이 울리더니 우덕산은 자신의 몸이 떠오르는 것을 느꼈다.

우루무치 시내.

관공서가 밀집한 서쪽 지역에서 폭탄이 터졌다. 경비대 막사가 폭발한 것이다. 이 폭발로 막사 안에 있던 군 병력 21명이 사망, 33명이 부상을 입었다.

서쪽 지역에서 번져오고 있던 테러가 마침내 신장성의 중심 도시 우루무치로 옮겨온 것이다.

오후 1시 반이었다.

계엄군 사령관 탕성은 폭발 현장에서 1킬로 거리의 사령부 건물 안에 있었는데 폭발음과 진동까지 느낄 수 있었다.

참모들이 뛰어나갔고 곧 참모장 유기연이 다가와 섰다.

"3번 거리 입구 근처의 제12경비대 막사가 폭발했습니다."

탕성의 시선을 받은 유기연이 말을 이었다. 이마에서 땀이 배어 나오고 있다.

"그리고 이곳에서 3킬로 떨어진 군 경비대 막사 2곳이 폭발했습니다. 수류탄 투척입니다."

"언제 말야?"

"12경비대와 거의 같은 시간입니다."

"……."

"아직 파악이 안 되었지만 사상자가 100명이 넘을 것 같습니다."

"가택 수색을 해야겠군."

마침내 탕성이 말했다. 마지막 방법이다.

"장평 동지는 어디 있나?"

"곧 연락이 오겠지요."

계엄군 총사령관 격인 장평도 폭발 사건을 보고 받았을 것이다.

무자락이 앞에 선 오크마를 보았다.

"잘했다. 세 곳을 쳤는데 우리는 한 명도 상하지 않았어."

"다음부터는 쉽지 않을 겁니다."

오크마가 말했다. 현장에서 도망쳐 온 터라 아직 얼굴이 상기되어 있다.

오크마가 수류탄을 투척한 곳은 제27경비대다. 오크마는 팀원 3명과 함께 수류탄 5발을 투척한 것이다.

무자락이 고개를 끄덕였다.

"이제 우루무치까지 테러가 일어났다. 계엄군에서 나를 잡으려고 눈에 불을 켜고 있겠구만."

남쪽에서 테러가 시작된 지 일주일째다.

테러가 일어나자마자 무자락은 몸을 감췄다. 공안 정보부장 보광진과 정보과장 하윤한테도 연락을 끊은 것이다. 그것이 서로에게 이로웠기 때문이다.

이제 진압군 본부가 위치한 우루무치에서 테러가 일어난 것이다.

그때 오크마가 말했다.

"주민들이 들고일어날 분위기가 보입니다. 어제도 시장에서 수백 명이 모였다가 흩어졌거든요."

"조금 더 기다려야 돼."

기폭제 역할을 할 계기가 필요하다.

지난 1997년, 2009년 대폭동 때도 사소한 사건이 계기가 되었던 것이다.

베이징과 신장 위구르 자치구와의 시간차는 2시간이다.

오후 4시에 시진핑은 주석실 비서 왕양으로부터 보고를 받았다.

주석 집무실 안.

"우루무치에서도 테러가 발생했습니다."

왕양이 조심스럽게 말을 잇는다.

"진압군 사령부 근처에서도 폭발이 일어나 진압군 막사 세 곳을 폭파했습니다. 이제 신장성은 전시(戰時) 상황이나 같습니다."

시진핑은 침묵했지만 왕양의 말이 이어졌다.

"시급히 지도자급 동지를 파견해야 될 것 같습니다."

"……."

"상임위원 중에서 한 분을 고르셔서 보내시지요."

그때 시진핑이 고개를 들었다.

"리커창에게 연락해."

왕양이 시선만 주었고 시진핑이 말을 이었다.

"내가 만나자고."

"예, 주석 동지. 언제 만나시려는지요?"

"오늘 저녁에."

"오늘 말씀입니까?"

"이화원의 내 안가에서, 9시로 하지."

시진핑의 눈이 흐려졌다. 생각에 잠기면 이런 눈이 된다.

민심(民心)은 천심(天心)이라는 말이 있다.

그것이 중국에서는 정설이다. 민심(民心)이 떠나면 바로 왕조가 멸망한다.

그리고 공통점이 있다. 멸망한 왕(王)은 당시의 민심을 읽지 못하고 있었던 것이다.

그로부터 2시간 후, 오후 7시.

안가(安家)에서 리커창과 왕양이 짧은 밀담을 나눈다.

도청을 의식해서 둘은 정원을 걸으며 낮은 목소리로 주고받는다.

"신장성에서 외국 기자 백여 명을 모두 연금시키는 바람에 국제 여론이 최악입니다."

왕양이 입술만 달싹이며 말했다.

"테러에 기세를 얻은 위구르 주민이 곧 봉기할 겁니다. 이건 2009년 봉기의 몇십 배가 될 겁니다."

리커창이 고개를 끄덕였다.

"테러단과 봉기 주민이 연합하면 시너지를 받겠군."

"엄청나겠지요."

"신장성에 지원군이 들어오면 테러는 몇 배로 늘어날 것이고."

"진압군이 더 투입되겠지요."

"그 상황에 나를 신장성으로 보낸다는 말이지?"

"보낼 사람은 총리 동지밖에 없습니다."

고개를 돌린 리커창이 왕양을 보았다.

시진핑은 왕양에게도 이야기하지 않았지만, 사태 수습 책임자로 리커창을 신장성으로 보내려는 것이다.

그때 리커창의 시선을 받은 왕양이 빙그레 웃었다. 어둠 속에서 흰 이가 드러났다.

"총리 동지, 주석은 지금 다급해져 있어요. 전권을 다 준다고 할 겁니다."

걸음을 멈춘 왕양이 속삭이듯 말을 이었다.

"내가 말리는 시늉을 하면 더 밀어붙이겠지요."

고개를 든 이광이 안학태를 보았다.

청와대 집무실 안.

업무 보고를 하러 온 안학태가 이광과 독대하고 있다.

이광이 물었다.

"이제 어떻게 될 것 같나?"

둘은 지금 '신장 위구르' 사건 이야기를 하는 중이다.

일주일 전에 발생한 신장 '위구르 지역 테러'는 이제 전 세계의 이목을 집중시키고 있다.

신장성에 파견되거나 주재한 외국 언론사 기자들은 모조리 중국 당국에 의해 '연금'되었다. 무려 150명에 가까운 기자들이 체포된 것이나 같은 것이다. 이것만으로도 사상 초유의 사건이다. 2차 대전 시절의 히틀러도 이렇게 하지 못했다.

요즘은 휴대폰 시대다. 수백만 주민이 기자 역할을 한다. 오히려 주민들이 찍어서 밖으로 내보낸 생생한 사진과 기사가 수백 개 특종을 생산해내고 있다. 감출 수가 없는 것이다.

안학태가 대답했다.

"시진핑이 끌려 들어간 것 같습니다."

이광은 시선만 주었고 안학태가 말을 이었다.

"이제 탈레반 등 무슬림 지원군들이 국경을 넘어 진입했으니까 신장성은 테러로 뒤덮일 것입니다. 여기서 주민들이 호응하면 불난 곳에 기름을 붓는 형국이 되겠지요."

안학태의 두 눈이 번들거렸다.

"거기에다 신장성의 진압군, 공안 병력을 실질적으로 지휘하고 있는 것이 장평입니다."

"……."

"그리고."

숨을 들이켠 안학태가 이광을 보았다.

"시진핑이 한 번 더 악수(惡手)를 놓으면 가능성이 있습니다."

이광의 시선이 벽에 붙은 지도로 옮겨졌다.

시선이 닿은 곳은 베이징이다.

다시 베이징.

오후 9시 15분, 이화원 근처의 안가(安家).

시진핑이 앞에 앉은 리커창을 보았다. 리커창의 옆에는 왕양이 앉아있다.

이곳은 셋의 독대다.

최고 권력자 시진핑과 한때 이인자였다가 나락으로 떨어진 리커창이 다시 만난 것이다.

그때 시진핑이 말했다.

"리 형, 그대가 신장성에 가줘야겠어."

리커창이 시선만 주었고 시진핑이 부드러운 표정으로 말을 잇는다.

"그대밖에 없어. 그대가 신장성을 폭도들로부터 구해주게."

"……."

"신장성에 1개 군단을 더 증파시키겠네, 공안 5만 명하고. 그럼 신장성에 2개 군단 병력에다 공안 10여만까지 40여만 병력이 모이는 셈이지."

"……."

"그대에게 지휘권을 주겠네. 폭도들과의 교섭권도. 나한테 결재 받을 필요도 없네. 그대가 최고 책임자네."

그때 왕양이 헛기침을 했지만 시진핑의 말이 이어졌다.

"내가 내일 아침에 인민대회당에서 발표하겠네. 그대가 신장성의 모든 지휘권을 갖는다고 말이네."

그때 왕양이 입을 열었다.

"주석 동지, 최종 결정권은 주석 동지께 있어야만 합니다. 그렇게까지 하실 필요는 없는 것 같은데요."

"그만."

시진핑이 눈을 치켜뜨고 왕양을 보았다.

"자넨 입을 다물고 있어."

"예, 주석 동지."

고개를 숙인 왕양이 어깨까지 움츠렸을 때 시진핑이 다시 리커창을 보았다.

"어떤가? 내 제의를 받아들이겠는가?"

그때 리커창이 고개를 들고 시진핑을 보았다.

"1개 군단을 더 추가시켜 주십시오."

"1개 군단을 더? 그렇다면……."

"3개 군단은 있어야 할 것 같습니다."

시진핑이 숨을 들이켰다.

그렇다면 인도, 러시아 쪽 국경지대에 배치된 병력까지 돌려야 한다.

1개 군단은 부속 병력까지 약 15만 명이 넘는다. 3개 군단이면 50만 명, 거기에다 공안 병력까지 더하면 70만 가깝게 된다.

이윽고 시진핑이 고개를 끄덕였다.

"좋아. 10일 안에 2개 군단을 신장성으로 증파시켜주지."

"제가 목숨 걸고 처리해보겠습니다."

"고맙네."

시진핑이 손을 뻗어 리커창의 손을 쥐었다.

"군단장들, 그리고 신장성의 당원, 관리들에게 충성 서약을 하라고 하겠네."

리커창에 대한 충성 서약이다. 그러더니 덧붙였다.

"신장성은 이제 그대의 책임으로 그대가 통치하는 것이네."

리커창을 현관 앞까지 배웅한 시진핑이 안으로 들어오면서 왕양을 보았다.

"전권을 준다고 해도 별로 반가운 기색이 아니군."

"당연하지요."

왕양이 정색하고 말을 이었다.

"리 동지는 어쩔 수 없이 받아들인 것입니다. 거부할 수 없을 테니까요."

"동준서한테 연락해."

동준서는 당 홍보처 비서로 방송국과 모든 언론사를 장악하고 있다.

시진핑이 말을 이었다.

"신장성 사태에 휴양 중이던 리커창 총리가 전권대사가 되어서 신장성으로 부임한다고 전해."

"예, 주석 동지."

"리커창 총리가 자원해서 일을 맡았고 당은 리커창에게 3개 군단의 지휘권과 신장성에 대한 모든 권한을 부여했다고 보도하도록."

"예, 주석 동지."

고개를 끄덕인 왕양이 시진핑을 보았다.

이제 신장성에 대한 책임은 리커창에게 넘어간 것이다.

"신분증."

공안이 손을 내밀면서 말하자 정민아가 주머니에서 여권을 꺼냈다.

한국 여권이다.

오후 3시 반, 이곳은 카르길릭 시내.

어젯밤 이곳에 도착한 정민아가 시장에서 옷을 사다가 공안의 불심 검문에 걸린 것이다.

공안은 둘. 그러나 뒤쪽에 세 명이 또 있다.

정민아는 심호흡을 했다.

정민아의 뒤에 경호원으로 따라온 아시락과 마툰은 옆으로 벌려 서서 인파 사이로 이쪽을 주시하고 있을 것이다.

그때 공안이 여권을 집더니 정민아에게 말했다.

"공안으로 갑시다."

"여권에 문제가 있어요?"

"공안에서 확인해야 되어서."

공안이 주위를 둘러보더니 말을 이었다.

"이곳까지 한국인이 와 있는 것도 이상하고 말요."

"관광 온 겁니다."

"확인만 하고 내보낼 수 있어요."

공안이 말했을 때 주위로 사복 차림의 사내들이 다가왔다.

셋이나 된다. 사복 공안이다.

정민아가 힐끗 뒤를 보고 나서 고개를 저었다.

아시락과 마툰에게 지금 덤비지 말라는 신호다.

위험하다.

"뭐라고? 정 보좌관이?"

놀란 이동욱이 강기철을 보았다.

오전 8시 반.

이곳은 아리얼 동쪽의 마을 안. 매일 이동하는 중이다.

강기철이 시선을 내리면서 말했다.

"예, 카르길릭 공안서에 감금되어 있습니다."

"카르길릭?"

이동욱의 목소리는 신음에 가깝다.

이곳에서 직선거리로 4백 킬로 넘게 떨어진 곳이다.

"예, 경호원 넷을 데리고 있었지만 공안이 갑자기 에워싸는 바람에 손을 쓸수 없었다고 합니다."

"카르길릭은 어떤 상황인가?"

"진압은 1개 대대가 주둔해 있고 공안은 4개 중대 600명 정도입니다."

이동욱이 방바닥에 펼쳐놓은 지도를 보더니 고개를 들었다.

"카질의 지원군이 가장 가깝군."

그때 옆에 앉아있던 박영철이 입을 열었다.

"탈레반 부대가 카르길릭 주변에 있습니다."

"카질한테 연락해."

"알겠습니다."

자리에서 일어선 박영철이 서둘러 방을 나갔다.

이동욱이 구체적으로 지시하지 않아도 처리할 것이었다. 공안을 습격하여 정민아를 구출해내는 것이다.

카질이 이끌고 온 탈레반 지원군에게 그 임무를 맡긴 셈이다.

리커창이 우루무치에 도착했을 때는 시진핑과 독대한 지 사흘 후다.

그동안 시진핑은 방송에 나가 리커창의 '신장성 통치'를 선언했고 '전권을 위임'했다는 말을 6번이나 했다. 완전히 '리커창의 책임'으로 넘긴 것이다. 책임을 진 것이라면 그만큼 권한을 맡겨야 안팎의 사람들이 믿는다.

이제 리커창은 '신장성 통령'으로 불리었다.

더구나 리커창은 2개 군단 병력까지 더 증강시킬 예정이다. 신장성에는 기존 국경수비대와는 별도로 3개 군단 병력이 투입된 셈이다.

"현재까지의 테러 현황과 각 지역 별 진압군, 공안 현황입니다."

정보국장 장평이 보고서를 내밀면서 말했다.

"보시기 쉽도록 대책까지 따로 정리를 해놓았습니다."

상황실 옆의 사령관실 안이다. 방에는 둘뿐이다.

신장성 최고 책임자로 부임해온 리커창이 지금까지 '진압 작전'을 총괄해 온 장평과 독대하는 것이다. 당연한 과정이다.

밖의 상황실에는 성장, 당서기, 군단 사령관, 공안국장 등 고위층 수십 명이 대기하고 있다.

보고서를 대충 훑어본 리커창이 고개를 들고 장평을 보았다. 얼굴에 희미하게 웃음이 떠올라 있다.

"내가 마침내 여기까지 왔네."

"애쓰셨습니다."

장평이 비슷한 웃음을 띠면서 대답했을 때 리커창은 방 안을 둘러보는 시늉을 했다.

그것을 본 장평이 말했다.

"도청 장치는 없습니다."

고개를 끄덕인 리커창이 목소리를 낮췄다.

"앞으로 한 달인가?"

"예, 그 정도로 예상합니다."

"탈레반 병력은?"

"1차로 투입된 병력은 4천 정도인데 10일 안에 5만쯤 될 것 같습니다."

"국경이 다 뚫렸나?"

"스탄국들과의 국경을 다 막자면 3개 군단 병력을 동원해야 합니다."

장평이 목소리를 낮췄다.

"20일쯤 후에는 아프간에서 20만 정도의 병력이 쏟아져 들어옵니다. 그때는 신장성의 시민 봉기가 절정에 닿아 있어야 됩니다."

"……."

"한 달 후에 신장성의 공권력이 마비 상태가 되어야 합니다."

그때 리커창이 고개를 끄덕였다.

그것으로 두 지휘자의 독대가 끝났다.

하루에 60건의 테러가 발생했다.

그것도 신장성 전역에 걸쳐서 산발적으로 일어난 것이다.

열차의 철도 3곳이 폭파됐고 고속도로 4곳, 관공서 습격이 12곳, 경비대, 군 막사 폭파가 14곳, 그리고 진압군, 공안 차량 습격이 21건이다.

테러와 함께 시위대도 늘어났는데 전국에서 124건의 시위가 일어났다. 아직 소규모였지만 열기가 뜨거웠고 주민들의 호응이 컸다.

이것이 가장 위험 요소다.

불씨가 일어나고 있는 것이다.

민심(民心)이 폭발하면 테러보다 수십 배 위력이 있다.

카르길릭 공안서는 시내 중심부에 위치했기 때문에 어느 곳에서도 보인다.

3층 건물인 데다 20미터 높이의 망루까지 세워졌기 때문이다.

오후 5시 반, 통금 시간 30분 전이어서 행인들이 서둘고 있다.

카르길릭은 인구 2만 정도의 소도시다. 주민의 80퍼센트가 위구르족.

어제도 3곳에서 폭탄 테러가 있었기 때문에 진압군, 공안 초소가 거리마다 세워졌고 불심 검문은 다반사로 일어난다.

시내 중심부에 위치한 양고기 가게 주인 야할이 아들 막심과 함께 가게 문을 닫으면서 말했다.

"넌 먼저 가, 내가 고기 정리하고 갈 테니까."

"알았습니다."

막심이 몸을 돌렸다.

집은 거리 끝 쪽이다. 걸어서 5분 거리다.

허리를 편 야할이 앞쪽 거리를 보았다.

가게에서 공안본부까지 150미터밖에 되지 않는다.

공안본부 정문에서 장갑차가 나오고 있다. 3대다.

그때다.

"꽝!"

폭음과 함께 장갑차가 허공으로 1미터쯤 솟더니 폭발했다.

깜짝 놀란 야할이 저도 모르게 몸을 돌려서 가게 안으로 뛰어 들어 갔다.

그 순간.

"꽝!"

다시 폭음이 울리면서 장갑차 한 대가 또 폭발했다.

"타타타타타타."

육중한 기관포 발사음이 울린 것은 그 직후다.

야할은 가게 안으로 뛰어 들어갔기 때문에 듣기만 했다.

"습격이다!"

공안서 안으로 총탄이 쏟아져 들어왔기 때문에 안은 난장판이 되었다.

외침과 비명, 총성이 뒤섞였고 이리저리 공안들이 뛰었다.

2층 유치장 벽에 기대앉아 있던 정민아가 상반신을 세웠다.

유치장 철창 밖으로 공안들이 뛰어다니고 있다.

아직 이곳까지 총탄이 쏟아지지는 않는다.

"쾅!"

그 순간 폭음과 함께 앞쪽 사무실이 폭발했다.

복도를 지나던 공안 2명이 뒹굴었고 파편이 철창에 부딪혀 시멘트 조각이 안까지 쏟아졌다.

정민아가 무의식중에 몸을 비틀었지만 부스러기가 몸을 덮었다.

다시 폭발음이 울렸다.

"꽈꽝! 꽝!"

여러 발이다.

이제는 사방이 자욱한 연기로 뒤덮였고 공안들도 보이지 않는다.

"가자!"

바르타가 소리치면서 벌떡 일어섰다.

손에 쥔 AK-47을 앞에 총 자세로 하고 내달리기 시작했다. 뒤를 팀원 8명이 따르고 있다.

바르타는 정민아 구출조다.

공안서장 전형은 손에 권총을 쥐고 있었는데 몸에 횟가루가 덮여 있다. 서장실이 폭파되는 바람에 횟가루를 덮어쓴 것이다.

"막아라!"

전형이 고래고래 소리쳤지만 보이는 공안이 없다.

이곳이 2층이기 때문이다. 계단이 무너져서 공안은 올라오지도 못한다.

지금도 계속해서 폭음이 울리고 있다.

전형은 인민해방군 대교 출신이다. 63세.

사방에서 울리는 폭음, 기관총, 소총의 발사음을 보면 약 수백 명이 공격해오고 있다는 것을 알았다.

대전차 미사일을 지금까지 20여 발이나 쏘았다. 기관포는 6, 7정이나 된다. 이것은 정규 기갑부대가 공격한 것이나 같다. 보통 테러팀이 온 것이 아니다.

도대체 왜? 1개 공안서를 이런 대부대가 왜?

"타타타타타타타타."

소총 발사음이 근처에서 들렸기 때문에 정민아는 몸을 일으켰다.

유리창 안에서 엎드려 있었던 것이다.

"타타타타. 타타타."

이제는 서너 정의 발사음.

서너 명이 이쪽으로 다가오고 있다.

폭음과 총성은 사방에서 울리고 있지만 이쪽의 반격은 대폭 줄었다.

그때 밖에서 외침이 울렸다.

"정민아 씨, 계십니까!"

사내가 다시 외쳤다. 영어다.

"어디 있습니까?"

"여기요!"

정민아가 소리쳤다.

"여기 있습니다!"

그때 앞쪽 무너진 벽 사이로 사내 하나가 다가왔다. 둘이 뒤를 따른다.

"우리는 독립군입니다!"

사내가 다시 외쳤을 때 정민아는 몸을 일으켰다.

이제 알았다. 이번 공격은 자신을 구하려고 한 것이다.

"구출했습니다."

강기철이 말하자 이동욱은 고개만 끄덕였다.

오후 6시.

이동욱은 카르길릭에서 350킬로 떨어진 사막도시에서 보고를 받고 있다.

"지금 카질의 부하 바르타가 보호하고 있습니다."

강기철이 말을 이었다.

"바르타가 이곳까지 호송해 올 것입니다."

이동욱이 소리 죽여 숨을 뱉는다.

정민아가 기어코 전쟁에 참여하겠다는 의지는 가상하다.

그러나 정민아를 구출해내려고 카질의 23개 팀이 카르길릭 공안서를 공격한 것이다.

이 작전으로 팀원 12명이 전사, 27명이 부상당했다. 물론 공안서는 폐허가 되고 수백여 명의 전상자를 내었기는 했다.

"국경을 막아야 합니다."

지원 군단 중 하나인 제3군단장 조위가 말했다.

조위는 3개 군단장 중 상급자로 군사령관 역할도 겸하고 있다. 그러나 리커창의 지휘를 받아야 한다.

우루무치에 설치된 전시(戰時) 상황실 안이다.

고개를 든 리커창이 조위를 보았다.

"그럼 내부 테러는 진압할 병력이 모자라지 않소?"

"그것은 공안과 1개 군단에 맡기고 2개 군단은 국경을 폐쇄해야 됩니다."

"내부는 혼란에 싸여도 된단 말인가?"

"외부에서 유입되는 지원군부터 막는 것이 순서일 것 같습니다."

"이미 유입될 만큼 되었어."

고개를 저은 리커창이 조위를 보았다.

"조 상장, 그 대안은 누구한테서 받았소?"

"예?"

그때 방 안의 시선이 모였다.

방 안에는 3개 군단장과 참모장, 그리고 공안국장 방태세와 정보부장 보광진까지 계엄군 지휘부가 다 모여 있는 상황이다.

리커창이 말을 이었다.

"당 군사위 부주석 장지운 상장의 연락을 받은 것 아니오?"

그 순간, 조위의 얼굴이 붉어졌다.

조위는 62세, 장지운의 심복이다. 또한 장지운은 시진핑의 수족 같은 군 실세다.

그때 리커창이 말을 이었다.

"이곳은 신장성이야. 그리고 조 상장, 그대는 내 지휘를 받아야 되는데 베이징에 있는 장지운과 연락해서 작전 지시를 받고 있어."

"총리 동지, 그것은……."

"난 신장성 통령이야. 임시지만 당 중앙위로부터 그런 직위를 받았고 그런 권한도 있어."

"예, 통령 동지."

"동무가 그런 식으로 내 권위를 손상하고 아울러 당과 당 중앙위의 지시를 어겼다는 것은 인정하나?"

"예, 하지만 저는 조국에 대한 충성심으로……."

"조 상장."

"예, 총리, 아니 통령 동지."

"귀관의 사령관 직위를 해임한다."

추상같은 리커창의 목소리에 상황실 안은 숨소리도 들리지 않았다.

"군사령관은 7군단장 화창봉 동무가 맡고 3군단장은 참모장 왕분 동무가 맡도록. 전시(戰時)라 지금 즉시 인계인수를 하도록."

자리에서 일어선 리커창이 옆에 선 부관에게 말했다.

"조 동무는 관사에 연금시키도록 하고."

1시간 후.

공안본부에 돌아와 있던 공안국장 방태세에게 리커창의 보좌관 엽성이 정보부장 보광진과 함께 다가와 섰다.

공안국장실 안이다.

"방 국장 동지, 신장성 통령의 지시요."

엽성이 정색하고 방태세에게 말했다.

"오늘부터 공안국장에 정보부장 보광진 동지가 임명되었습니다. 즉시 업무 인계인수를 하시도록."

"알겠습니다."

방태세가 고개를 끄덕였다.

"적임자를 임명하셨소. 업무 인계인수할 것도 없습니다. 보 동지가 다 파악하고 있으니까요."

신장성의 지휘부 교체 사실은 즉시 시진핑에게 보고되었다.

주석실까지 직통 보고라인이 하나둘이 아니기 때문이다.

저녁을 마치고 안가의 응접실에 앉아있던 시진핑이 앞에 앉은 왕양에게 말했다.

"리커창이 제 심복들로 지휘부를 세우려는 것 같군."

"주석실에 보고도 하지 않고 고위 간부를 교체했습니다. 제가 강력히 항의를 하겠습니다."

"아니, 놔둬."

시진핑의 얼굴에 웃음이 떠올랐다.

"홍보비서 동준서에게 말해주도록 해. 리커창이 독단 인사를 했다고 말야."

그러자 왕양이 고개를 끄덕였다. 왕양의 얼굴에도 웃음이 번졌다.

"알겠습니다. 이젠 신장성의 모든 일이 리커창의 책임이 되었습니다. 그 실제 증거가 드러나는 것이지요."

"리커창은 신장성에서 벗어나지 못하게 될 거야."

"그렇습니까?"

"최악의 경우가 되었을 때 리커창의 책임을 묻고 신장성을 깨끗하게 청소하면 돼."

이것은 왕양도 모르고 있었던 시진핑의 승부수(手)다.

책임을 떠넘기고 나서 새롭게 등장하는 것이다.

신장성은 누가 떼어가지 않을 테니까.

"당분간 여기 계셔야겠습니다."

방으로 들어선 바르타가 말했다.

오후 5시 반.

카르길릭에서 동북쪽으로 40킬로 떨어진 마을 안. 정민아는 민가에서 은신하고 있다.

"총사령께 보고는 했으니까 곧 지시가 내려올 것입니다."

정민아가 고개를 끄덕였다.

이 마을에는 테러가 일어나지 않았지만 신장성 전역은 전장(戰場)이 되어있는 상황이다.

정민아는 바르타와 핫산이 이끄는 2개 조 16명의 호위를 받고 있었는데 이틀간 40킬로밖에 전진하지 못했다.

"이 마을에서도 곧 시위가 벌어질 것 같은데요."

바르타가 말을 이었다.

"주민들이 어제 우리 측으로부터 무기를 공급받았습니다. 약 1백 명이 무장될 겁니다."

"우루무치는 어때요?"

정민아가 물었다.

"우루무치에서 시민 봉기가 일어났지만 진압되었습니다. 군 병력이 시민보다 많은 상황이어서요."

더구나 이번에 신장성 진압 전권을 위임받은 리커창이 우루무치에 와 있는 것이다.

정민아가 소리 죽여 숨을 뱉었다.

하루라도 빨리 이동욱과 합류해야 되는 것이다.

오후 7시 반이 되었을 때 정민아는 이동욱의 전화를 받았다.

이동욱이 정민아의 새 전화기로 전화를 한 것이다.

"지금은 전쟁이야. 움직이면 위험해."

이동욱이 말을 이었다.

"우리 팀이 데리러 갔다가 다시 돌아왔다."

"알았습니다. 신경을 쓰게 해서 죄송해요."

"아니, 와줘서 고마운데 상황이 나쁘다."

"옆에 있어 드려야 하는데."

"네가 사는 것이 날 돕는 거야."

불쑥 이동욱이 말했기 때문에 정민아가 핸드폰을 고쳐 쥐었다.

"알겠습니다."

"경호팀에 이야기했어, 그곳에서 움직이지 말라고."

이동욱이 말을 이었다.

"내가 찾아갈 테니까."

"네. 기다릴게요."

"오랜만에 목소리를 듣네."

"저두요."

마무리는 사적(私的) 대화다.

한국말이어서 앞에 바르타가 있었지만 정민아가 한마디 덧붙였다.

"뵙고 싶어요."

전장(戰場)이다.

독립군으로 개명한 위구르 특공대와 국경을 넘어온 지원군과 해방군과의 전쟁이 일어나고 있는 것이다.

오후 6시 반이 되었을 때 이동욱이 보고를 받았다.

보좌관 강기철이다.

"현재 76곳에서 전투가 일어나는 중이고 오늘 129곳에서 시위대가 봉기했습니다."

"피해는?"

"아군은 120명 전사, 400여 명이 부상당했습니다."

고개를 든 이동욱이 강기철을 보았다.

"카질의 지원군은?"

"내일부터 3개 국경에서 쏟아져 들어올 것입니다."

이동욱이 벽에 붙인 지도를 보았다.

이곳은 신장성 중심부의 론지 마을.

인구 2천 정도의 마을에 옮겨온 것은 어젯밤이다. 매일 거처를 옮기고 있다.

이곳에서도 어제 주민들의 무장봉기가 일어나 진압군 1개 중대가 투입된 상태다.

카질의 탈레반 4만 5천은 이미 신장성에 진입했다. 리커창이 국경 방어를 거의 하지 않았기 때문이다. 이제 10여만이 더 쏟아져 들어오면 신장성 전체는 전쟁터가 된다.

"이미 내전 상태라고 봐도 됩니다."

진압군 사령관 화창봉이 보고했다.

"지금도 국경을 통해서 탈레반 지원군이 쏟아져 들어오고 있습니다, 각하."

"민간인 피해는 어떻게 되는가?"

"현재까지 2천여 명의 사상자가 있습니다. 주민들이 무장하고 있어서 피해가 더 늘어날 것입니다."

무장하면 바로 반란군이 되는 것이다.

화창봉이 말을 이었다.

"반란군이 마을을 점령해서 진압군이 들어가지 못하는 곳이 벌써 3곳이나 됩니다."

"시가전으로 주민 피해가 없어야 돼."

"놈들이 주민들을 인질로 삼고 있어서요. 주민들이 반란군으로 변했기 때문에 구분도 어렵습니다."

"내전이 격화되면 어떻게 될 것 같나?"

리커창이 묻자 화창봉의 얼굴에 쓴웃음이 번졌다.

"통령 각하, 저는 각오가 돼 있습니다."

"내가 연금되었다가 풀려나 이곳으로 왔다는 건 동무도 알고 있지?"

"압니다."

화창봉의 얼굴이 굳어졌다.

우루무치 중심부에 위치한 진압군 총사령부 안의 '통령실'에는 둘이 앉아있다. 신장성의 최고 지휘관 둘이 독대하고 있는 것이다.

그때 리커창이 말을 이었다.

"알고 있겠지만 난 이곳에 희생양으로 보내졌어. 막중한 권한이 부여된 것 같지만 그것은 권한만큼 책임을 추궁하겠다는 의도네."

"이제는 3개 군단만으로는 부족합니다, 통령 각하."

"당 지도부는 내 입에서 그 말이 나오기를 기다리고 있어."

화창봉의 시선을 받은 리커창이 다시 쓴웃음을 지었다.

"내가 그렇게 보고하면 당에서는 즉각 이곳에 8개 군단을 파병할 거네."

"……."

"그러고 나서 대청소를 하겠지. 파병 전에 한족 주민들의 피해를 10배쯤 부풀려서 반란군들의 잔학상을 세상에 알리는 수단을 쓸 거네."

"······."

"진주한 8개 군단은 철저한 위구르족, 반란군 토벌을 할 거야. 진주군은 무자비한 폭격을 해서 위구르 주민까지 몰사시키는 방법을 쓸 것이고."

"······."

"나를 비롯한 진압군 군단장, 사단장들은 무능, 반역 혐의까지 씌워서 처형할 것이고. 이게 지도부의 각본이야."

"······."

"위구르족은 모조리 죽이거나 수용소에 넣고 이 거대한 땅은 한족의 소유지가 되지. 약 8천만의 한족을 이주시킬 예정이니까."

고개를 든 리커창이 화창봉을 보았다.

"이것이 내가 총리 시절에 군사위에서 만들었던 '신장성 건설 계획'이야. 그 초안을 만들었던 정보국장 장평이 지금 이곳에 와 있네."

"통령 각하."

마침내 화창봉이 어깨를 부풀리면서 리커창을 보았다.

"각하께선 어떻게 대처하실 예정이십니까? 저는 각하와 함께 가겠습니다."

"심각합니다."

해방군 참모총장 천영조 상장이 보고했다.

이화원 근처의 주석 안가에서 천영조가 신장성 '내란 보고'를 하고 있다.

천영조는 66세. '제갈공명'으로 불리는 지장이다. 군사위 주석을 겸하고 있는 시진핑의 심복이다.

천영조가 말을 이었다.

"신장성 전역으로 반란군, 시위대까지 퍼져 있습니다. 3개 군단, 공안 50만 명이 분산되어 있지만 지역이 워낙 넓어서 다 막는 것은 불가능합니다."

"시기가 된 것 같은데."

고개를 기울인 시진핑이 천영조를 보았다.

"왜 리커창이 손을 들지 않을까?"

"'작전계획'을 알고 있는 겁니다."

천영조가 말을 이었다.

"총리 권한으로 정보국의 기밀 '작계'를 볼 수 있으니까요."

"오래 버틸 수 없을 텐데."

"제 생각은 길어야 10일입니다."

천영조가 목소리를 낮췄다.

"10일 후에 출동준비를 해놓겠습니다."

"좋아."

시진핑이 고개를 끄덕였다.

진압군의 사령은 천영조인 것이다.

"10일만 기다리기로 하지."

"3군단장 조위가 우루무치의 관사에 연금되어 있는데 연락이 안 됩니다."

천영조가 말을 이었다.

"리커창 총리 주변에서 들리는 정보로는 무능하다는 이유로 직위 해제되고 연금된 것입니다."

"아마 리커창이 눈치를 챈 것 같아."

쓴웃음을 지은 시진핑이 말을 이었다.

"연금 상태에서 재기의 기회를 잡으려고 신장성에 갔으니 끝까지 버티려는 것 같아."

"진압군이 들어오는 순간, 재기 가능성이 없다는 것을 알고 있을 테니까요."

의자에 등을 붙인 시진핑이 입을 다물었다.

앞으로 열흘이다.

천영조가 떠났을 때 시진핑이 벨을 눌렀다.

잠시 후에 왕양이 들어서자 시진핑이 웃음 띤 얼굴로 말했다.

"천영조는 리커창이 앞으로 10일 이상은 버티기 힘들다는군."

왕양은 눈만 끔벅였고 시진핑이 말을 이었다.

"그래서 10일 후에는 진압군을 투입하기로 했어."

"10일이면 너무 늦지 않습니까?"

"여유를 준 거야"

"당 홍보비서를 통해 신장성 내전 상황을 심각하게 보도하도록 하겠습니다."

시진핑이 고개를 끄덕이자 왕양은 몸을 돌렸다.

그날 밤, 리커창의 숙소로 장평이 찾아왔다.

밤 10시가 지난 시간이다.

둘이 응접실에 마주 앉았을 때 먼 쪽에서 총성이 울렸다.

요즘은 밤에도 반란군이 출몰하는 것이다. 사령부가 있는 우루무치도 예외가 아니다.

주민들도 무장하고 있어서 반란군과 주민이 구분되지 않는다. 무기만 소유하고 있으면 모두 사살된다.

장평이 입을 열었다.

"난 있는 그대로를 시진핑에게 보고하고 있어요."

리커창이 고개만 끄덕였고 장평이 말을 이었다.

"시진핑은 이곳 상황을 자세히 알고 있어요. 진압군 안에서도 해방군 참모본부로 보고가 되니까요."

"그러겠지."

"조금 전에 왕양 서기한테서 연락이 왔습니다. 10일 후에 8개 군단을 투입한다는 겁니다. 그때는 이곳을 완전히 초토화하려는 것이지요."

"10일 남았군."

"그 10일 동안 당 홍보국은 이곳 상황을 지옥으로 묘사할 겁니다. 위구르 테러단이 한족을 수천 명 몰살하고 있다는 식으로 보도해서 인민들을 분노하게 만들 겁니다."

"그건 '작계'에도 없었는데……."

"시진핑의 지시입니다."

장평이 얼굴을 찌푸리며 웃었다.

"그때는 총리 동지가 책임을 지고 자결하거나 전투 중에 사망한 것으로 처리될 겁니다."

"군단장들도 책임을 지겠군."

길게 숨을 뱉은 리커창의 두 눈이 번들거렸다.

이동욱이 핸드폰을 귀에 붙이고 말했다.

"전투 중지."

"알겠습니다."

수화구에서 카질의 목소리가 울렸다.

"별도 지시가 있을 때까지 대기하도록."

이동욱이 핸드폰을 귀에서 떼었을 때 옆으로 박영철이 다가왔다.

"연락했습니다."

박영철은 남쪽 지역에 있는 최수만 대좌에게 연락한 것이다.

무자락이 이끄는 북쪽 지역 독립군에게도 연락했다. 그리고 그들은 각 지역의 주민들에게도 통보했을 것이다.

이동욱의 시선이 옆쪽에 선 강기철에게 옮겨졌다.

"자문관을 오라고 해."

정민아를 말한다.

"반란군이 사라졌습니다."

화창봉이 말하자 리커창이 고개만 들었다.

총사령부의 통령실 안.

서둘러 들어선 화창봉이 앞쪽 자리에 앉았다.

"주민들의 봉기도 그쳤습니다."

오전 10시 반.

갑자기 신장성 전역의 반란군, 주민들의 폭동이 그친 것이다.

그때 리커창이 화창봉을 보았다.

"사령관."

"예, 통령 각하."

"우리는 곧 제거될 거네."

"알고 있습니다."

화창봉의 얼굴에 쓴웃음이 떠올랐다.

"저도 머리가 있습니다. 각오하고 있습니다."

"나는 신장성 통령이야. 모든 권력을 주는 것처럼 보이고 나서 그 책임을 묻고 신장성을 청소하는 계획이지."

"저도 포함되겠지요."

"우리 신장성을 독립시키도록 하지."

마침내 리커창이 불쑥 말했다. 화창봉이 고개만 들었고 리커창의 말이 이어졌다.

"나는 그럴 수 있는 능력과 자격이 있네. 물론 사령관과 휘하 군 지휘관들의 도움이 있어야 되겠지."

"……."

"신장성의 위구르족, 한족을 포함한 새 독립국이지. 나는 그 독립국의 통령이 되는 것이네."

"……."

"그대는 독립국의 군 총사령관이 되어주게. 군을 그대에게 맡기겠네."

그때 화창봉이 고개를 들었다.

"문제가 있습니다."

"뭔가?"

"지금도 총사령부 안에 정보국장 장평 동지가 있습니다. 장평 동지를 어떻게 합니까?"

그때 리커창이 옆에 놓인 벨을 눌렀다.

"예, 통령 각하."

스피커에서 울리는 목소리에 화창봉이 숨을 들이켰다.

장평이다.

그때 리커창이 말했다.

"내 방으로 와주게. 여기 화창봉 사령관이 있네."

잠시 후에 방으로 들어선 장평이 화창봉을 보더니 웃음 띤 얼굴로 리커창에게 물었다.

"말씀하셨습니까?"

"그대의 의견을 듣고 싶다는군."

리커창의 말에 장평이 화창봉의 옆자리에 앉으면서 말했다.

"사령관, 같이 가십시다. 이 길이 최선이오."

"뭐? 전쟁이 그쳤어?"

시진핑이 왕양을 노려보았다.

"그게 무슨 말야?"

"반란군이 공격을 멈췄고 주민들의 시위도 그쳤습니다. 지금 위구르 전역이 조용합니다."

"언제부터?"

"6시간이 되었다고 조금 전에 연락이 왔습니다."

"총공격을 위해 재정비하려는 건가?"

왕양이 대답하지 않았기 때문에 시진핑이 눈을 가늘게 떴다.

"이봐, 장평을 불러."

"예?"

"지금 내가 통화를 해야겠어."

"예, 주석 동지."

긴장한 왕양이 서둘러 몸을 돌리더니 곧 주석실의 부장 하나를 데려왔다.

긴장한 부장은 몸이 굳어 있다. 부장이 들고 있던 핸드폰 버튼을 누르더니 송화구에 손을 가리고 수군대고 나서 왕양에게 내밀었다.

장평과 연결이 된 것이다.

전화기를 받은 왕양이 말했다.

"장평 동무, 주석 동지께서 통화를 바라십니다. 전화 바꿔드리지요."

"예."

장펑의 목소리가 굳어 있다.

"장펑 국장."

수화구에서 시진핑의 목소리가 울렸을 때 장펑은 어깨를 폈다.

"예, 주석 동지. 장펑입니다."

"고생 많지?"

"아닙니다, 주석 동지."

장펑이 고개를 들고 앞에 앉은 리커창을 보았다.

오후 5시 반, 장펑은 리커창의 집무실에 와 있었던 것이다.

그때 시진핑이 물었는데 목소리가 앞에 앉은 리커창에게도 들렸다.

"이봐, 장 국장. 반란군과 주민 폭동이 그쳤다니, 그거 사실이야?"

"예. 그쳤습니다, 주석 동지."

"신장성 전역이 그런 상황인가?"

"예. 그렇습니다, 주석 동지."

"이유가 무엇 같은가?"

"반란군 측에서 휴전 협상 제의를 하려고 그랬던 것 같습니다."

"무엇이?"

놀란 시진핑의 목소리가 높아졌다.

"휴전 협상? 언제?"

"조금 전에 연락받았습니다."

"그, 그렇군."

시진핑의 목소리가 낮아졌다.

"협상 제의가 왔단 말이지?"

"예, 주석 동지."

장평의 시선이 다시 리커창을 스치고 지나갔다.

"곧 협상이 있을 것입니다. 진행 과정은 제가 보고드리겠습니다."

"알았어. 수고하게."

그러고는 통화가 끊겼다.

그때 전화기를 귀에서 뗀 장평이 리커창을 보았다.

"통령 각하, 이제 시작되었습니다."

통화를 끝낸 시진핑이 왕양을 보았다.

"휴전 협상을 한다고?"

왕양도 옆에서 들었지만 눈만 껌벅였다.

시진핑이 말을 이었다.

"여기서도 협상위원을 보내야 되지 않을까?"

왕양이 잠깐 눈만 껌벅였다.

모든 책임을 리커창에게 넘겼으면서 휴전 협상에 베이징 정부의 인사를 보낸다는 것도 이치에 맞지 않는 것이다.

그때 고개를 든 시진핑이 왕양을 보았다.

"그렇다면 장평에게 감시 역할을 맡기기로 하지."

"예, 주석 동지."

"수시로 보고하도록 해."

"알겠습니다."

왕양이 말을 이었다.

"장평 동무에게 감시, 조정 역할을 맡기겠습니다."

그리고 또 있다. 군의 지휘부 안에도 내통자를 박아 놓은 것이다.

군총사령관 화창봉이 사령부 안 식당에서 저녁을 마치고 집무실로 돌아왔을 때는 오후 7시 10분이다.

그때 대기실에서 기다리던 작전참모가 따라 들어섰다.

"사령관 각하, 보고드립니다."

고개만 든 화창봉에게 참모가 말을 이었다.

"휴전이 되고 나서 국경을 넘어오는 밀입국자가 부쩍 늘어났습니다. 스탄국과의 국경이 개방된 것이나 같습니다."

화창봉이 고개만 끄덕였다.

군 병력을 신장성 내부 반란 진압에만 사용했기 때문이다. 국경을 지키는 것은 소수 국경 경비대뿐이다.

화창봉이 말했다.

"어쩔 수 없어. 휴전 기간 동안은 놔두는 수밖에 없다."

내란 기간 동안에도 넘어온 것은 마찬가지였지만 이제 휴전 협상이 시작되려는 것이다.

아예 마음 놓고 넘어올 것이었다.

밤. 이동욱이 무자락과 마주 보고 앉아있다.

장소는 우루무치 시내의 안가.

배석자는 정민아와 최수만, 그리고 무자락의 옆에는 카샤르와 쿠지마가 앉아있다.

이동욱이 입을 열었다.

"무자락, 당신이 회담 대표요."

무자락은 눈만 크게 떴고 이동욱이 말을 이었다.

"중국 측 대표는 정보국장 장평이고."

이동욱의 얼굴에 쓴웃음이 번졌다.

"휴전 회담에는 연금되었던 각국의 기자들을 모두 풀어줄 거요. 회담이 전 세계로 방영된다는 뜻이지."

"그렇습니까?"

"역사적인 회담이 될 거요."

그때 무자락이 고개를 끄덕였다.

"감사합니다. 모두 남북한이 도와주신 덕분이오."

듣고만 있던 정민아가 숨을 들이켰다.

휴전이 되자마자 비행기로 날아온 것이다. 그것도 진압군 소유의 헬기를 타고 2시간 만에 도착했다.

오전 10시 반.

장소는 우루무치시 청사 안의 회의실.

중국 정부 대표단과 위구르 독립단 대표 20여 명이 마주 보고 앉은 장면이 전 세계로 방영되고 있다.

'휴전 회담'이다. 위구르 독립단이 처음으로 세상에 얼굴을 드러낸 순간이다.

무자락 옆에는 전설이 되어 있는 하지타크의 아들 카샤르가 앉아 있었는데 화면에 자주 얼굴이 비쳤다.

그것을 한국 대통령 이광이 비서실장 안학태, 국정상황실장 오대근과 함께 보고 있다.

대통령 집무실 안이다.

"장평이 중국 측의 전권을 위임받았습니다."

안학태가 화면에 비친 장평을 가리키며 말했다.

"시진핑이 장평을 대표로 내세우라고 리커창에게 지시한 것입니다."

"중국 측의 회담 조건은 무엇인가?"

이광이 묻자 안학태가 앞에 놓인 서류를 읽었다.

"독립군의 투항입니다. 무기를 버리고 투항하면 사면해준다는 조건을 내놓을 예정입니다."

안학태가 말을 잇는다.

"장평은 그것만 지시를 받았습니다. 재량권은 없습니다."

"결렬되겠군."

이광이 그렇게 말했지만 가벼운 표정이다.

그때 오대근이 말했다.

"전 세계가 회담 과정을 주시하고 있습니다. 연금된 기자들이 다 풀려나 있는 데다 신장성에서도 무제한으로 언론사들을 받아들여서요."

고개를 끄덕인 이광의 얼굴에 웃음이 떠올랐다.

시진핑이 왕양에게 지시했다.

"포로로 잡혀있는 반란군을 사면해준다는 것까지 양보해주도록 해. 그 이상 관용을 베풀 수는 없어."

"알겠습니다, 주석 동지."

"놈들을 동등하게 협상 테이블에 앉혀준 것만 해도 우리가 양보한 거야. 그것을 알아야 돼."

"그렇게 전하겠습니다."

"그리고."

정색한 시진핑이 왕양을 보았다.

"리커창이 협상에 관여하지 말도록 해. 장평한테 내 지시만 받으라고 하란 말야."

"그렇게 전하겠습니다, 주석 동지."

고개를 숙여 보인 왕양이 몸을 돌렸다.

주석실을 나온 왕양이 핸드폰의 버튼을 눌렀다.

곧 신호음이 3번 울리더니 장평이 응답했다.

"장평이오."

"주석 동지의 지시오. 포로로 잡힌 반란군을 사면해주는 선까지 양보하라고 하셨습니다."

"알겠소."

"리커창 통령의 지시는 무시하라고 하셨습니다."

"알겠소."

"그럼 통화 끊습니다."

"수고하시오."

통화를 끝낸 왕양이 대리석이 깔린 복도를 걷는다.

지금까지 벽 쪽에 붙어서 걸었는데 오늘은 중심을 걷고 있다.

지나던 주석궁 관리들이 그를 보더니 벽 쪽으로 몸을 비킨다.

백악관의 오벌룸.

부시가 CIA 부장 매크레인에게 물었다.

"오늘이 회담 이틀째지?"

"예, 이틀째 진행 중입니다."

"진전 사항은?"

"없습니다."

매크레인이 이맛살을 찌푸렸다.

"비밀 회의여서요. 첫날 끝나고 서로 의견 차이만 있었다는 발표가 나왔습니다."

"중국 측은 투항하고 끝내자는 건가?"

"예, 위구르 반군 측은 위구르를 독립시켜 달라니 합의가 되겠습니까?"

"어떻게 될 것 같나?"

"이렇게 시간만 끌다가 다시 내란이 일어나겠지요. 회담 동안에 양측은 전투 준비를 단단히 할 테니까요."

"본래 이 회담은 계획에 없었던 거지?"

"예, 이동욱이 갑자기 반군의 공격을 중지시키는 바람에 회담이 급조된 셈이죠."

"어쨌든 이 정도가 된 것만 해도 대성공이야. 중국 놈들 떵떵거리다가 지금 내란으로 식겁을 하고 있잖아?"

"예, 각하."

"이거, 오래 가겠지?"

"예. 탈레반, 무슬림 전사들이 20만 가깝게 들어가 있으니까요. 지금도 몰려가고 있는 상황입니다."

"갓댐."

부시의 얼굴에 웃음이 떠올랐다.

"코리안들 대단해."

회담 나흘째.

이번에는 밀실에 모인 양측 대표단이 회의를 시작했다. 비공개 비밀회의다.

그런데 이번 중국 측 대표단의 중앙에 신장성 통령 리커창이 앉았고 그 좌우에 군사령관 3명, 회담 대표 장펑과 공안부장까지 참석했다.

오전 11시.

그때 리커창이 먼저 입을 열었다.

"이제 준비가 다 되었소. 그러니 오늘 발표를 합시다."

리커창의 말을 장펑이 바로 받는다.

"오늘 자로 '위구르 공화국'의 독립을 선포하는 것입니다."

무자락을 중심으로 한 '위구르 독립단' 측은 긴장한 표정으로 듣기만 한다. 그러나 놀라는 표정은 아니다. 이미 이동욱 측으로부터 들었기 때문이다.

장펑이 말을 이었다.

"위구르 공화국의 초대 대통령은 여기 계신 리커창 신장성 통령께서 맡으시고 독립군은 각각 지역 방위군 체제로 재편성될 겁니다. 또한 여러분은 정부의 각 기관에 참여해서 정무를 익히게 됩니다."

그때 비서관이 인쇄된 자료를 모두에게 나눠주었다.

'위구르 공화국' 독립 선언과 조직도다.

초대 대통령은 리커창, 무자락은 국무총리, 화창봉은 국방 장관이다.

카샤르의 이름도 보인다. 대통령 보좌관이다. 리커창이 후계자로 양성하겠다는 표시다.

이미 사흘 동안 비밀 조율을 마친 터라 이의가 있을 리 없다.

고개를 든 무자락이 번들거리는 눈으로 리커창을 보았다. 금방 눈에서 눈물이 떨어질 것 같다.

"좋습니다. 맡기겠습니다."

'위구르 공화국'의 초대 대통령은 리커창, 그리고 중국 측 인사들이 정권을 장악했지만 무자락을 비롯한 독립군 전원은 내각과 군(軍), 지방정부의 관리로 임명되었다.

그때 리커창이 고개를 끄덕였다.

"우리가 단결해야 '위구르 공화국'이 건설됩니다. 명심해야 합니다."

그때 격정을 참지 못한 위구르 간부 하나가 두 손을 번쩍 치켜들고 소리쳤다.

"위구르 공화국 만세!"

그러자 위구르 독립단 전원이 따라서 만세를 불렀고 나중에는 리커창까지 소리쳤다.

"이런."

시진핑이 겨우 한 마디 말을 뱉고는 TV를 응시했다.

오후 12시 반, 지금 TV에서는 장평의 '위구르 독립 선언'이 세 번째 방영되는 중이다.

CCTV다. 지금 중국 전 인민이 방송을 보고 있을 것이다.

중국뿐만이 아니다. 전 세계가 보고 있다. 지금 시진핑도 두 번째 보는 중이다.

주석궁의 주석실 안에는 주석실 비서 왕양만 들어와 있다.

다른 때 같으면 상임위원들이 찾아왔겠지만 오늘은 전화 한 통 없다.

그때 TV에서 장평이 말했다.

"신장성 통령 리커창 동지는 위구르족과 신장성 안의 한족, 그리고 중국의 안정을 위하여 위구르 공화국의 독립을 선언합니다. 이것은 신장성 관리의 전권을 위임 받은 리커창 동지의 권한이며 신장성에 주둔한 인민해방군, 신장성 관리들의 전폭적인 지지를 받았습니다."

장평의 목소리가 주석실을 울렸다.

"리커창 신장성 통령은 '위구르 공화국'의 초대 대통령이 될 것이며 곧 민주적인 절차에 의해 위구르인에 의한 위구르 공화국을 지향해 나갈 것입니다."

그때 시진핑이 고개를 돌려 왕양을 보았다. 눈이 번들거리고 있었기 때문에 왕양이 숨을 들이켰다.

"군사위를 소집해."

"예, 주석 동지."

왕양이 몸을 돌렸을 때 시진핑이 말을 이었다.

"정치국 상무위원들도 소집하고."

"예, 주석 동지."

"해방군에 비상 대기 명령을 내리고."

"예, 주석 동지."

정신없이 대답한 왕양의 얼굴은 의외로 차분했다.

얼굴이 반대쪽으로 돌려져 있었기 때문일 것이다.

"오 마이 갓."

부시의 탄성이 이어졌다.

"위구르 공화국이 탄생하다니, 이건 세계 역사상 유례없는 국가 탄생이야."

"그렇습니다."

안보보좌관 선튼이 맞장구를 쳤다.

"시진핑이 격렬하게 뒤통수를 맞았습니다. 이제 석 달 후의 전인대에서 엄청난 비판을 받고 숙청당할 것입니다."

"우리 목표는 달성된 거야."

그때 국무장관 마이클이 입을 열었다.

"위구르 공화국에서 곧 국가로 인정해달라는 공식 서한을 사방에 보낼 것입니다. 이에 대한 대비를 해야 될 텐데요."

"금방 '대비'라고 했어?"

부시가 눈을 가늘게 떴다.

"그게 무슨 말이야? 당장 국가 인정을 해야지. 이건 민주당도 100퍼센트 찬성할 것 아닌가?"

"그럼 준비하지요."

"한국이 가장 먼저 할 거야. 그러니까 우리가 앞질러서 해야 돼. 한국 놈들이 생색내게 할 수는 없어."

"그렇습니까?"

"뭐가 그렇습니까야? 먼저 인정해야 우리가 독립시켰다고 알게 될 것 아닌가?"

그때 CIA 부장 매크레인이 헛기침을 했다.

"각하, 꼭 그러실 필요는……."

"입 다물어, 매크레인."

부시가 쏘아붙였다.

"이건 정치적인 문제야, 매크레인."

"알겠습니다."

매크레인이 몸을 뒤로 젖혔을 때 부시가 생기 띤 얼굴로 셋을 둘러보았다.

백악관 오벌룸 안.

'위구르 독립 선언'을 듣고 나서 흥분한 부시는 모든 약속을 미뤄놓은 상태다.

"중국군이 신장성, 아니 위구르 공화국으로 진입할 준비를 하고 있습니다."

오대근이 보고했다.

대통령 집무실 안, 여기는 이광과 오대근 둘이 앉아있다.

오대근이 말을 이었다.

"8개 군단에서 4개가 늘어나 12개 군단이 투입된다고 합니다. 시진핑이 해방군 총동원령을 내렸습니다."

이광이 고개만 끄덕였다. 예상하고 있던 시나리오다.

오대근이 이광을 보았다.

"서둘러야 됩니다, 대통령님."

"연락해."

이광이 말하자 오대근이 자리에서 일어섰다.

오후 3시 정각. '위구르 공화국'이 독립 선언을 한 지 만 하루가 지났다.

이곳은 홍대 아래쪽 골목의 순댓국 식당 안. 점심시간이 조금 지났는데도 식당 안에 손님이 꽉 찼다.

모두 왼쪽 벽에 붙은 TV를 응시하고 있는데 3시에 북한 김정은 위원장의 특별 성명이 예고되었기 때문이다.

요즘 한국인의 관심사는 한국이 제의한 한·일 중심의 '아시아 연방'이냐, 아니면 중국이 제의한 동북3성과 북한이 조선성으로 되어서 '중국 연방'이 될 것이냐다.

여론 조사를 여러 번 했는데 그 결과는 비슷했다. 거의 50 대 50이다.

그래서 한국인 대부분은 북한이 오늘 '조선성'에 가입할 것인가를 발표하는 것으로 추측하고 있다.

"나왔다."

지루한 선전에 지쳐있던 손님 하나가 소리쳤기 때문에 모두의 시선이 TV로 옮겨졌다.

과연 김정은이 연단 앞에 앉아있다.

엄숙한 표정, 고개를 든 김정은이 이쪽을 보더니 곧 입을 열었다.

"친애하는 당원 동지 여러분, 인민 여러분, 그리고 세계 각국의 인민 여러분."

그때 손님 하나가 말을 받았다.

"세계는 무슨, 스케일 커졌네."

그때 김정은이 말을 이었다.

"본인은 조선민주주의 인민공화국의 국방위원장으로 공화국을 대표하여 전 인민에게 선언합니다."

"아, 거참, 서론이 길다니까."

다시 그 손님이 말을 받았을 때다.

옆쪽 자리의 사내 하나가 소리쳤다.

"야, 이 개새꺄, 한 번만 더 입을 놀렸다가는 아가리를 부숴버릴 거야."

그 옆쪽 사내는 아예 술병을 쥐고 소리쳤다.

"눈깔 깔어!"

그 순간 사내가 눈깔을 깔았고 김정은의 말이 이어졌다.

"조선민주주의 인민공화국과 위구르 공화국은 어제 군사동맹을 맺기로 양국 대표단이 합의했습니다. 따라서 군사동맹은 합의와 동시에 발효된 것입니다."

이제 식당 안은 물벼락을 맞은 듯이 조용해졌다.

군사동맹이다. 위구르 공화국과 북조선 인민공화국이 동맹을 맺은 것이다.

그때 김정은이 말을 이었다.

"이 동맹은 특별합니다. 어떤 동맹보다도 최우선이라는 것을 명기했습니다. 북조선 인민공화국과 위구르 공화국의 동맹이 최우선인 것입니다. 따라서."

어깨를 부풀렸다가 내린 김정은이 마무리를 했다.

"위구르 공화국이 침략을 받았을 때 북조선군이 즉시 대응할 것입니다."

그 상대가 누구겠는가?

이제는 아이큐 30인 인간도 알아들었을 것이다.

홍대 앞 식당가가 갑자기 조용해진 것처럼 느껴졌다.

충격을 받았기 때문이다.

아시아 대륙의 동쪽과 서쪽 끝의 두 나라, 그러고 보니 중국의 동쪽과 서쪽 끝이다.

국가주석 시진핑이 김정은의 '동맹 선언'을 녹화 방송으로 시청하고 있다.

주위에는 당 정치국 상무위원 넷이 몰려와 있다.

베이징의 인민대회당 안. 정치국 회의실에서 김정은의 카랑카랑한 목소리가 울렸고 밑에 자막이 찍혀 나온다.

시진핑 옆에 선 왕양은 숨을 죽이고 있다. 옆쪽 시진핑한테서는 숨소리도 들리지 않는다.

대리석 벽과 바닥에 부딪힌 김정은의 목소리는 마치 들개가 으르렁대는 소리처럼 느껴졌다.

이윽고 화면이 꺼지면서 회의실 안이 무덤 속처럼 조용해졌다.

오후 3시 반, 평양과 1시간 시차가 나기 때문에 발표한 지 1시간 반이 지났다.

발표를 보고 부르지도 않았는데 달려온 상임위원은 리찬수, 왕후닝, 자오러지, 한정이다. 7명 중 시진핑까지 5명이 모인 셈이다. 지금 '위구르 공화국' 대통령이 되어있는 리커창을 빼고 왕상궈 한 명만 참석하지 않았다.

그때 기율검사위 서기인 자오러지가 입을 열었다.

"반역자 리커창을 즉각 처형해야 됩니다. 북조선이 공갈을 쳤지만 눈 한 번 깜짝일 필요도 없습니다. 조선 놈들은 우리 국경에 한 발짝도 딛지 못합니다."

이번에는 중앙서기처 서기 왕후닝이 말을 받는다.

"계획적이었다는 증거가 드러났습니다. 놈들이 조·중 국경을 돌파해서 침략해오면 동북3성은 물론 베이징까지 석권당할 수도 있습니다."

"그럼 핵폭탄 한 방이면 끝납니다."

자오러지가 버럭 소리친 순간이다.

왕후닝이 입을 딱 닫았고 다른 사람들은 물론 시진핑까지 숨을 죽이고 자오러지를 보았다.

그것을 본 자우러지도 자신의 발언을 머릿속에서 재생해서 들은 것 같다. 얼굴이 순식간에 굳어졌다.

북한도 핵폭탄을 공식적으로 2백여 발 소유하고 있다. 원체 비밀이 많은 국가여서 그것에다 몇백 발을 더 보태야 할지도 모른다.

그리고 아, 생각하기도 싫지만 남한, 대한민국이 연상되어 온다.

북한과 남한은 이제 동맹국 수준이다. 남한은 핵뿐만 아니라 전력(戰力)이 중국과 비슷하다.

지금 회의실에 모인 거물들의 머릿속을 채운 생각들이 이것이다.

그때 지금까지 입을 다물고 있던 리찬수가 입을 열었다.

"욕심부리다가 다 잃는 수가 있습니다. 진압군 파견을 중지시키는 것을 건의합니다."

그때 한정이 손을 들었다.

"동의합니다. 신장성에 진압군을 투입하면 해방군 간의 전쟁이 됩니다. 이것은 곧 내란으로 번질 것입니다."

그 순간, 다시 회의실에 무거운 정적이 덮였다.

시진핑도 입을 열지 않는다. 옆쪽에 서 있는 왕양이 소리 죽여 숨을 뱉었다.

이제 정치국 상임위원 사이에서도 분열이 일어났다.

다른 때 같으면 시진핑의 눈치를 살피면서 반대 의견을 내놓지 못했을 것이다. 시진핑의 입장을 대변했던 자오러지도 굳어져서 더 이상 말을 내놓지 않는다. 산전수전 다 겪은 터라 분위기를 느끼는 것이다.

그때 시진핑이 입을 열었다.

"보류합시다."

"이제 제대로 되는군."

가토 총리가 어깨를 펴고 말했다. 얼굴에 옅게 웃음이 덮여 있다.

앞에는 부총리 아소, 외교 장관 다무라, 총리실 안보실장 다께다까지 셋이 둘러앉아 있다.

가토가 다무라를 보았다.

"미국이 가장 먼저 '위구르 공화국'을 승인했지요?"

"예, 총리 각하."

"북한이 동맹 선언을 했지만, 공식적으로 가장 먼저 승인한 것은 미국이 되겠군."

가토가 말했을 때 다무라가 말을 이었다.

"곧 서쪽의 '스탄국'들이 위구르 공화국을 승인할 것 같습니다."

"우리가 내일 승인 발표를 하면 10여 국으로 늘어나 있겠는데."

아소가 거들었다.

"역사에 남을 국가 건설이야. 아니 국가 창출이군."

그때 가토가 고개를 돌려 다께다를 보았다.

"다께다, 김정은 씨가 전군 비상 대기를 지시했다는 게 사실인가?"

"예, 총리 각하. 사실입니다."

다께다가 말을 이었다.

"조·중 국경으로 3개 군단을 출동 대기시켰습니다. 기존의 국경 수비대를 포함해서 6개 군단 병력이 모였습니다."

"조선 놈들 대단해."

그렇게 투덜거린 것도 아소다. 아소가 얼굴을 일그러뜨리며 웃었다.

"이제 중국은 저무는 해요, 조선은 떠오르는 태양인가?"

"우리가 같은 배를 타야지요."

가토가 따라 웃었다.

"덕분에 핵도 얻어 놓았지 않습니까?"

그러나 마음 편한 웃음은 아니다.

리커창과 이동욱은 처음 만난다.

오후 7시 반, 우루무치 시내의 총사령부 회의실 안.

리커창은 장평과 나란히 앉았고 이동욱은 무자락과 둘이 앉았다.

인사를 마쳤을 때 리커창이 먼저 입을 열었다.

"김 위원장 각하의 동맹 선언으로 우리가 위기를 넘겼습니다. 감사드립니다."

"지금부터 시작입니다."

이동욱이 정색하고 리커창을 보았다.

"중국에서 군대 대신으로 암살단 특공대를 파견한다는 정보를 받았습니다."

이동욱의 시선이 장평에게로 옮겨졌다.

"장 국장까지 두 분이 암살 1차 목표입니다."

"예상하고 있었습니다."

쓴웃음을 지은 장평이 말을 이었다.

"머리부터 없애는 것이 저들의 수단이죠. 암살단은 해방군 제18특전사에서 차출되었을 겁니다."

장평은 중국 해방군 정보국장 출신이다. 그때 리커창이 무자락에게 말했다.

"총리도 놈들의 암살 대상이 되어있을 것이오. 조심하시오."

"감사합니다."

무자락이 말을 이었다.

"대통령께선 위구르족의 은인이십니다. 위구르 공화국의 기반이 굳혀질 때까지 버텨 주셔야 합니다."

"고맙소."

쓴웃음을 지은 리커창의 시선이 이동욱에게로 옮겨졌다.

"영웅은 여기 계시오, 총리."

"저는 용병일 뿐입니다."

정색한 이동욱이 고개까지 저었다.

"굳이 기여자를 찾으신다면 한국의 이 대통령과 북한의 김 위원장이 되겠지요."

"그렇군."

리커창의 눈에 생기가 띠어졌다.

"동쪽의 거센 바람이 이곳까지 불어올 거요. 중국 대륙을 휩쓸고 말이오."

그때 장평이 말을 받는다.

"곧 중국 내부에 변화가 있을 겁니다. 신장성을 빼앗긴 책임을 져야 할 테니까요."

이제는 장평의 두 눈이 번들거렸다.

"중국은 항상 내부 부패와 지도자의 폭정으로 멸망했습니다."

2장
혁명

"시간이 지날수록 우리가 유리합니다."

이광이 말하자 김정은이 고개를 끄덕였다.

이곳은 대동강 변의 제2초대소, 이광의 숙소다.

오후 3시 반.

평양으로 날아온 이광과 김정은이 베란다에 나란히 앉아 이야기 중이다. 배석자는 오대근과 김여정.

이광이 말을 이었다.

"벌써 '스탄국'과 유럽 7개국, 미국, 일본에다 아시아 국가까지 34개국이 위구르 공화국을 승인했습니다. 앞으로 더 늘어날 겁니다."

김정은이 웃음 띤 얼굴로 말을 받는다.

"시진핑이 이번 전인대에서 숙청당할 가능성도 있겠지요?"

"정치국 상무위원 7명 중 5명을 장악하고 있기 때문에 아직 기반은 흔들리지 않았어요."

리커창이 위구르로 빠져나갔기 때문에 남은 하나는 서열 3위인 리찬수다. 역부족이다.

그때 김여정이 입을 열었다.

"정치국 후보위원 20명 중에는 시진핑 반대 세력이 있습니다. 그들이 대세를 모으면 정권 전복도 가능합니다."

이광과 김정은이 고개만 끄덕였다.

그러나 장담할 수는 없는 일이다.

정치는 생물(生物)이라고 한다. 살아서 끊임없이 움직이기 때문이다. 물이 흘러내리는 것처럼 보이다가도 난데없이 역류하기도 한다. 그 사소한 이유를 나중에야 찾아낼 때가 다반사다.

그때 오대근이 작게 헛기침을 했다. 끼어들겠다는 신호다.

"CIA 정보로는 중국 암살단과 특전단이 비밀리에 위구르 공화국에 파견되었다고 합니다. 그들의 목표는 위구르 공화국 지도부와 이동욱 등 지원군 수뇌부입니다."

둘의 시선을 받은 오대근이 말을 이었다.

"그래서 이동욱에게 알려주었지만 중국은 위구르 지역 내에서 내란, 폭동을 조장할 계획입니다."

이제는 상황이 뒤집혔다. 중국 측이 내란 세력이 된 것이다.

그때 김정은이 말했다.

"누가 먼저 끝내느냐가 관건이군."

요점을 잘 짚었다.

카질은 위구르 공화국의 2군단장으로 임명되었는데 휘하에 3개 사단을 보유했다.

2군단은 탈레반 출신 병사들이 대부분인 용병 군단이다.

위구르 공화국은 6개 군단을 편성했는데 제1군단이 위구르족, 2군단이 탈레반 출신, 3군단이 '스탄국' 출신의 용병, 4, 5, 6군단이 한족으로 구성된 중국 해방군이다. 화창봉이 인솔해 온 진압군인 것이다. 지금 화창봉은 '위구르 공화국'

의 국방 장관이다.

오후 4시, 이곳은 우루무치의 국방부 청사 장관실 안.

화창봉과 카질이 마주 보고 앉아 있다. 카질이 방문한 것이다.

"장관, 건의사항이 있습니다."

둘은 영어로 대화하고 있다. 카질이 말을 이었다.

"4, 5, 6군단을 본국으로 귀환시키기 전에 무기를 모두 회수하는 것이 어떻습니까?"

화창봉은 눈만 껌벅였고 카질의 목소리가 방을 울렸다.

"저한테 맡기시면 제가 책임지고 회수하지요."

"그건 내 재량으로 안 되겠는데."

마침내 화창봉이 입을 열었다.

"상부에서 결정할 문제요, 군단장."

"그러니까 장관이 대통령께 건의해보라는 말씀이오."

"그건 대통령께서도 결정할 사항이 아닌데."

입맛을 다신 화창봉이 지그시 카질을 보았다.

카질의 건의는 이해가 간다. 하지만 후유증이 클 것이다.

첫째 3개 군단 병사들이 일제히 반발할 가능성이 크다. 마치 포로 취급을 당하는 것 같을 테니 반란을 일으키면 정권이 뒤집힐 수도 있다.

"내 생각인데, 그건 위험한 발상이오. 그리고 대통령이나 지도부도 그건 바라지 않소."

"내 의견을 건의나 해주시죠."

카질이 한 걸음 물러서는 자세로 말했다.

카질 입장으로는 3개 군단이 보유한 엄청난 무기가 탐났을 것이다.

그러나 화창봉은 30만 가까운 병력이 반란을 일으키지 않는 것만으로도 다

행인 입장이다.

위구르 공화국은 화창봉이 이끌고 온 3개 군단 병력을 이번 주 안으로 본국으로 귀환시키기로 한 것이다.

물론 '위구르 공화국'에 합류한 지휘부와 장교단, 약 1개 사단 병력의 군사는 위구르에 자진해서 남았다.

"중대원은 잘 따르나?"

창연이 묻자 곽성이 고개를 끄덕였다.

"해볼 만합니다."

"그럼 오늘 오후 8시에 시 청사를 쳐. 거긴 탈레반 1개 소대가 경비를 서고 있으니까 쉽게 점령할 수 있을 거야."

창연이 말을 이었다.

"오후 8시야. 그 시간에 전국의 관공서, 군부대가 습격을 받을 거다."

창연은 본국에서 밀파된 특전사 소속의 장교다.

지금 우루무치 서쪽 유탄시에 주둔한 제5군단 소속의 중대장 곽성에게 반란을 지시하고 있는 것이다.

"좋아."

창연이 자리에서 일어서면서 말했다.

"전국에서 1백여 개 목표가 습격을 받을 거다. 이것으로 '위구르 공화국'인지 개뿔인지는 곧 내란 상태가 되고 망하겠지."

"현재 공화국 안에 특전사 소속 장교단 2백여 명과 제18특전사 부대원 1천여명이 밀파되었습니다."

장평이 이동욱에게 말했다.

이곳은 우루무치의 콘티넨탈 호텔 라운지다. 오후 6시 반.

이동욱과 장평은 자주 회동을 하고 있다.

장평은 아직 '위구르 공화국'에서 직책을 맡지 않았지만, 중국에서와 마찬가지로 정보 분야를 총괄하고 있다.

고개를 든 장평이 이동욱을 보았다.

"8시에 전국에 걸쳐서 내란이 일어나도록 선동하고 있습니다. 이제 한 시간 반이 남았군요."

장평의 얼굴에 쓴웃음이 번졌다.

"시진핑의 마지막 도박이지요."

7시 35분.

제3중대장 곽성이 막사에 나왔을 때 1소대장 구명성이 다가왔다.

어둠에 덮인 마당에는 서너 명의 병사가 서성거리고 있다.

"준비되었나?"

곽성이 묻자 구명성의 뒤로 2소대장 연경춘의 모습이 드러났다.

그때 구명성이 곽성을 보았다.

"중대장 동지, 병사들이 모이지 않습니다."

"무슨 말이냐?"

"개죽음하기 싫다는 겁니다."

"뭐라고?"

얼굴을 굳힌 곽성이 어깨를 부풀렸다.

그때 연경춘이 말했다.

"그대로 돌아가고 싶다는 겁니다."

"그대로?"

버럭 소리친 곽성이 허리에 찬 권총을 빼 들었다.

"이 비겁한 놈들, 이런 놈들이 내 부하라니."

곽성이 총구를 구명성과 연경춘에게 겨눴다.

"너희들이 군인이냐?"

"중대장 동지, 진정하시지요."

연경춘이 말했지만 어깨를 부풀린 자세다.

"우리들에게 이런다고 해도 병사들이 움직이지 않습니다."

"당장 소집해!"

그 순간이다.

"탕, 탕."

총성이 울리면서 곽성이 벌떡 앞으로 쓰러졌다.

그 순간, 뒤에서 3소대장 용반이 나타났다. 손에 권총을 쥐고 있다.

"물귀신 같은 놈."

쓰러진 곽성을 내려다보면서 용반이 투덜거렸다.

"죽을 테면 저 혼자 죽어야 돼."

오후 10시 반.

대통령 집무실 안에 지도자급 인사들이 다 모였다.

리커창을 중심으로 장평, 화창봉, 무자락, 카샤르, 그리고 이동욱과 강기철, 정민아까지 둘러앉았다.

그때 먼저 장평이 입을 열었다.

"8시 정각에 전국 1백여 곳에서 동시에 반란이 일어나기로 계획되어 있었습니다."

고개를 든 장평이 주위를 둘러보았다. 얼굴에 웃음기가 떠올라 있다.

"정확히 118곳이 예정되었는데 10시 반 현재 14곳에서 반란이 일어났지만, 곧 진압되고 104곳은 사전에 부하들의 반항, 거부, 공화국 측이 보낸 저지반에 의해서 제압되었습니다."

그때 모두 서로의 얼굴을 돌아보았다. 수군거리는 인사도 있다.

장평이 말을 이었다.

"중국에서 밀파된 특전사, 암살대원들이 집중적으로 3개 군단 장교들을 충동, 위협해서 반란을 획책하고 있지만 대부분의 병사들은 거부하고 있습니다."

그때 카질과 이동욱의 시선이 마주쳤다.

이동욱이 고개만 끄덕였고 다시 카질의 시선이 화창봉에게 옮겨졌다.

카질의 시선을 받은 화창봉이 헛기침을 했다.

"중국군의 귀환을 서둘겠습니다."

화창봉이 리커창에게 말을 이었다.

"이번 사건을 기화로 3개 군단의 무기와 장비를 모두 압수하겠습니다. 병사들도 별로 거부감이 없을 것 같습니다."

리커창이 고개를 끄덕였을 때 이동욱이 마무리를 했다.

"무기 회수 작업은 공안에 맡기는 것이 낫겠지요."

카질의 탈레반군이 나서면 중국군 병사들이 거부감을 느낄지 모르는 것이다.

카질이 만족한 한숨을 쉬면서 고개를 끄덕였다.

어쨌든 무기만 회수하면 되는 것이다. 중국 측의 반란 선동 때문에 무기 회수의 명분이 섰다.

"3개 군단의 무기가 회수된다고 합니다. 병사들은 이제 맨손으로 돌아오는 셈이지요."

왕양이 지나는 말처럼 말했다.

이곳은 정치국 상임위 대기실 안.

앞에 정치국 서열 3위인 리찬수와 5위 왕후닝이 앉아 있다.

왕양이 말을 이었다.

"이곳에서 보낸 특전사 부대가 반란을 선동했다가 실패했기 때문입니다. 무기를 회수할 명분이 만들어진 것입니다."

"투항한 병사들 대접을 받는군."

외면한 채 리찬수가 말했다.

"리커창을 신장성 통령으로 보낸 것부터 계속해서 패착을 두고 있어."

"이것이 알려지면 민심이 요동칠 겁니다."

왕후닝이 말했을 때 왕양이 고개부터 저었다.

"안 됩니다. 주석 동지께선 절대로 알려지면 안 된다고 하셨습니다."

"아니, 어떻게?"

리찬수가 눈을 치켜떴다.

"30만 병력의 무기가 다 회수되는 것을 어떻게 감춘단 말인가?"

"철저히 보도 통제를 할 것이고 군 당국에도 지시가 내려질 것입니다."

왕양의 표정도 엄격해졌다.

"설령 30만 병력을 입국시키지 않더라도 기밀을 지켜야 합니다."

"이렇게는 안 돼."

마침내 리찬수가 잇새로 말했다.

왕양이 대기실을 나가고 왕후닝과 둘이 남았을 때다.

"진시황도 이런 식으로 통치를 하지 않았어. 뭐? 30만 군사가 발가벗겨진 채로 쫓겨 오는데 그것을 감춘다고?"

"쉿."

왕후닝이 눈짓을 하더니 목소리를 낮췄다.

"지금 시 주석의 신경이 예민해져 있습니다. 조심하시오."

"이런 상황에서 다시 재집권을 노리다니. 신장성까지 빼앗기고 말야."

"리 동지, 이제 그만하시죠."

그때 리찬수가 입을 다물었다. 그러나 눈이 흐려져 있다.

"리찬수 동지와 왕후닝 동지가 분노하고 있습니다."

왕양이 말하자 시진핑은 고개를 들었다.

주석실 방 안이다.

"분노해? 무엇 때문에?"

"신장성에서 해방군의 무기를 회수하는 것에 대해서 그렇습니다."

"……"

"신장성의 괴뢰 정권을 당장 무력으로 응징해야 된다는 것입니다."

"그건 당연하지."

"소극적으로 대응하면 국가의 위신만 추락된다는 것입니다."

"그건 맞는 말이야."

"리찬수, 왕후닝 동지가 강경파로 돌아선 것 같습니다."

시진핑이 고개를 끄덕였다. 시진핑의 입장과 같은 것이다.

"지금 당장은 곤란해."

잇새로 말한 시진핑이 왕양을 보았다.

"군대를 투입했다가는 북한 놈들한테 전쟁을 일으킬 빌미를 주는 거야."

"그렇습니다."

고개를 끄덕인 왕양이 말을 이었다.

"두 분도 같은 생각인 것 같습니다."

이동욱이 고개를 들고 정민아를 보았다.

오후 7시 반, 둘은 안가에서 저녁을 먹는 중이다.

"앞으로 두 달이 중요해."

이동욱이 말을 이었다.

"그때 세계지도가 변할 테니까."

안가 식당에는 둘뿐이다. 주방에 가정부가 등을 보이고 서 있지만 위구르인 이다.

이동욱이 말을 이었다.

"시진핑이 막강한 힘을 과시하고 있지만 하루아침에 무너질 수도 있어."

"내부에서 무너질까요?"

"그럴 가능성이 있지."

이동욱이 웃음 띤 얼굴로 정민아를 보았다.

"이번 반란을 이유로 무기를 회수하게 된 것이 시진핑에게 결정타가 될 거야."

정민아가 고개를 끄덕였다.

3개 군단 병력의 무기 회수는 전격적으로 시행되었다. 그리고 내일부터 30만 명 가까운 인민해방군이 본국으로 이동하는 것이다. 이동이 끝나는 것은 일주 일 후가 될 것인데 그것은 밤에만 움직이기 때문이다.

"중국 측에서는 비무장 병력의 이동을 극비로 하고 있지만 눈 가리고 아웅 하는 것이지."

따라 웃은 정민아가 말을 이었다.

"이번 보도로 아마 내부 갈등이 심해질 것 같아요."

"두 달 후에는 우리가 이곳을 떠날 수 있겠지."

이동욱이 수저를 내려놓으면서 말했다.

"그때가 오면 이번에는 길게 쉬어야겠다."

정민아의 시선을 받은 이동욱이 웃었다.

그때 탁자 위의 전화벨이 울렸기 때문에 정민아가 서둘러 집어 들었다.

이동욱의 전화다.

전화기를 넘겨받은 이동욱이 말했다.

"취재진을 안내하도록. 모든 편의는 다 봐주도록 해."

대답을 들은 이동욱이 전화기를 내려놓았다.

공화국 안의 외국 취재진은 곧 중국군 3개 군단이 모든 무기와 장비를 놔두고 맨몸으로 철수하는 장면을 취재할 것이다.

그것은 당연히 중국 전역에 보도된다.

마치 패전국 병사처럼 무장 해제되어 추방당하는 꼴이다.

밤, 이동욱과 정민아가 침대에 누워있다.

방의 불을 꺼 놓았지만 어둠에 익숙해진 눈은 상대방의 표정까지 읽는다.

모로 누운 정민아가 이동욱을 보았다.

"어디로 가실 건데요?"

"아직 결정 안 했어."

"그럼 저하고 같이 아프리카로 가요."

정민아의 눈이 반짝였다.

"에티오피아."

"거긴 왜?"

"아프리카의 중심이니까."

"내가 거기 있었지만 특별한 것 없는데."

"둘이 같이 있으면 특별해지는 거죠."

"그렇군."

"거기서 살아요."

정민아가 이동욱의 허리를 감아 안았다.

"나이로비 외곽의 고원지대에 별장 하나를 얻어서."

"……"

"내가 봐둔 곳 있어요."

이동욱의 가슴에 볼을 붙인 정민아가 말을 이었다.

"2층짜리 붉은색 벽돌 저택인데 영국 대사의 별장이었어요. 내가 여행 갔다가 잠깐 들렀던 곳인데……"

이동욱이 잠자코 정민아의 엉덩이를 당겨 안았다.

정민아의 말을 듣고 별장과 고원지대를 떠올리자 가슴이 편안해진 것이다.

풀과 땅 냄새도 코에 스며드는 것 같다.

"보도했어."

장평이 정색하고 말을 이었다.

"먼저 CNN, NBC, BBC가 보도했고 곧 중국으로 전파될 거야."

"보도진이 수백 명입니다."

웃음 띤 얼굴로 보광진이 말을 받았다.

보광진은 위구르 공화국의 경찰국장이 되어있다.

장평의 지시를 받은 보광진이 위구르 공화국 안에 있는 모든 보도진에 '무장해제'된 중국 해방군 3개 군단이 철수하는 것을 보도하게 시킨 것이다. 야간에 은밀하게 이동했지만 여지없이 보도되었다. 경찰의 보호를 받은 보도진들이 샅샅이 보도한 것이다.

오전 9시 반, 대통령 집무실 아래층의 보좌관실 안이다.

장평이 말했다.

"이제 시작이야, 국장."

"그렇습니다. 오늘 밤에 2차 철수 작업이 시작되는데 다시 보도할 겁니다."

"중국 인민들이 알게 되겠지."

장평이 번들거리는 눈으로 보광진을 보았다.

"인민들을 속이는 것도 한계가 있어."

"시 주석이 아무리 내부 단속을 한다고 해도 신장성이 떨어져 나간 상황입니다. 책임을 져야 될 것입니다."

보광진의 시선을 받은 장평이 얼굴을 찌푸리며 웃었다.

"우리를 배신자, 역적으로 몰겠지만 이미 우리는 위구르 공화국의 각료고 엄연한 국가의 개국공신이야. 시진핑 일당이 우리 가족을 마음대로 처단할 수 없어."

"그렇습니다."

보광진의 얼굴도 상기되었다.

지금 장평은 물론이고 리커창, 보광진의 가족까지 중국에 갇혀 있는 상황이다. 가족들은 체포되지는 않았지만 자택에서 연금 상태로 갇혀 있다.

그때 장평이 말했다.

"앞으로 두 달이야. 두 달 후면 새 역사가 쓰일 거야."

두 달 후에 전인대가 개최되는 것이다.

왕양이 다가섰을 때 리찬수와 왕후닝이 시선을 주었다.

이곳은 인민대회당 3층 정치국 상무위원 휴게실 앞이다.

오후 8시 반.

붉은색 양탄자가 깔린 복도는 인기척이 없다. 계단 입구에 경호대 장교들이 서 있어서 상무위원 외에는 출입하지 못하는 것이다.

그때 왕양이 말했다.

"여기는 CCTV, 도청 장치가 없습니다. 마음 놓으셔도 돼요."

둘의 시선을 받은 왕양이 쓴웃음을 지었다.

"제가 그건 다 압니다. 그래서 여기서 뵙자고 한 겁니다."

"무슨 일이오?"

왕후닝이 굳은 표정으로 물었다.

왕양은 정치국 상무위원 7명에 포함되지는 않지만 후보위원 20명 중 하나다. 그러나 주석실 비서였기 때문에 위세는 상무위원들도 함부로 못 하는 상무위원급이다.

그때 왕양이 바짝 다가섰다.

"주석께서 결원된 상무위원 자리를 군사위 부주석인 장지운을 임명하실 겁니다."

목소리를 낮춘 왕양이 말을 이었다.

"날짜는 5일 후인 정치국 전체위원 회의에서 주석의 건의로 자오러지, 한정의 동의를 받아 임명될 겁니다."

"……"

"장지운이 임명되면 그날 오후에 전국에 비상 계엄령이 선포되고 반역자 소탕 면목으로 전국의 불만 세력을 체포할 겁니다."

왕양이 바짝 다가섰다.

"두 분도 반역 동조 세력으로 체포되실 겁니다."

"……"

"지금 신장성에서 3개 군단 병력이 무기를 빼앗기고 쫓겨나오는 장면이 중국 전역으로 번져가고 있습니다. 며칠 후면 민심이 폭발할 테니까 전인대까지 가기 전에 서둘러 계엄령을 선포하는 겁니다."

"이봐, 왕 동지."

리찬수가 마침내 입을 열었다.

"방법이 없겠나?"

"있으니까 제가 두 분을 이렇게 만나는 것 아닙니까?"

왕양의 두 눈이 번들거렸다.

"죽지 않으려면 나서야 합니다. 그것이 국가를 위한 일이기도 하구요."

"베이징 방어군을 동원할 필요까지는 없습니다. 명단만 주시면 특공사단 3개 연대만 동원하면 중앙정부의 반역자들을 6시간 안에 다 체포할 수 있습니다."

장지운이 말하자 시진핑이 고개를 끄덕였다.

"명단을 작성 중이야. 약 1,500명 정도인데, 3개 연대 병력으로 되겠나?"

"충분합니다, 주석 동지."

"지방의 불순분자는 해당 지역의 군 병력을 동원하면 되겠지?"

"예, 주석 동지."

"5일 후 토요일이야. 오후 1시 정각."

"알겠습니다, 주석 동지."

어깨를 치켰다가 내린 장지운이 쓴웃음을 지었다.

"이건, 군(軍) 작전이라고 부르기도 어색합니다, 총격전도 일어나지 않을 테니까요."

그렇다. 당주석의 이름으로 계엄령을 선포하고 장지운이 계엄사령관이 된 상황이다. 대항은커녕 반발도 하지 못할 것이다.

"좋아. 오전 10시에 동무는 정치국 상무위원에 임명돼. 그리고 나서 정치국원 다수의 동의를 받아 내가 계엄령을 선포하고 동무가 계엄사령관이 되는 거야."

"알겠습니다."

어깨를 편 장지운이 정색했다.

"준비해놓겠습니다."

"너 봤어?"

후대선 상교가 묻자 진양 상교가 고개를 끄덕였다.

"봤어. 내가 분해서 잠을 못 잤어."

"이런, 다 봤는데 나만 못 봤군."

눈을 치켜 뜬 후대선이 바짝 다가왔다.

"보니까, 어때?"

"그건 군대도 아냐. 패잔병, 아니 싸우지도 못했으니까 패잔병도 아니지."

진양의 얼굴이 붉게 달아올랐다.

"빈손으로 쫓겨 나오는 건, 포로가 석방되어 나온 거야."

"……."

"쫓겨 나오면서 우는 장교도 있었어, 분해서 말야. 리커창, 장평한테 배신당한 것이 분한 게 아냐."

마침내 진양의 눈에서 눈물이 흘러내렸다.

"어처구니없는 작전을 짠 군 지휘부, 그리고 아무 소리 못 하고 밤에 슬그머니 철수시키는 당 지도부가 분한 거야."

"개 같은."

보지도 못했지만 후대선이 이를 갈았다. 그림만 떠올려도 분한 것이다.

이곳은 베이징 방어군 사령부가 위치한 양관시 외곽의 기지 안.

제2특공사단의 작전참모부 소속 후대선과 진양 상교가 신장성에서 철수하는 해방군에 대해서 이야기하는 중이다.

이광에게 정남희는 배우자일 뿐만 아니라 조언자, 상담자이기도 하다.

깊은 밤, 이광은 침실의 소파에 정남희와 나란히 앉아있다.

이곳은 경포대의 저택 안. 안가가 여러 곳이지만 이곳 2층 저택은 규모가 작아도 이광이 가끔 들러 쉬고 가는 곳이다.

주위는 조용하다. 그러나 경호실 요원들은 신경을 곤두세우고 있을 것이다.

그때 정남희가 입을 열었다.

"위구르 공화국이 독립 선언을 한 지 오늘로 10일째지요?"

"그런가? 난 며칠밖에 안 된 것 같은데."

이광이 웃음 띤 얼굴로 정남희를 보았다.

"시간이 잘 가는군."

"시진핑 주석은 하루가 열흘 같겠죠."

"시진핑이 곧 계엄령을 선포할 거야."

"어떻게든 민심을 억누르려고 하겠죠."

"그것이 가능한 국가야."

"하지만 이번은 힘들 것 같던데요."

정남희가 정색한 얼굴로 이광을 보았다.

"다른 사람들도 바보가 아니거든요."

"왕양이 주축이 되어 있어."

이광이 정색하고 말했다.

"이건 계획을 철저하게 세우고 지원 세력이 든든해서 이뤄지는 일이 아냐."

정남희의 시선을 잡은 이광이 말을 이었다.

"마치 홍수에 댐이 무너지는 것처럼 되어야 해."

"……"

"민심이 폭발하는 거지. 그것을 배경으로 담아야 제대로 되는 거야."

"그 과정을 말해주세요."

정남희가 몸을 돌려 이광을 보았다.

"당신의 머릿속에 든 중국의 미래를."

"그것이 듣고 싶어서 뜸을 들였나?"

이광의 얼굴에 웃음이 떠올랐다.

"독재자는 결국 망한다는 것이 만고의 진리야."

"특히 중국이 그렇죠. 5천 년 역사에서 3백 년 이상 가는 왕조가 없었던 것이 그 증거이고 모두 부패한 독재자로부터 민심이 떠나서 멸망했죠."

"대부분이 민중 봉기가 원인이 되었어."

"무장 해제된 30만 병력이 포로가 귀환하는 것처럼 돌아왔어요. 그것이 생생한 화면으로 중국인에게 보도되었고요."

"시진핑은 서두르겠지. 민중이 힘을 모아 일어나기 전에 말야."

"그래서 서둘러 계엄령을 선포할 계획이죠?"

"그런데 시진핑만 머리를 쓰는 게 아냐."

정색한 이광이 정남희를 보았다.

"5일 후에 정치국 상무위원 개편이 있어. 리커창 대신 군사위 부주석 장지운을 상무위원으로 임명하고 시진핑에게 비판적인 리찬수, 왕후닝을 리커창 일당으로 체포할 거야. 그러고 나서 바로 계엄령을 선포하는 거지."

그러고는 이광이 길게 숨을 뱉었다.

"앞으로 5일이야. 상무위원회가 일어나기 전에 끝내야 돼."

정남희가 숨을 들이켰다.

5일이라니.

"왕양, 그대가 계엄사령부를 감독해라."

시진핑이 굳은 얼굴로 왕양을 보았다.

"장지운이 정치국 상무위원을 겸하게 되는데 계엄사령관으로 군까지 지휘하게 돼. 그대가 감독관이 되는 거다."

"예, 주석 동지."

왕양이 고개를 끄덕였다.

"제가 밀착 감시를 하지요."

주석 집무실 안이다.

오전 9시, 시진핑이 출근하자마자 왕양을 불러 밀담을 나누고 있다.

그때 시진핑이 말을 이었다.

"그대가 주석실 경호대를 지휘해서 장지운의 일거수일투족을 감시해."

"예, 주석 동지."

"앞으로 닷새야. 서둘러야 돼."

"알고 있습니다."

한숨을 쉰 왕양이 앞에 앉은 시진핑을 보았다.

"신장성에서 철수한 진압군의 무장 해제 장면이 이미 전국에 퍼지고 있습니다. 민심이 불안합니다."

"시작 단계에서 눌러야 돼."

시진핑이 말을 이었다.

"내가 인민들의 속성을 알아. 처음부터 강경 대처를 해야 돼. 그렇지 않으면 제멋대로 날뛰게 된다."

"그렇습니다."

"발포도 허용하겠다."

시진핑이 번들거리는 눈으로 왕양을 보았다.

"왕양, 그대는 사건을 수습한 후에 상무위원으로 임명될 거다."

"……."

"한 달 후에는 상무위원이 될 거야. 리찬수, 왕후닝의 자리가 공석이 될 테니까."

"감사합니다, 주석 동지."

왕양이 고개를 숙였다.

"목숨을 바쳐 충성을 다 하겠습니다."

이번에는 김정은이 서울로 날아왔다.

남북한 통치자가 자주 오가는 바람에 이제는 언론도 대서특필하지 않는다.

이번 김정은의 방문 목적은 '경제 협력'이다.

이미 북한에 한국 기업들이 진출해서 그 고용 인원만 120만이 넘는다. 또한 아프리카의 리스타 연방국으로 이민을 떠난 주민이 70만 가깝게 되었다. 이광이 대통령으로 취임한 지 1년 만에 이뤄진 성과다.

오후 3시 반, 이광이 김정은의 숙소인 장충동의 '평화 호텔'로 들어섰다.

언덕 위에 세워진 7층짜리 아담한 건물이다. 이곳이 김정은의 전용 안가 겸 서울 집무실로 사용되고 있다.

7층의 응접실에서 이광과 김정은이 배석자들과 함께 둘러앉았다. 배석자는 비서실장 안학태, 상황실장 오대근, 그리고 북한 측은 김여정과 무력부장 조경만이다.

이광이 먼저 입을 열었다.

"곧 중국 내부에서 변혁이 일어날 것 같습니다. 이에 대비해야 됩니다."

김정은이 고개를 끄덕였다. 얼굴에 웃음이 떠올라 있다.

"시진핑이 절벽 끝으로 내달리는 겁니다."

김정은이 말을 이었다.

"그것을 우리가 대비해야 되겠지요."

"그래서 뵙고자 한 건데요."

이광이 정색하고 김정은을 보았다.

"이제 기회가 온 것 같습니다."

방 안이 조용해졌다. 김정은의 얼굴에도 웃음기가 지워졌다.

그 기회란 무엇을 의미하는가?

"어떻게 되는 거야?"

부시가 묻자 CIA 부장 매크레인이 대답했다.

"곧 계엄령이 선포될 겁니다. 지금 민심이 폭발 직전입니다."

지금 부시와 매크레인은 중국 이야기를 하고 있다. 매크레인이 보고를 하려고 들어온 것이다.

오벌룸 안에는 국무장관 마이클 존슨과 안보보좌관 선튼까지 둘러앉아 있다.

"지저스 크라이스트."

어깨를 부풀린 부시가 크게 뜬 눈으로 셋을 둘러보았다.

"어떤 방식으로 폭발할 것 같나?"

"불길이 일어나기 시작하는데 그 위에 기름을 붓는 모양이 될 것입니다."

"이봐, 난데없이 문학적 표현을 쓰지 말라고. 구체적으로 말해."

다른 때 같으면 그냥 넘어갔을 텐데 부시가 성을 내었다. 그러자 당황한 매크레인이 헛기침부터 했다.

"대대적인 반대파 숙청 작업을 시작할 예정입니다. 이미 숙청 대상자 명단이 작성되었습니다."

매크레인이 숨을 고르고 나서 말을 이었다.

"그런데 그 명단이 공개되고 있단 말입니다."

주석궁 경호대는 방현 중장이 이끄는 1개 사단 병력으로 구성되어 있다.

그중에서 주석궁 내부 경호는 1개 대대 병력이 맡았는데 모두 장교들이다.

내부 경호대장은 서관주 소장, 내부 경호대가 바로 '주석궁 호위대'다.

호위대장인 서관주가 주석궁 2층의 귀빈 식당에 들어섰을 때는 오후 12시 반이다.

안쪽 식탁에 앉아있던 왕양이 서관주를 보더니 고개를 끄덕여 알은체를 했다.

오늘은 왕양이 서관주를 부른 것이다.

"비서 동지, 부르셨습니까?"

"같이 밥 먹으면서 이야기할 것이 있어."

왕양이 부드러운 표정으로 말했다.

서관주는 48세. 조부가 모택동 주석의 호위병을 지낸 명문가 출신이다. 부친은 상장으로 군사령관을 지내다 사망했으니 대를 이은 군인 가문이다.

뷔페식 식당이어서 음식을 담아온 왕양이 서관주에게 말했다.

"방현 경호대장한테서 이야기 들었지?"

"예, 비서 동지."

젓가락으로 국수를 들어 올리던 서관주가 긴장했다.

이곳은 안쪽 자리여서 둘뿐이다. 왕양이 목소리를 낮췄다.

"뭐라고 하던가?"

"계엄군 사령관을 비서 동지가 감독한다고 들었습니다."

"주석 동지가 지시한 것이지."

그때 서관주가 젓가락을 내려놓았다.

"관제 쿠데타입니다."

"그렇다."

둘의 시선이 마주쳤고 동시에 비껴졌다.

왕양이 음식은 손에 대지도 않고 커피 잔을 들었다.

서관주는 이른바 황태자당으로 시진핑과 같은 부류다. 그래서 '호위대장'이 된 것이다.

그러나 서관주는 소련 유학을 다녀온 유학파다. 미국, 영국에서 7년 동안 대사관의 무관으로 근무한 경력도 있다.

이윽고 둘의 시선이 다시 마주쳤고 왕양이 입을 열었다.

"자네도 리스트를 받았지?"

"1,500명이 넘습니다, 형님."

"이제 나흘 남았어."

"그 후로 어떻게 됩니까?"

"새 중국이 탄생하는 거지."

그때 주위를 둘러본 서관주가 어깨를 폈다.

"준비되었습니다."

서관주의 두 눈이 번들거리고 있다.

시진핑이 앞에 선 경호대장 방현을 보았다.

주석궁의 주석 집무실 안, 오후 3시.

방 안에는 둘뿐이다, 독대다.

"상임위원회 결정이 날 때까지 기다릴 필요도 없어. 오후 2시에 시작하도록."

"예, 주석 동지."

방현이 말을 이었다.

"1차로 베이징에 있는 218명을 체포하겠습니다."

중요한 인물들은 정치국 상임위원회가 열리는 터라 모두 베이징에 와 있는 것이다.

고개를 끄덕인 시진핑이 얼굴을 펴고 웃었다.

"나흘 후에는 정국이 안정될 거야."

"당연한 일입니다, 주석 동지."

"계엄령이 선포될 때까지 기다릴 필요도 없다는 걸 명심해."

"예, 주석 동지."

"계엄사령관은 인민들의 동요를 제압하는 역할이지만 동무 역할이 가장 중요해. 반역 세력의 지도자급을 체포하는 과업이다."

"예, 맡겨 주십시오."

"이번 과업이 끝나면 동무는 내 측근이 될 것이다."

"영광입니다, 주석 동지."

방현의 목소리가 떨렸다.

정치국 상무위원 리찬수는 상무위원 7명 중 서열 3위로 2위인 리커창 다음이었다. 직책이 전국인민대회 상임위원장.

리찬수는 베이징 교외의 자택에서 이틀째 칩거 중이다.

오후 3시 반, 리찬수가 응접실에서 비서의 보고를 받는다.

"연락이 되지 않습니다."

리찬수는 시선만 주었고 비서가 말을 이었다.

"전원을 꺼놓은 것 같습니다."

"통신을 차단시킨 것이군."

리찬수가 말하자 비서는 입을 다물었다.

그렇다는 표시다. 집 안에서도 도청 장치가 있기 때문이다.

지금 리찬수는 당무를 보려고 정치국 후보위원 오기영에게 연락했던 것이다.

리찬수가 흐려진 눈으로 비서를 보았다.

"이쪽에서 연락을 한 당사자는 모두 통화가 안 되고 걸려오는 전화는 되나?"

"예, 위원장 동지."

"내가 지금 연금된 것이나 같군."

쓴웃음을 지은 리찬수가 지시했다.

"차 대기 시켜. 인민회의 사무실에 가겠다."

"예, 위원장 동지."

비서가 서둘러 몸을 돌렸다.

어제 오후부터 통신이 끊긴 것이다. 리찬수 개인 휴대폰은 말할 것도 없고 가족, 심지어는 저택에서 일하는 가정부, 비서들의 휴대폰도 불통이 되었다.

그러나 모두 불평하지 않는다. 왜 그런지 짐작하고 있기 때문이다. 반발했다가는 즉시 끌려가게 될 것을 아는 것이다.

그때 비서가 응접실로 들어섰다.

비서는 리찬수의 시선을 받지 않는다.

"위원장 동지, 교통국에서 차량 운행을 당분간 중지시켰습니다."

"뭐라고?"

"저택 안의 차량 3대와 비서들의 차까지 중지시킨 것입니다."

"……"

"오늘 아침에 기사 대기실로 통보가 왔다는 것입니다."

"……"

"저택 밖으로 나가려면 교통국에 신고를 해야 된다고 합니다."

"교통국에?"

"예, 위원장 동지."

"교통국장한테 연락해."

교통국장은 내무부 소속 3급 관리고 이름도 모른다. 서열로 치면 대장이 상사한테 연락을 하는 셈이다.

그런데 이번에는 통화 연결이 되었다. 비서가 전화기에 대고 소리쳐 묻는다.

"이봐요, 국장. 여긴 전인대 상무위원장 자택이고 난 비서 우훙달이오."

"예, 비서 동지."

"당신, 왜 차량 운행을 금지시켰어? 이유가 적법하지 않으면 각오해야 될 거야."

지금까지 쌓였던 화가 교통국장에게 분출되었다.

우훙달이 소리쳐 말했을 때 교통국장이 말했다. 차분한 목소리다.

"불순분자들의 테러 가능성이 있다면서 베이징 공안부에서 공문이 왔기 때문입니다. 저로서는 지시대로 움직일 수밖에 없었습니다."

"베이징 공안부?"

"예, 비서 동지."

"테러 가능성?"

"예, 확인해보시지요."

그때 옆에서 듣고 있던 리찬수가 말했다.

"통화 끝내자."

비서가 전화를 끝냈을 때 리찬수가 얼굴을 일그러뜨리며 웃었다.

"상무위원회가 열릴 때까지 집에 연금시키려는 수작이군. 그리고 나서……."

이제는 도청도 무시한 채 리찬수가 말을 이었다.

"상무위원회에서 날 제명할 거야. 주석의 제의로 2명만 찬성하면 되니까."

그리고 군사위 부주석인 장지운을 상임위원으로 임명하는 것이다.

그것까지는 말 안 했다. 왕양한테서 들은 이야기니까.

오후 8시 반.

시진핑이 앞에 앉은 자오러지와 한정을 보았다.

자오러지는 상무위원 7명 중 서열 6위지만 중앙기율검사위 서기로 공안과 검찰, 정보기관의 총수다. 막강한 직책이다.

한정은 서열 7위. 국무원 상근 부총리였으니 반역자인 리커창을 대신해서 지금 총리 대행 역할을 하고 있다.

시진핑이 입을 열었다.

"동무들 둘과 이번에 상무위원이 될 장지운, 그리고 왕양이 내 수족이야. 물론 왕양은 두 달 후에 상무위원이 되겠지만 말이네."

시진핑이 둘을 번갈아 보았다.

"장지운의 상무위원 임명 동의가 끝나면 계엄령을 선포할 예정이야. 동무들이 계엄령 선포에 동의해주게."

"여부가 있습니까?"

자오러지가 정색하고 말했다.

"당연히 국내 분위기를 안정시켜야 합니다. 그러기 위해서는 계엄령이 최선의 방법입니다."

"당연히 동의하겠습니다."

한정이 말했을 때 시진핑이 고개를 끄덕였다.

"두 달 후의 전인대에서 동무들의 서열을 2위와 3위로 격상시키겠네."

"저는 사양합니다."

"저도 아직 부족합니다."

둘이 바로 사양했지만 시진핑이 고개를 저었다.

"국가에서 필요로 하는 것이네. 앞으로 동무들이 내 뒤를 이을 사람들이네."

후계자가 될 것이라는 말이다.

상무회의 개최일.

이화원 북쪽 주석의 제1안가에서 시진핑이 눈을 떴다.

벽시계가 오전 7시 10분을 가리키고 있다.

침대에서 몸을 일으킨 시진핑이 가운 차림으로 응접실을 나섰을 때다.

"아니."

놀란 시진핑이 눈을 크게 떴지만 곧 웃었다.

왕양이 소파에 앉아 있었기 때문이다.

시선이 마주치자 왕양이 자리에서 일어섰다.

"주석 동지, 일어나셨습니까?"

"응, 언제 왔나?"

"조금 전에 왔습니다."

고개를 끄덕인 시진핑이 냉장고로 다가갔다.

매일 아침 왕양이 시진핑에게 상황 보고를 해온 것이다. 그런데 오늘은 조금 빨리 왔다.

냉장고 문을 연 시진핑이 생수병을 꺼내 병째로 세 모금을 삼키고 내려놓았다.

이곳 안가에는 시진핑이 혼자 거처하고 있다.

"그래. 별일 없나?"

"예, 주석 동지."

"장 상장이 계엄군 사령관이 되었을 때는 그대가 당분간 내 옆을 떠나 있겠군. 밀착 감시를 해야 될 테니까 말야."

오늘 오후에 계엄령이 발표될 테니 오후부터다.

손등으로 입가의 물기를 닦은 시진핑이 앞쪽 소파에 앉으면서 물었다.

"요즘 민심이 어때?"

"폭발 직전입니다, 주석 동지."

과격한 표현이었기 때문에 시진핑이 숨을 들이켰다.

왕양이 정색하고 시진핑을 보았다.

"해방군을 참담한 포로처럼 만든 당 지도부에 대한 분노가 폭발하기 직전입니다."

"지금 무슨 말을 하는 거야?"

시진핑이 낮게 물었지만 목소리가 떨렸다. 얼굴은 이미 굳어 있었고 눈빛이 차갑다.

그때 왕양이 대답했다.

"진실을 말씀드리는 겁니다."

"맡은 일이나 잘해."

"오늘 계엄령이 선포되고 무자비한 숙청이 시작되면 인민의 분노는 절정에 이를 것입니다."

"닥쳐라, 왕양."

시진핑이 마침내 버럭 소리쳤다.

"너도 잡아넣기 전에 입 닥쳐!"

"그렇게 안 됩니다."

"아니, 이놈이."

그때 왕양이 자리에서 일어섰다.

어깨를 부풀린 왕양이 고개를 돌려 옆쪽에 대고 소리쳤다.

"들어와!"

그 순간 응접실 안으로 장교 4명이 들어섰다.

거침없이 다가온 장교들이 시진핑에게 다가갔다.

"아니, 너희들 누구야!"

시진핑이 버럭 소리쳤다.

안가 안에는 호위대 소속 경호원 20여 명이 항상 근무하고 있다. 밖에는 1개 중대 병력의 호위대가 대기 상태다. 그러나 다가온 넷은 처음 보는 얼굴이다.

그때 왕양이 말했다.

"묶고 입은 테이프로 붙여라."

"옛!"

사내 하나가 대답했을 때 시진핑이 버럭 소리쳤다.

"이놈들! 내가 누군지 아느냐!"

그 순간이다.

다가선 사내가 주먹으로 시진핑의 배를 쳤다.

"억!"

격심한 고통이 전해졌다.

그리고 그보다 백배는 더 큰 충격을 받은 시진핑이 입을 짝 벌렸다.

얻어맞은 것이다. 마치 개처럼 얻어맞았다.

다음 순간, 엄청난 공포감이 덮쳐온 시진핑의 몸이 굳어졌다.

그때 사내들이 덮쳐왔다.

"꼼짝 말고 있어, 이 새꺄."

사내 하나가 팔을 뒤로 비틀면서 소리쳤다. 다른 사내가 익숙한 손놀림으로 뒤로 젖힌 팔을 묶는다.

시진핑이 이미 죽은 생선처럼 변한 눈으로 왕양을 보았다. 그러나 공포감에 덮인 입은 떨어지지 않는다.

전혀 예상하지 못했기 때문이다.

구름 위에서 진창 바닥으로 곤두박질을 치면서 떨어졌기 때문이기도 할 것이다.

오전 10시 15분이다.

인민대회당 안의 정치국 상임위원회 회의실에 둘러앉은 리찬수, 왕상귀, 왕후닝, 자오러지, 한정이 시진핑을 기다리고 있다.

그리고 말석에 앉은 사내가 있다.

바로 군사위 부주석인 장지운이다. 장지운이 오늘 정치국 상무위원에 선출되는 것이다.

그때 회의실 안으로 주석실 비서 왕양이 들어섰기 때문에 모두의 시선이 모였다.

"드릴 말씀이 있습니다."

시진핑의 주석석 옆에 선 왕양이 주위를 둘러보았다.

"오늘 주석께서는 갑자기 병을 얻으셔서 요양 중입니다. 따라서 정치국 상임위원회는 당분간 보류되었습니다."

"아니."

가장 먼저 반응한 위원은 중앙기율위 서기 자오러지다.

"무슨 병입니까?"

"국가 기밀입니다."

왕양이 대답했을 때 회의실로 10여 명의 호위대원이 들어섰다.

놀란 상임위원들이 몸을 굳혔을 때 왕양이 말했다.

"그러나 주석께선 병석에서 특별 지시를 했습니다."

왕양이 주머니에서 접힌 종이를 꺼내들었다.

"주석의 지시로 내란 음모 혐의를 받은 일당을 체포합니다."

고개를 든 왕양이 상무위원들을 둘러보았다.

상무위원 뒤쪽에는 호위대 장교들이 늘어서 있다.

왕양이 서류를 읽었다.

"군사위 부주석 장지운을 체포한다."

그 순간 호위대 장교들이 장지운을 잡았다.

기가 질린 장지운이 입만 쩍 벌렸을 뿐 반항도 하지 못했다.

그때 왕양이 말을 이었다.

"또한 장지운과 공모한 상무위원 자오러지, 한정을 체포한다."

"아니, 내가 왜?"

자오러지는 소리쳤다.

그러나 더 이상 이어지지는 않았다. 호위대 장교들이 뒤에서 덮쳤기 때문이다. 셋이 호위대에 끌려갔을 때 회의실 안에는 셋이 남았다.

리찬수, 왕상귀, 왕후닝이다.

그때 왕양이 리찬수를 보았다.

"시진핑 동지께서 주석 대리로 리찬수 동지를 임명하셨습니다. 리찬수 동지께서 상무위원회를 이끌어 주시기 바랍니다."

오후 1시.

이광이 집무실에서 중국 CCTV의 화면을 보고 있다.

녹화 방송이어서 현지에서는 1시간 전에 방송된 화면이다.

긴장한 표정의 사내가 연단에 서 있는데 바로 주석실 비서 왕양이다.

왕양이 입을 열었고 아래쪽에 한글 자막이 떴다.

"금일 12시를 기하여 중국 전역에 계엄령을 선포한다. 이것은 국가주석 시진핑 동지와 정치국 상임위원 전원이 만장일치로 결정한 것이다."

왕양이 번들거리는 눈을 더 치켜떴다.

"계엄사령관은 인민해방군 총참모장 한대운 상장이며 국정은 국무원 총리로 임명된 리찬수 동지가 총괄한다."

이광이 고개를 돌려 옆에 앉은 안학태에게 말했다.

"왕양이 실권을 잡았군."

"예, 대통령님."

안학태가 고개를 끄덕였다.

"중국에 새 시대가 시작된 것이지요."

그때 이광의 시선이 벽에 붙은 지도로 옮겨졌다.

그것을 본 상황실장 오대근이 리모컨으로 TV를 껐다.

"이제 위구르 공화국 기반은 굳혀졌군."

이광이 혼잣소리처럼 말했다.

"리커창이 이렇게 될 것을 예상했을까?"

"예상하지 못했을 것입니다."

안학태가 대답했다.

"중국 대륙을 왕양에게 내줄 리가 있겠습니까? 리커창도 지금 놀라고 있을 겁니다."

"리커창이 그때 위구르로 떠나지 않았다면 중국에서 고사(枯死)했겠지요."

오대근이 말했을 때 이광이 고개를 끄덕였다.

"장평에게 연락해."

왕양이 앞에 선 경호대장 서관주를 보았다.

서관주는 이제 주석궁 경호대장이 되어있다. 호위대장까지 겸하고 있다.

방현 중장은 체포되어 베이징 군부대에 수감되어 있다.

"실적이 어떠냐?"

"예, 현재까지 98퍼센트입니다."

서관주가 바로 대답했다.

"나머지도 내일 오전까지는 체포합니다."

왕양이 고개를 끄덕였다.

이제 왕양은 반(反)시진핑 세력의 적극적인 지지를 받고 있다.

그 원인이 있다.

시진핑이 적어준 반국가 세력 1,500명의 명단이다. 왕양은 명단에 적힌 1,500명에게 시진핑의 '명단'을 보여준 것이다. 그 1,500명이 이제는 적극적인 왕양의 동조 세력이 되어있다.

시진핑은 지금 체포되어 안가에서 연금 상태다.

"자, 이제 시작이야."

왕양이 결의에 찬 얼굴로 말했다.

"새 중국이 일어난다."

그래서 전인대를 한 달 후로 앞당긴 것이다.

전인대에서 새로운 지도부, 새 지도자가 탄생된다.

"갓댐."

부시가 어깨를 부풀리며 말했다.

에어포스1의 집무실 안, 부시는 지금 워싱턴에서 LA로 날아가는 중이다.

부시가 앞에 앉은 국무장관 마이클 존슨에게 물었다.

"마이클, 그럼 중국은 왕양의 세상이 되는 건가?"

"왕양은 배후 실력자입니다. 전면에 내세운 것은 서열 1위의 주석대리가 된 리찬수입니다."

"그다음이 서열 2위로 국무원총리로 부상한 왕상귀지요."

옆에 앉은 안보보좌관 선튼이 말했다.

"왕양은 지금도 정치국 후보위원 20명 중의 하나지만 군사위부주석에 올랐습니다. 체포된 인민해방군 총사령관 장지운 대신 군권을 장악한 것이지요."

"대단하군."

부시가 감탄했다.

"왕양이 마치 선튼, 자네 같은 입장이군."

"무, 무슨 말씀입니까?"

당황한 선튼이 눈을 크게 떴다.

옆에 앉은 마이클은 시치미를 떼었고 부시가 말을 이었다.

"들리는 소문으로는 자네가 군 장성 인사를 다 한다던데, 아닌가?"

"각하, 농담하지 마십시오. 그러다가 여기 있는 마이클이 진짜로 그런 줄 알고 소문을 낼지도 모릅니다."

"마이클이 나한테 한 말이야."

"아니, 무슨."

놀란 마이클이 입을 딱 벌렸을 때 선튼이 한숨을 쉬었다.

"하나도 우습지 않습니다, 각하."

"내 조크가 그렇게 형편없나?"

"그렇습니다. 안 하시는 게 차라리 났습니다."

그때 마이클이 정색했다.

"각하, 세계 각국이 이번 중국 사태에 신경을 곤두세우고 있습니다."

"그렇겠지."

"그리고 남북한의 반응을 주시하는 중입니다."

이제는 부시가 시선만 주었는데 어느덧 정색하고 있다.

그때 선튼이 말을 이었다.

"위구르 사건부터 이번 중국의 무혈 쿠데타에 이르기까지 남북한이 배후자라는 것을 모두 알고 있기 때문이죠. 심지어는 왕양도 남북한의 조종을 받고 있다는 소문이 났습니다."

부시가 고개를 끄덕였다.

그러도록 도와준 것이 미국이다.

"내가 미스터 리를 만나야겠어."

부시가 눈동자의 초점을 잡고 말했다.

"미스터 리, 미스터 김, 두 놈만 밥상에 앉아 있는 꼴은 볼 수가 없어."

그 시간에 왕양은 군사위 부주석실에서 사내 하나와 밀담을 나누고 있다.

바로 루신이다. 장평의 비서인 루신인 것이다.

루신은 장평과 함께 신장성으로 들어가 위구르 공화국을 건립하는 바람에 반역자가 되었다.

그 루신이 베이징으로 온 것이다. 물론 밀행이다.

그러나 루신은 당당하게 베이징 복판의 천안문 광장에 위치한 군사위 건물에 들어와 있다.

그때 루신이 말했다.

"장평 동지가 적극적으로 협조해주시겠다고 합니다."

루신이 테이블 위로 서류 봉투를 내밀었다.

"반역 세력의 조직도입니다."

"고맙군."

왕양이 얼굴을 펴고 웃었다.

서류를 끌어당긴 왕양이 루신을 보았다.

"루신, 장평 동지한테 들었겠지만 그대가 정보국장을 맡아야겠어."

왕양이 말을 이었다.

"가장 중요한 직책이야. 그리고 나하고 손발을 맞출 수족이 필요해."

"저한테는 과분한 직책이지만 목숨을 버리겠다는 각오로 수행하겠습니다."

루신이 굳은 얼굴로 말을 이었다.

"장평 동지께서도 정보국의 위상과 조직의 약화를 걱정하고 계셨습니다."

"맡아주겠다니 고맙네."

왕양이 심호흡을 했다.

"이제 천군만마를 얻은 기분이야."

장평은 시진핑의 수족으로 모든 정보를 규합했던 인물이다.

왕양은 이제 루신이 그 역할을 해주기를 바라고 있다.

이번에는 이광이 평양으로 날아왔다.

대동강 변의 초대소 안.

이광의 전용 초대소여서 '평양 별장'이나 같다. 종사원도 집안 식구 같았기 때문에 정남희는 이곳이 서울 거처보다 낫다고 한다.

오후 8시 반.

이광과 김정은이 베란다에 나란히 앉아 대동강을 내려다보고 있다.

이광이 입을 열었다.

"당분간은 왕양과 혁명 세력이 기반을 굳히도록 도와줘야 할 것 같습니다."

"그건 그렇습니다만……."

김정은이 고개를 끄덕였다.

이광의 방문 목적은 바로 이것이다. 최고 지도자인 둘이 상의하고 결정하는 것이다.

이광이 말을 이었다.

"지금이 중국을 합병하기 가장 적절한 시기이긴 해요."

고개를 든 이광이 김정은을 보았다.

"국경 분쟁을 일으켜 압록강을 넘으면 동북3성을 탈취할 수 있을 겁니다."

"강경파 군 지휘관들이 주장하고 있습니다. 10일이면 동북3성을 점령할 수 있다는 겁니다."

김정은의 말에 이광이 고개를 끄덕였다.

"중국의 지도부인 왕양, 리찬수 등이 군 지휘부를 며칠은 눌러줄 테니까요."

이광이 말을 잇는다.

"하지만 내전이 일어날 가능성이 많아요. 흩어졌던 민심(民心)이 우리를 외적으로 삼고 뭉칠 테니까요."

"맞습니다."

김정은도 동의했다.

"우리 인민군 참모부에서도 같은 의견입니다."

"정국을 안정시키고 동북3성을 정치적으로 합병하는 방법을 찾읍시다."

김정은이 고개를 끄덕였다.

북한과 동북3성의 합병인 것이다.

이광이 웃음 띤 얼굴로 말을 이었다.

"한국의 미래는 김 위원장이시오. 난 오직 한국의 미래를 위해서 불쏘시개 역할을 할 겁니다."

"무슨 말씀입니까?"

정색한 김정은이 이광을 보았다.

"새 한국의 기틀을 잡으시는 분은 대통령 각하이십니다. 저는 그런 자격이 없습니다."

그때 고개를 저은 이광이 탁자 위에 놓인 술병을 집었다.

"나는 이제 김 위원장을 믿습니다."

믿는다는 단어가 엄청난 부담이 되었는지 김정은은 숨만 들이켰다.

둘이 입을 다물었을 때 강물이 강변에 부딪히는 소리가 났다. 물 냄새도 맡아졌다.

중국 전역은 아직도 숙정 중이다.

현재 고위급 당 간부, 고위 공직자 중 체포, 연금된 인사는 2천여 명. 성장, 성의 당서기 중 70퍼센트가 면직을 당하거나 연금, 체포되었다. 그 숙정 작업의 주역이 된 인사들이 바로 1,500여 명에 이르는 시진핑의 숙정 리스트에 적힌 인사들이다.

시진핑이 은밀하게 비서들과 함께 작성한 '숙정 예정자'가 이제는 칼자루를 쥔 것이다.

왕양은 그 리스트를 당사자들에게 배포했기 때문에 그것이 그들을 단결시키는 효과를 내었다.

그러나 이것도 왕양과 지금 신장성에 가 있는 장펑이 꾸민 모략이다.

왕양은 시진핑의 신임을 이용해서 '적'을 대량 생산해낸 것이다.

독재자는 자신의 '그림자'에 당한 셈이다.

오후 3시.

오늘도 왕양이 주석실에서 리찬수를 마주 보고 앉아 있다.

"주석 동지, 이제 정국이 안정되어 갑니다. 마음을 놓으셔도 되겠습니다."

왕양이 말하자 리찬수가 빙그레 웃었다.

"모두 그대 공이지. 스스로 자화자찬하는 것 같군."

"그렇게 보이십니까?"

따라 웃은 왕양이 리찬수를 보았다.

어제 왕양은 정치국 상무위원이 되었다. 자오러지가 맡았던 중앙기율검사위 서기직까지 맡았으니 막강한 권력을 쥔 셈이다. 정치국 내부에서의 서열도 4위가 되어서 리찬수, 왕후닝, 왕상귀 다음이다.

왕양이 말을 이었다.

"곧 미국도 특사를 보내 새 지도부를 축하해줄 것입니다."

"그런가?"

"미국 대사의 연락을 받았습니다."

리찬수가 고개를 끄덕였다.

그리고 무엇보다도 민중들의 반응이 좋은 것이다.

시진핑은 신장성이 탈취됐는데도 은폐하려고만 했다. 그리고 장기 집권에다 측근, 고위 공직자들의 부패가 만연하는 바람에 민중들은 지도부를 멸시하고 있었다. 거기에다 각종 세금, 불경기까지 겹쳐 민중들의 불만이 쌓여갔던 상황이다.

왕양이 주도한 '무혈 쿠데타'는 일단 성공한 셈이다.

여기는 '위구르 공화국'의 우루무치, 교외의 저택에서 이동욱이 손님을 받는다.

서울에서 날아온 오대근이다. 국정상황실장 오대근이 찾아온 것이다.

오대근은 보좌관 유근수와 동행이었고 이동욱은 정민아와 함께다.

인사를 마친 오대근이 입을 열었다.

"요즘 바쁘십니까?"

"난 곧 이곳을 떠납니다."

이동욱이 웃음 띤 얼굴로 오대근을 보았다.

"총리한테 휴직 사인을 받았어요."

이동욱의 직책은 총리 보좌관이다. 무자락의 보좌역이 되어있는 것이다.

"이젠 강기철 대좌가 할 수 있으니까요. 내 역할은 끝났습니다."

강기철은 위구르 공화국의 '국방 자문관'이다. 공화국 군대를 총괄하고 있다.

그때 오대근이 다시 물었다.

"서울로 가십니까?"

"아니, 이집트로."

이동욱이 옆에 앉은 정민아를 보았다.

"정 보좌관과 함께 리스타로 돌아갑니다."

"아, 리스타로."

이광이 리스타 회장직을 내려놓고 리스타의 각 그룹이 독립적으로 운영되고 있는 상황이다.

오대근이 그 시스템을 알 리가 없다.

오대근이 이동욱과 정민아를 번갈아 보았다.

"두 분이 고생 많으셨습니다. '위구르 공화국'은 두 분 덕분에 건국된 것이나 같죠."

"이런."

이동욱이 이를 드러내고 웃었다.

"훈장 주시려고 온 겁니까?"

"아닙니다."

쓴웃음을 지은 오대근이 말을 이었다.

"대통령께서 위구르에 가는 길에 두 분을 뵙고 수고했다는 말씀을 직접 전하라고 하셔서요."

오대근이 비밀 특사로 리커창을 만나러 온 것이다.

그날 밤.

저택의 베란다에서 이동욱과 정민아가 나란히 앉아서 술을 마시고 있다. 오대근은 정민아도 만나고 간 것이다.

이동욱이 입을 열었다.

"카이로에 있는 리스타 연합 사장을 맡기로 했어."

고개를 든 이동욱이 정민아를 보았다.

"오 실장을 만나 무슨 이야기를 했어?"

정민아가 탁자 위에 놓인 술잔을 들었다.

"도와달라고 했어요."

이동욱의 시선을 받은 정민아가 말을 이었다.

"지금부터가 가장 중요한 시기라고 했어요. 나를 김여정 씨 보좌관으로 보냈으면 좋겠다네요."

"김여정 씨? 북한?"

"김여정 씨가 국제관계 보좌관을 원해서요. 그래서 한국에서 5명을 추천했는데 그 5명에 포함되지 않은 나를 김여정 씨가 지명했다네요."

"여기서 보고가 올라간 모양이구만."

"오 실장도 그런 이야기를 했어요."

"그래서 오 실장이 가고 나서 당신 얼굴이 환해졌구나."

"내가 언제?"

눈을 흘긴 정민아가 정색했다.

"오 실장한테 안 갈 수 없느냐고 물었더니 난감해하더군요."

"가야지."

이번에는 이동욱이 정색했다.

"공직자로서 이만한 명예가 없어."

이동욱의 목소리에도 열기가 띠어졌다.

"대통령께서도 기뻐하셨을 거야."

"좋아요?"

"그래, 좋아."

고개를 끄덕인 이동욱이 말을 이었다.

"카이로에서 내 보좌관으로 일하는 것보다 백 배 더 가치 있는 직책이지."

"……"

"김여정 씨가 당신한테서 배우려고 하는 거야. 나는 그 의지가 훌륭하다고 생각하고 있어."

"내 생각도 그래요. 오 실장도 그렇게 생각하고 있고."

정민아가 말을 이었다.

"나는 한국의 연락관 역할도 맡게 된다는군요."

"내가 김 위원장한테서 중장 계급을 받았어. 나하고 비슷한 직책이야."

이동욱의 얼굴에 웃음이 떠올랐다.

"그런데 이제는 당신이 김여정 부장의 보좌관 직책을 맡게 되었어."

"우리가 북한하고 결혼한 셈이네, 각각."

'각각'이란 말에 힘을 준 정민아가 시선을 주었다. 불빛을 받은 정민아의 눈이 반짝이고 있다.

"당신하고 카이로에서 좋은 시간을 보내고 싶었는데."

이동욱이 시선을 돌렸다.

그 '좋은' 시간이란 보통 사람들이 갖는 남녀의 시간을 말한다.

그런데 그것이 깨진 것에 대해서 둘은 진심으로 서운해하는 것 같지가 않다.

예상하고 있었던 모양이다.

리커창이 고개를 들고 오대근을 보았다.

이곳은 우루무치의 대통령궁 안.

대통령궁이 없었기 때문에 교외의 작은 호텔을 인수, 대통령 집무실과 저택으로 사용하고 있다.

집무실에는 리커창과 장평, 오대근과 수행원 유근수까지 넷이 둘러앉았다.

"위구르 공화국은 시진핑을 제거하기 위한 수단으로 추진했을 뿐이오."

리커창이 말을 이었다.

"여기 있는 장평 동지도 마찬가지로 위구르족의 독립에 대해서는 관심도 갖지 않았어요."

쓴웃음을 지은 리커창이 장평을 보았다. 장평의 얼굴에도 웃음이 떠올라 있다.

"우리는 고향으로 돌아갈 거요. 이제는 그것이 우리들의 목적이 되었소."

"왕양 동지도 언제 돌아가시건 환영하실 것입니다."

오대근이 둘을 번갈아 보았다.

"하지만 이제 절반쯤 일이 끝났습니다. 마무리 작업을 끝낼 때까지 기다려주시지요."

"중국 5천 년 역사에서 가장 극적인 왕조의 탄생이 될 건가?"

장평이 혼잣소리처럼 말했을 때 오대근의 얼굴에도 웃음이 떠올랐다.

"시대에 맞는 정권의 출현이라고 말하는 것이 나을 것 같습니다. 그 공신은 제 앞에 계신 두 분과 왕양 동지까지 세 분이 되겠지요."

"노파심에서 묻겠는데."

장평이 금방 정색하고 오대근을 보았다.

"왕양이 욕심을 부리지는 않을까요?"

오대근의 시선을 잡은 장평이 말을 이었다.

"그 권력은 목숨과 바꿀 만한 가치가 있는 거요. 그 권력을 쥐기 위해서는 수만 개의 약속 따위는 져버릴 수도 있소."

"알고 있습니다."

"성즉군왕이요. 패즉역적이란 말도 알고 계시지요?"

"모두 알고 있습니다, 장평 동지."

"권력만 잡으면 다 덮입니다. 영웅이 되는 것이지요. 역사가 그것을 증명합니다."

"그렇지요."

"아무리 의인(義人)이었고 영웅이었다고 해도 패하면 역적, 비겁자, 실패자로 묻히는 것이오."

"왕양은 분수를 아는 사람 같습니다."

장평은 가만있었지만 리커창이 조용히 고개만 끄덕였다.

오대근이 말을 이었다.

"왕양 배후의 심복, 군 지휘관들이 우리하고 맥을 통하고 있습니다. 특히 정보국장 루신은 장평 동지의 심복 아닙니까?"

그때 장평이 입을 열었다.

"신장성이 우루무치 공화국이 되어서 시진핑 몰락의 기폭제가 되었다면 이제 또 한 번의 대변혁이 순조롭게 진행되어야 합니다."

"그래서 제가 두 분을 뵈려고 온 것입니다."

오대근이 숨을 고르고 나서 말을 이었다.

"이제 전인대가 20일 후로 다가왔습니다. 중국의 새 지도부가 새로운 체제를 만들도록 두 분이 마지막으로 도와주셔야겠습니다."

오대근이 이곳에 온 목적이 이것이다.

왕양이 웃음 띤 얼굴로 위복을 보았다.

위복은 왕양의 심복으로 혀와 같은 인물이다. 52세. 미국에서 10년을 보낸 미국 유학파. 가난한 공무원의 자식으로 개천에서 용이 난 경우다.

현재 직책은 중앙당 정보위 공안분과장. 전국의 공안을 감독하는 위치다. 공안을 장악하고 있다.

주석실 행정관에서 단숨에 수직 상승한 경우지만 불평하는 사람은 없다.

"위복, 내일 계엄령이 해제되면 정국은 공안이 장악하게 돼. 이제 정상으로 돌아간 것이지."

"전인대에서 조선성이 가결되면 김정은 위원장이 상무위원으로 추대됩니까?"

위복이 조심스럽게 묻자 왕양이 고개를 끄덕였다.

"본래 그것을 위해 이 작업이 시작된 것이니까."

왕양이 찻잔을 들면서 말을 이었다.

"위구르 공화국도 그것 때문에 만들어졌으니까."

위복이 고개를 끄덕였다.

이 작업을 시작한 설계자 중 하나가 위복인 것이다.

위복이 주위를 둘러보았다.

이곳은 군사위 부주석실 안이다. 군권을 장악한 왕양은 대부분 이곳에서 보내는 중이다.

"부주석 동지, 김정은 동지가 상무위원과 조선성 성장과 서기까지 겸직하게 되면 바로 반발이 일어나지 않겠습니까?"

"그것도 우리가 예상하지 않았나?"

"예, 그런데 민심이 따를지 불안합니다."

"민심에 일희일비할 필요는 없어."

정색한 왕양이 말을 이었다.

"정부가 강력한 힘을 쥐면 민심은 따르게 돼."

위복이 고개를 끄덕였다.

맞는 말이다. 중국 왕조의 시작은 강력한 정부였다. 언제나 강력한 공권력으로 백성들을 장악했다.

왕양이 위복을 보았다.

"위복, 네가 김 위원장에게 가도록 해."

"예, 부주석 동지."

어깨를 늘어뜨린 위복이 길게 숨을 뱉었다.

오늘 만남은 이것 때문이다. 중국을 실질적으로 장악하고 있는 왕양의 비밀 특사로 위복을 파견하는 것이다.

"전국 인민 대표자 회의가 20일 후구만."

부시가 외우기 까다로웠기 때문에 서류에 적은 단어를 읽었다.

백악관 오벌룸 안.

부시의 주위에는 CIA 부장 매크레인, 안보보좌관 선튼, 국무장관 마이클 존슨, 비서실장 메디슨까지 둘러앉아 있다.

"이번에 조선성이 가입된다구?"

"예, 각하."

매크레인이 말을 이었다.

"신장성이 독립해 나간 대신 조선성이 들어가는 셈이지요."

"면적은 엄청 차이가 나는데그래."

맞는 말이다.

신장 위구르성은 중국 영토의 6분의 1 면적이다.

그러나 인구는 북한과 비슷한 2,500만 정도이며 위구르족은 1천만도 되지 않는다.

선튼이 말했다.

"김정은이 북조선에다 동북3성을 포함한 거대한 지역을 장악하게 되는 것이지요."

"갓댐."

벽에 붙은 지도를 보고 부시가 눈을 가늘게 떴다.

"서쪽의 위구르 공화국, 동쪽의 조선성으로 중국이 포위된 형국이군."

모두의 시선이 지도로 옮겨졌을 때 마이클이 말했다.

"문제는 남북한의 의도가 무엇인지를 알아내는 것이죠. 북한의 조선성 가입은 틀림없이 남한과 비밀 합의를 했을 테니까요."

"당연하지."

고개를 끄덕인 부시가 매크레인을 보았다.

"그것은 나도 보고받은 사항이야. 그런데 그다음부터가 문제인데. 매크레인, 그렇지 않나?"

"그렇습니다."

매크레인이 말을 이었다.

"아마 일본이나 다른 국가에서도 북한의 조선성 가입으로 중국 연방에 포함되는 것이 중국의 패권을 쥐기 위한 포석으로 볼 것입니다."

"중국 내부에서도 짐작하겠지요."

선튼이 거들었다.

매크레인이 말을 이었다.

"하지만 중국 주민들의 반응은 우리가 예상하는 것보다 크지 않습니다. 신장성이 독립해 나갔을 때는 동요가 컸지만, 북한이 동북3성과 함께 조선성으로 중국 연방에 포함되는 것은 반기는 분위기입니다."

"주민들 기질이 그런가?"

"아닙니다."

매크레인이 고개를 저었다.

"당연하게 생각하는 것 같습니다. 동북3성에 조선계 주민이 수백만 살고 있기 때문인지도 모릅니다."

"그렇군."

"동북3성이 옛날에 조선 영토였다고 남북한에서 주장했고 중국 측은 그곳이 중국의 지방이었다고 주장하는 상황이었거든요. 그러다 이번에 조선성으로 묶여서 중국 연방에 가입되는 것이니까요."

"갓댐."

부시가 의자에 등을 붙였다.

"그럼 그곳이 중국이 되건 한국이 되건, 하나가 되면 상관없다는 말이군."

"주민들의 입장에서는 그런 것 같습니다."

그렇게 대답한 사람이 국무장관 마이클이다. 마이클이 말을 이었다.

"누가 어떤 국가 이름으로 지배하건 살기 편하게만 만들어 준다면 상관없다는 것 같습니다."

위복이 평양에 도착했을 때 초대소에는 이광도 와 있었다.

이곳은 이광의 숙소인 제2초대소 안.

김정은과 이광, 위복까지 셋이 둘러앉았는데 항상 그림자처럼 붙어있던 김여정도 부르지 않았다. 그만큼 사안이 중대했기 때문이다.

오후 8시.

넓은 응접실은 조용하다. 밖의 수행원, 종사자들은 숨을 죽이고 있을 것이다.

먼저 위복이 입을 열었다.

"제가 수행원 둘을 데리고 왔습니다만."

위복의 얼굴에 쓴웃음이 번졌다.

"제가 이 자리에 데리고 오지 않으려고 두 분 각하와의 3자 회동을 제의했던 것입니다."

"그만큼 아무도 믿지 못하는 건가?"

이광이 중국어로 묻자 위복이 정색했다.

"마지막 순간까지 안심할 수가 없는 것입니다. 누가 배신할지 모릅니다."

위복이 눈동자만 움직여 둘을 보았다.

"대국(大國)의 주인이 일순간에 바뀌는 상황입니다. 목숨을 걸고 운명을 시험할 욕심이 일어나지 않겠습니까?"

"맞는 말이야."

이광이 고개를 끄덕였다.

"그대의 주인 왕양부터 그 대망(大望)을 품지 않겠나?"

"물론입니다, 각하."

위복이 번들거리는 눈으로 둘을 보았다.

"현재 국가 정보위 부주석, 정보국장 대리인 루신은 장평 동지가 조종하고 있습니다."

"리커창 동지는 믿을 수 있나?"

불쑥 이광이 묻자 흐려졌던 위복의 눈에 초점이 잡혔다.

"리커창 동지는 중국을 떠나는 것이 급선무였지만 위구르 공화국을 장악하게 되고 나서 다시 욕심을 일으켰습니다."

"그렇군. 장평도 마찬가지겠지."

김정은도 중국어에 유창하다.

고개를 끄덕인 김정은이 웃음 띤 얼굴로 이광을 보았다. 그리고 한국어로 말했다.

"다시 금의환향하려는 것이군요."

"아닙니다."

이번에는 위복이 한국어로 대답했다.

"리커창, 장평은 아직 지원 세력이 있지만, 왕양 동지의 신진 세력이 권부를 장악하고 있습니다. 그래서 왕양 동지의 동반자 식으로 복귀를 노리는 것 같습니다."

"우리 입장은?"

정색한 이광이 묻자 위복이 심호흡부터 했다. 그러고는 다시 중국어로 말했다.

"전인대에 직접 참석하시지 않는 것이 낫습니다. 화상 회의로 참가하시지요."

"이유는?"

김정은이 묻자 위복이 목소리를 낮췄다.

"암살 시도가 있을지 모릅니다."

이광과 김정은이 고개를 끄덕였다.

암살되면 다 끝난다.

위복과 밀담을 끝낸 김정은과 이광은 베란다로 자리를 옮겨 둘이 나란히 앉았다. 둘만의 밀담이다. 형제간에도 드문 이런 기회를 둘은 자주 갖는다.

밤바람이 불어와 대동강의 물 냄새가 맡아졌다.

그때 이광이 입을 열었다.

"위복의 충고대로 전인대에 참석하지 않는 것이 낫겠습니다."

"그래야겠네요."

고개를 끄덕인 김정은이 이광을 보았다.

"왕양이 욕심을 부리고 있을까요?"

"그럴 가능성이 많지요."

이광이 말을 이었다.

"권력을 쥐게 되니까 마음이 변한 것 같습니다."

김정은이 시선만 준 채 입을 열지 않았다.

위복은 김정은, 이광이 심어놓은 친한파 인사인 것이다. '위구르 작전'을 시작할 때부터 위복은 한국 측에 정보를 주었고 지시를 받아 움직였다.

그때 이광이 입을 열었다.

"리커창, 장평도 결국은 왕양에게 굴복하고 귀국하거나 아니면 '위구르 공화국'에서 소멸되거나를 선택해야 될 겁니다."

"그렇군요."

김정은의 눈이 가늘어졌다.

"왕양에게 조선성은 최고 권력자로 등극하기 위한 선물이 되겠군요."

그때 이광이 고개를 들었다.

"왕양은 지금까지 한 번도 좌절해 본 적이 없습니다. 그것이 왕양에게 치명적 약점이 될 겁니다."

"그런가요?"

"승승장구해왔지요, 배신하고 음모를 꾸미면서. 그러면 자신이 우월하다는 착각에 빠지게 됩니다. 용인술이 뛰어나서 위복 같은 심복을 부리지만 그 심복이 자신보다 월등한 사람이라는 것을 간과하게 되지요."

이광의 얼굴에 웃음이 떠올랐다.

"왕양이 위복을 공안을 총괄하는 정보위 공안분과장에 임명했으니 수직 상승을 시킨 셈이지요. 하지만 위복은 자신의 위치가 얼마나 위험한지를, 그리고 제 분수를 아는 인물입니다."

김정은이 고개를 끄덕였다.

위복은 미국에서 유학할 때 리스타 연합의 간부로 임명되었다. 그리고 무엇보다도 중국이 자본주의 체제가 되어야 한다는 신념을 가진 인물인 것이다.

"그렇다면 루신은?"

김정은이 묻자 이광의 얼굴에 웃음이 떠올랐다.

"왕양과 장평의 연합인 것 같습니다. 장평은 아직도 중국의 정보기관을 배후에서 장악하고 있으니까요."

루신은 장평의 심복인 것이다. 왕양의 심복 위복과 같은 입장이다.

그때 김정은이 고개를 끄덕였다.

"세대교체가 될 가능성이 있군요."

정민아가 김여정과 만난다.

오전 11시 반.

평양 시내 주석궁의 별관 안.

김여정이 들어서자 정민아가 자리에서 일어섰다.

"기다렸어요?"

다가선 김여정이 웃음 띤 얼굴로 물었다.

"아닙니다. 방금 왔습니다."

"잘 왔어요."

자리를 권한 김여정이 앞쪽에 앉으면서 말을 이었다.

"나는 정민아 씨가 필요해요."

"부족한 저를 찾아주셔서 부담입니다."

"앞으로 내 보좌관이 돼줘요."

김여정이 정색하고 정민아를 보았다.

"자본주의 체제를 배워야 할 테니까."

긴장한 정민아가 숨을 죽였고 김여정이 말을 잇는다.

"중국을 자본주의 체제로 바꾸려면 나부터 사고(思考)를 바꿔야 할 테니까."

"열심히 하겠습니다."

고개를 끄덕인 김여정이 지그시 정민아를 보았다.

"지금 대통령께서 와 계세요. 알고 있지요?"

"예, 여기 와서 들었습니다."

"중국에서 밀사가 와서 위원장 동지하고 같이 만났어요."

"부장님, 말씀 낮춰주시지요."

"그럴까?"

김여정이 웃음 띤 얼굴로 말을 이었다.

"내가 어젯밤에 위원장 동지한테서 들었는데, 상황이 심각해."

"......"

"전인대에 참석할 예정이었던 위원장 동지가 암살당할 가능성이 있다고 해서 참가하지 않기로 했어."

"......"

"화상으로 참석하는 것이지."

생수병을 든 김여정이 길게 숨을 뱉었다.

"왕양이 욕심을 부리는 것 같아. 조선성을 제물로 중국에서 기반을 굳힌 후에 시진핑 2세가 되려는 모양이야."

고개를 든 김여정이 정민아를 보았다.

"지금까지의 정치적 상황이야. 참고로 알고 있어."

"예, 부장 동지."

"앞으로 내 옆에 붙어서 모든 회의에 참석하도록 해."

"예, 알겠습니다."

"난 정민아의 모든 것을 흡수할 예정이니까. 무슨 말인지 이해하나?"

"예, 부장 동지."

"내가 때로는 위원장 동지 대신으로 나설 때가 있으니까 그래."

김여정이 번들거리는 눈으로 정민아를 보았다. 정민아가 고개를 끄덕였다.

지금 김여정은 '후계자' 역할을 말하고 있다. 이미 한국에서도 김여정이 제2인자라는 것을 알고 있다. 그것을 김여정이 제 입으로 말한 것이다.

3장
배신

루신은 왕양과 자주 만나는 셈이다.

현재 중국 권력의 실세가 된 왕양은 군사위 부주석으로 군과 정보기관을 장악하고 있다. 그것을 기반으로 임시 총리 리찬수와 왕상귀, 왕후닝 등을 실권이 없는 서열 1, 2, 3위로 만들어 놓았다. 그리고 5일 후로 다가온 전인대에서 확실하게 기반을 굳힐 예정이다.

오후 5시 반.

이곳은 주석궁 안의 특별실.

예전에는 시진핑이 사용하던 기밀 회의실이었는데 지금은 왕양의 전용실이 되었다. 주석궁 경호대가 '경호총국'으로 개명되고 병력도 2개 사단으로 증강된 것도 달라진 점이다.

'경호총감'은 호위대장이었던 서관주 소장이 중장으로 진급해서 맡고 있다. 서관주가 왕양의 심복이다.

"이봐, 루신. 장평 동지한테서 연락이 오나?"

"자주 옵니다."

루신은 장평이 맡고 있던 군 정보국장이 되어있다. 그러나 장평은 조국을 배반하고 위구르 공화국을 독립시킨 역적으로 리커창과 함께 매도당하고 있다.

왕양이 정색하고 루신을 보았다.

"이번에 전인대에서 조선성 대표로 김 위원장이 참석하겠지?"

"당연히 참석하겠지요."

루신이 말을 이었다.

"동북3성을 거저먹는 상황인데 안 올 수가 없지요."

"어떻게 생각하나?"

불쑥 왕양이 묻자 루신은 고개를 들었다.

"뭘 말입니까?"

"중국을 조선족에게 넘겨줘야겠어?"

루신이 숨을 들이켰다. 그러나 예상하고 있었기 때문에 놀란 표정은 아니다.

방 안에 잠깐 정적이 덮였다. 본래 이 '거대한' 작업은 '왕양과 리스타'가 주역이 되어서 시작된 것이다. 왕양이 주석실 비서로 그저 시진핑의 수행비서 역할만 했을 때 리스타에 포섭되었던 것이다.

그것이 뿌리다. 그런데 마침내 중국의 권력을 장악한 왕양의 입에서 이런 말이 나온 것이다.

왕양의 시선을 받은 루신이 빙그레 웃었다.

"당연히 우리가 잡아야지요."

"장평 생각은 어때?"

"장평은 조선족이 장악하기를 고대하고 있지 않겠습니까? 리커창도 마찬가지고."

이제 루신도 장평과 리커창에게 존칭도 붙이지 않는다.

루신이 말을 이었다.

"그래야 조선족이 장악한 중국 땅으로 귀환할 수가 있을 테니까요."

"그렇다면, 루신."

왕양이 눈을 가늘게 뜨고 루신을 보았다.

"어때? 이제 나하고 생각이 같아졌으니 앞으로의 계획은?"

"뻔한 것 아닙니까? 조선성을 흡수해버리고 그것을 업적으로 만들어 중국을 장악하는 것입니다."

"새 시대를 여는 것이지."

"공산당은 그대로 존속시키고 자본주의 계급사회를 만드는 것입니다."

"그렇지."

왕양이 고개를 끄덕였다.

"루신, 이번에 자네하고 위복을 후보위원으로 올리고 정보와 공안을 장악하게 만들어 주지."

"고맙습니다."

루신이 고개를 숙였다.

"목숨을 바쳐 충성을 하지요."

"장평과 리커창은 위구르에서 생을 마치도록 하고."

"이번에 김정은이 베이징에 왔을 때가 기회 아닙니까?"

"동북3성을 북한과 함께 완전히 중국령에 가입시키고 나서 끝내자구."

"제 생각도 그렇습니다. 시간이 지나면 북한군을 동북3성으로 진출시킬지도 모르니까요."

"역시 내 생각하고 같군. 그래서 지금 위복을 평양으로 보냈어."

"위복이 지금 평양에 있습니까?"

"김정은에게 전인대에 참석하는 절차를 말해주려고 갔어."

"김정은이 참석하는군요."

"당연히 와야지, 이번에 조선성이 중국령이 되면서 김정은이 조선성장 겸 조선성 당서기, 그리고 정치국 상무위원으로 추대될 테니까."

왕양이 웃음 띤 얼굴로 루신을 보았다.

"리찬수가 맡았던 전국인민대회 상임위원장 직위를 줄 계획이야."

서열 3위다. 고개를 든 루신이 왕양을 보았다.

"왕 동지는 어느 직책을 맡으십니까?"

"난 중앙기율검사위 서기를 맡을 거네."

"잘되셨군요."

루신이 고개를 끄덕였다.

서열 6위로 지난번에 숙청된 자오러지가 맡았던 직위다. 정부의 공식 서열상으로 6위였지만 실제로는 상무위원 7명 중 시진핑 다음으로 권력을 쥔 위치다. 군과 공안, 각 성의 모든 기관을 사정하고 재판까지 장악하는 직책이었기 때문이다. 통치자의 심복이 차지하는 자리다.

그런데 지금은 왕양이 통치하고 있다. 서열 1위가 되어있는 리찬수는 허수아비다.

그때 왕양이 말했다.

"이번 조선성이 중국 연방에 가입하고 김정은이 상무위원이 된 후에 다시 변혁이 일어날 거네. 그때 루신, 그대가 위복과 함께 정치국 상무위원이 되는 것이지."

루신은 숨만 들이켰고 왕양이 말을 이었다.

"새 시대, 새 세상이 열릴 것이네. 바로 우리 앞에서 말이네."

왕양의 두 눈이 번들거렸고 그 시선을 받은 루신이 고개를 커다랗게 끄덕였다.

고개를 든 시진핑이 앞에 선 장교를 보았다. 상위 계급장을 붙인 사내다.

"그대는 어디 소속인가?"

"말할 수 없습니다."

어깨를 편 장교가 시선도 주지 않고 대답했다.

오후 4시 반.

이곳은 산골짜기에 위치한 2층 벽돌집 안.

방이 수십 개여서 저택 안에는 1개 소대 병력의 군인이 거주하고 있었는데 모두 장교다. 기율이 잘 잡혀서 근무 교대는 1분도 틀리지 않았고 행동에 절도가 있다.

이곳은 2층 응접실이다.

시진핑이 커피 잔을 놓고 돌아가는 장교를 불러서 물은 것이다. 장교가 아직 서 있었기 때문에 시진핑이 다시 물었다.

"내 가족은 지금 어디 있는가?"

"말씀드릴 수 없습니다."

"처형하지는 않았겠지?"

"모릅니다."

"자네 상관을 데려와라."

그때 장교가 몸을 돌리더니 시야에서 사라졌다.

이곳에 감금된 지 18일이 지났다. 2주일하고 4일이다.

건물 안에는 달력도 없고 TV도, 전화도 없었기 때문에 세상이 어떻게 돌아가는지 모른다. 그러나 밤이 오고 아침이 오는 것은 세어보았다.

18일 동안 시진핑은 주위를 오가는 장교들에게 입을 열지 않았다. 감시역인 장교들도 시진핑에게 일절 말을 걸지 않은 것이다.

처음에는 충격을 받은 시진핑이 일절 함구하고 식음을 전폐하는 것으로 반응했다. 그것이 3일 동안 계속되었다. 그런데 감시역인 장교들의 반응은 무관심했다. 명령을 받았는지 일절 상관하지 않은 것이다.

그것을 본 시진핑이 태도를 바꿔 물을 마시고 음식을 먹기 시작했다. 건물 마당을 산책할 수 있었기 때문에 식사 후에는 마당을 10번씩 돌아서 다리 힘을 길렀다.

이렇게 18일이 지난 것이다.

그때 계단 위로 장교 하나가 올라왔다. 40대쯤의 장교다. 몇 번 얼굴을 본 적이 있는 사내다.

시진핑 앞으로 다가선 사내가 물었다.

"무슨 일입니까?"

"그대가 지휘관인가?"

"그렇습니다만."

"왕양이 정권을 장악하고 있나?"

"말씀드릴 수가 없다는 걸 아실 텐데요."

"내 말을 전해줄 수는 있나?"

"못 합니다."

"보고는 할 것 아닌가?"

사내의 시선을 잡은 시진핑이 쓴웃음을 지었다.

"왕양에게 내 말을 전해."

"……."

"내가 할 이야기가 있다고 해. 도움이 될 이야기라고 해."

"……."

"난 죽는 걸 겁내지 않는다고도 하고. 내 가족 걱정도 안 한다고 해."

"……."

"너희들이 위구르를 떼어놓고 조선성 카드로 정권을 굳히려고 하는 것도 알고 있다고 해."

"……."

"내가 욕심을 버렸다고도 하고. 내 말을 전하고 나면 내가 죽어준다고 해."

그때 사내가 입을 열었다.

"알겠습니다."

그렇게 하겠다는 말 같다.

"돌아가지 못하겠군."

리커창이 말하자 장평이 쓴웃음을 지었다.

이곳은 우루무치의 대통령 관저 안, 한국에서 온 밀사 오대근이 돌아간 후에 장평이 리커창을 찾아온 것이다.

"기다려 보십시다."

장평이 말을 이었다.

"내막을 알게 되었으니까 이제는 우리가 선수를 쳐야 됩니다."

"욕심이 화를 부르는 거야."

리커창이 쓴웃음을 지었다.

"왕양이 시진핑의 흉내를 내고 있어. 제가 배신한 주인의 전철을 따르는군."

"이제는 왕양을 제거해야겠군요."

"이놈은 철저하게 말살시켜야 돼."

눈을 가늘게 뜬 리커창이 장평을 보았다.

"배신을 거듭한 놈이야. 용서할 수 없어."

장평이 고개를 끄덕였다.

"계획이 치밀해야 됩니다. 어긋나면 왕양의 기반만 굳어지게 됩니다."

"영상으로 참석한다는데요."

위복이 말하자 왕양이 눈을 가늘게 떴다.

베이징, 이화원 근처의 안가에서 왕양과 위복이 마주 앉아있다.

오후 6시 반, 위복은 평양에서 돌아온 지 한 시간밖에 되지 않는다.

"이유는 뭐야?"

"대리인으로 김여정을 보낸다고 합니다."

"김여정."

숨을 들이켠 왕양이 쓴웃음을 지었다.

"제2인자를 보내는군."

"김정은은 조선성이 성립된 후에 준비를 갖추고 진출한다고 했습니다."

"조심성이 많구나."

입맛을 다신 왕양이 말을 이었다.

"하긴, 직접 오지 않아도 대리인이 그 역할을 할 수도 있지."

"시간은 넉넉합니다. 서둘 필요는 없습니다, 부주석 동지."

"서둘 건 없지, 그동안 우리 기반을 굳혀놓을 테니까."

고개를 끄덕인 왕양이 위복을 보았다.

"시 주석이 날 보자고 한다."

"예? 시 주석이 말씀입니까?"

"그래. 만나서 할 이야기가 있다는 거야. 그 이야기를 하고 죽어도 좋다는데."

왕양의 얼굴에 쓴웃음이 번졌다.

"넌 짐작 가는 것이 없나?"

"모르겠는데요."

"내가 위구르를 떼어놓고 조선성 카드로 정권의 기반을 굳히려는 것을 안다고 했다는군."

"……."

"도움이 될 이야기라는 거야."

그때 위복이 고개를 들었다.

"제가 만나볼까요?"

"내가 만날 거다. 하지만."

왕양이 말을 이었다.

"시 주석이 아직 내가 어떤 위치에 있다는 것을 모르고 있는 것 같다."

식당으로 들어선 루신이 곧장 왼쪽 복도로 들어가 끝 쪽 방으로 다가갔다.

오후 8시 반.

이곳은 베이징 콘티넨탈 호텔 근처의 중식당 '아성' 안이다.

문을 열고 안으로 들어서자 자리에 앉아 있던 사내가 벌떡 일어섰다. 40대쯤으로 평범한 옷차림의 사내다.

"응, 기다렸나?"

"아냐, 조금."

그렇게 대답한 사내는 황기봉, 루신과 함께 장평의 심복이었던 사내다.

지금 황기봉은 장평의 밀명을 받고 위구르에서 온 것이다. 물론 잠행이다. 루신도 이곳에는 밀행했기 때문에 경호원도 데려오지 않았다.

그때 루신이 물었다.

"잘 계시지?"

"그럼. 위구르 공화국의 내무부 장관이 될 예정이야. 정보부도 총괄하는 직책이지."

황기봉이 웃음 띤 얼굴로 말을 이었다.

"내가 정보부장이 될 거다."

"잘됐군."

루신도 따라 웃었다.

124

"나도 정보국장 대리를 맡았다."

"알고 있어."

"그런데 갑자기 웬일이냐?"

"이번 전인대에 김 주석이 베이징으로 올 건가?"

"아직 모르겠어. 곧 알게 되겠지."

"김 주석의 조선성이 굳어지면 왕 부주석의 기반도 단단해지겠지?"

"그건 그렇다."

"그런데."

황기봉이 지그시 루신을 보았다.

"우리가 돌아가도 안전할까?"

"글쎄."

루신이 목소리를 낮추고 되물었다.

"그걸 내가 어떻게 아나?"

"우리가 왕양 동지한테 부담이 되는 것이 아닐까?"

"그럴 리가."

쓴웃음을 지은 루신이 말을 이었다.

"난 머리가 아냐. 수족일 뿐이야."

"왕 주석의 수족이란 말이지?"

그때 고개를 든 루신이 황기봉을 보았다.

"황기봉, 오해하지 마라. 난 지금도 장평 동지의 부하다."

"그래야지."

정색한 황기봉이 똑바로 루신을 보았다.

"난 장평 동지를 배신하지 않았어."

"누가 뭐라고 했나?"

황기봉의 얼굴에 쓴웃음이 번졌다.

"루신, 인간은 권력 앞에서는 바람 앞의 풀잎이야. 바람 부는 대로 눕는다."

"목숨을 거는 모험 따위는 안 해."

"나도 목숨을 걸고 온 거야, 루신."

"알고 있어, 황기봉."

"내가 여기서 죽으면 바로 왕양의 배신을 알게 될 테니까."

그때 루신이 고개를 끄덕였다.

"루신, 돌아가서 전해. 난 장 동지, 리 동지에게 충성하고 있다고."

"분명하냐?"

"그 증거를 보여주지."

심호흡을 한 루신이 허리를 폈다.

"왕 주석은 이번 전인대에서 완전히 기반을 굳힐 예정이야. 정치국 상임위원 7명 중 3명을 왕 주석에게 충성을 맹세한 자들로 임명할 거다."

"……."

"그러면 왕 주석까지 4명이 돼. 상임위원 7명 중 절대다수지. 나머지 3명은 리 찬수, 왕후닝, 그리고 김정은이다."

"……."

"왕 주석은 군사위 부주석 겸 중앙기율검사위 서기를 맡아 단박에 서열 2위로 뛰어오른다. 이제는 최고 실권자가 되는 거야."

"우리가 끼어들 여지가 없군."

"귀국해도 역적으로 몰릴 가능성이 있어. 위구르 공화국이 떨어져 나갔거든."

"결국 우리가 배신당한 것이군."

"왕 주석 입장에서는 신장성으로 리커창 동지를 보내도록 공작을 해준 셈이니까 배신했다는 느낌이 덜하겠지."

그때는 이미 리커창이 시진핑에 의해 하방된 상태였던 것이다. 가택 연금된 리커창이 '신장성 분쟁 해결사'로 지명되어 간 것도 왕양이 주선했기 때문이다. 물론 '왕양의 주선'은 남북한 측과의 '위구르 공화국' 독립 계획이었고.

그때 황기봉이 길게 숨을 뱉었다.

"루신, 네 입장을 이해한다."

고개를 끄덕인 황기봉이 말을 이었다.

"너하고 나는 대마(大馬)에 따르는 졸(卒)이야. 충성과 반역의 구분은 오직 대마(大馬)에게 맡기고 우린 그저 따르기만 하는 게 낫다."

"이놈이 오랜만에 명언(名言)을 하네."

루신이 이를 드러내고 웃었다.

"공감한다. 난 그저 장평이란 대마를 따르겠다고 전해라."

"선양을 조선성의 수도로 결정했다고 조금 전에 리찬수에게 통보했다."

김정은이 김여정에게 말했다.

"중국 측에서는 장춘으로 정하는 것을 은근히 바란 것 같은데, 받아들이겠지."

오후 8시 반, 제1초대소의 응접실에서 김정은과 김여정, 둘이 독대 중이다.

김정은이 말을 이었다.

"이 대통령도 선양이 낫다고 추천하더라."

선양은 랴오닝성의 중심도시다. 동북3성인 랴오닝성, 지린성, 헤이룽장성 중에서 대륙 쪽에 위치한 데다 베이징에서도 가깝다. 그래서 김정은은 조선성의 수도를 고르는 데 당과 군 간부들의 의견을 수렴해온 것이다.

그때 김여정이 말했다.

"3성에 정보대를 보내 조사했더니 조선성에 대한 여론은 좋은 편입니다. 그런데……."

김여정의 얼굴에 웃음이 떠올랐다.

"곧 북조선이 중국에 흡수될 것이라는 소문이 퍼져 있습니다."

"당연하지, 왕양이 그런 분위기를 띄웠으니까."

"만일 우리가 독립해 나가면 반발이 크지 않겠습니까?"

그때 김정은이 얼굴을 펴고 웃었다.

"어디서 반발한단 말이냐?"

"동북3성 주민들이 말입니다."

"그때는 중국 정권이 흔들리게 될 거다."

김정은이 말을 이었다.

"우리는 동북3성을 떠나 있을 테니까."

김여정이 숨을 들이켰다.

이쪽은 동북3성을 기반으로 대륙으로 진출하려는 것이다. 그리고 김여정이 입 안에 고인 침을 삼켰다. 왕양을 중심으로 한 새로운 세력도 그것을 알고 있는 것이다.

고개를 든 김여정이 김정은을 보았다.

"왕양이 협조할까요?"

그때 김정은이 고개를 저었다.

"끝났어."

"끝나다니요?"

"왕양은 이제 제 길을 간다."

"결국 배신하는군요."

"나하고 이 대통령은 예상하고 있었어."

김정은이 웃음 띤 얼굴로 김여정을 보았다.

"이 시점에서 왕양이 제2의 시진핑이 된다는 것을 말야."

"그럼 어떻게 하죠?"

"오히려 그것이 더 나아."

"무슨 말이죠?"

"그래야 중국을 깨끗이 장악할 수 있으니까. 왕양이 우리한테 명분을 준 것이나 같다."

김정은이 말을 이었다.

"이제 적이 분명해졌고 왕양을 거누는 세력이 모였다."

김여정이 고개를 끄덕였다. 위구르로 나간 리커창과 장평이 이쪽의 확실한 동맹군이 된 것이다.

"그렇군요."

"이번에 네가 전인대에 참석하면 만나게 될 거다."

김정은이 정색하고 김여정을 보았다.

"이제는 네가 확실하게 내 대리인이 되는 거다."

"시킨 대로 하는 대역일 뿐이에요."

"넌 나보다 더 영리하고 판단력도 빠르다. 내가 알아."

김정은이 말을 이었다.

"그리고 남조선의 이 대통령도 알아. 네 칭찬을 많이 했어. 난 그것이 자랑스러웠어."

"오빠."

"너도 알다시피 난 몸이 좋지 않아. 넌 내 대신 나서야 돼."

"오빠, 그것은……."

"됐다."

김정은이 손바닥을 펴 김여정의 말을 막았다.

"자, 늦었다. 돌아가서 베이징 전인대 준비를 해."

왕양이 들어서자 시진핑이 고개를 들었다.

시진핑이 연금된 저택 2층 응접실에는 둘뿐이다.

저택 안은 조용하다. 모두 숨을 죽이고 있을 것이다.

"그동안 건강하셨습니까?"

다가선 왕양이 허리를 꺾어 절을 했다. 그러자 시진핑이 소파에 등을 붙인 채로 입술 끝만 비틀고 웃었다.

"어, 그래."

"저를 찾으셨다고 들었습니다."

"그래."

왕양이 앞쪽 자리에 앉았을 때 시진핑이 지그시 시선을 주었다.

"지금쯤 군과 자오러지가 맡았던 중앙기율검사위를 장악했겠지?"

"예, 그렇습니다."

정색한 왕양이 시진핑의 시선을 맞받았다.

"정보도 장악했습니다."

"리커창을 신장성으로 보낸 것도 그곳을 독립시켜서 내 위치를 흔들려는 공작이었지?"

"예, 그렇습니다."

왕양의 얼굴에 웃음이 떠올랐다.

"주석 동지께서 먼저 말씀을 꺼내신 것 같습니다만……."

"네가 그러도록 유도했지."

"예, 맞습니다."

"지금쯤 북한을 조선성으로 끌어들이는 공작이 마무리되어가지?"

"예, 곧 조선성이 중국령에 포함됩니다."

"그래서 내가 만나자고 한 거다, 왕양."

고개를 든 시진핑이 왕양을 보았다.

"너는 남북한의 도움을 받아서 이 공작을 꾸몄고 나를 제거하는 데 성공했다, 그렇지 않나?"

이제 왕양은 시선만 주었고 시진핑이 말을 이었다.

"그리고 이제는 조선성을 제물로 중국에서의 기반을 굳힐 예정일 거다, 그렇지 않으냐?"

"……."

"조선성 계획을 포기해라. 북조선이 대륙으로 넘어오는 것부터 막으란 말이다."

"……."

"그들은 네 머릿속을 꿰뚫고 있어. 이번에 네가 배신하리라는 것도 알고 있단 말이다."

시진핑의 두 눈이 번들거렸다.

"넌, 그들을 치다가 오히려 역습당할 거다. 그러면 그들은 아주 자연스럽게 대륙의 통치자가 되는 것이지."

"……."

"김정은이 아니다. 남조선의 이광이 대륙을 지배하게 될 것이다."

"……."

"김정은이 이광에게 양보할 거다."

그러고는 시진핑이 의자에 등을 붙이더니 눈을 감았다.

"조선성을 포기하면 넌 대륙의 통치자가 될 가능성이 조금이나마 있어."

그러고는 시진핑이 눈을 감은 채 손을 저었다.

"가라. 그리고 날 죽여라."

왕양이 자리에서 일어섰을 때 시진핑이 한마디 더 했다.

"넌 배신자다, 왕양. 그것은 지울 수가 없을 것이다."

전인대. 전 국민 인민 대표자 회의가 개최되었다.

천안문 광장은 붉은색 플래카드로 뒤덮였고 전국에서 상경한 인민대표 수천 명이 운집했다.

각 지역, 부족의 대표들인 대의원들은 각각 고유의 의상을 입은 데다 본래 '전인대'는 전국적 행사다. '전인대'에서 중국을 통치할 대의원, 예비위원, 정치국 상무위원까지 결정되는 터라 전 중국은 물론 세계의 이목이 집중되어 있다.

전인대는 3일 동안 진행되는데 그동안에 베이징은 말할 것도 없고 전국은 축제 분위기다. 그러나 수십 년간 '전인대'를 치러온 운영위원회는 일사불란하게 대회 준비를 하고 있다.

첫날 개회식이 거행된 인민대회당.

당의 임시 주석이며 전인대 상무위원장까지 겸하고 있는 리찬수가 능숙하게 전인대를 이끌었다. 그것이 전 세계로 방영되었다.

오후 8시 반.

베이징은 오후 7시 반이다.

이곳은 서울의 대통령 관저 안.

이광과 비서실장 안학태, 상황실장 오대근 셋이 둘러앉아 있다.

오대근이 입을 열었다.

"내일 김 주석, 화청, 양추기 셋이 정치국 상무위원으로 추천되고 임명될 것입니다."

"그럼 왕양까지 넷이 신입인가?"

이광이 고개를 끄덕였다.

그렇게 되면 정치국 상무위원은 리찬수, 왕상귀, 왕후닝까지 포함해서 7명이다.

그때 오대근이 말을 이었다.

"예정대로 진행되고 있습니다. 상임위원 7명 중 왕양, 김 주석, 화청, 양추기가 신입이지만 실권은 왕양이 장악하게 될 것입니다."

숨을 고른 오대근이 이광을 보았다.

"왕양이 대번에 서열 2위의 국무원 총리 겸 중앙기율검사위 서기, 군사위 주석까지 차지하게 되었으니까요."

"……."

"리찬수가 국가주석, 국가 중앙 군사위 부주석직을 달고 국가 서열 1위지만 허수아비가 되었습니다."

"그렇군. 국가 중앙 군사위 주석이 통치자가 차지하는 직책이니까."

"7명 중 왕상귀도 왕양에게 기울었고 왕후닝도 복종 서약을 했다는 소문입니다."

"왕양이 철저한 인간이야."

이광이 쓴웃음을 지었다.

"모두 시진핑한테서 배운 것이지."

그렇다면 김정은은 리찬수, 왕후닝과 셋이 되지만 둘이 우호적으로 된다는 보장은 없다.

그때 안학태가 말했다.

"지금 베이징에 들어간 김여정 부장이 내일 김 주석을 대신해서 조선성을 중국 연방에 가입시킬 것입니다."

안학태가 두 눈을 번들거렸다.

"김 부장의 정치력이 시험대에 오른 상황이지요."

이광이 고개를 끄덕였다. 어느덧 정색한 얼굴이다.

이번 전인대의 주요 과제가 중국 연방에 조선성이 가입하는 것이다.

세계의 이목이 조선성의 대표가 되어있는 김여정에게 모여 있는 상황이다.

오후 9시 반.

김여정과 정민아가 방으로 들어서자 앉아있던 사내가 일어섰다.

40대 후반쯤의 사내다. 사내가 말없이 허리를 직각으로 꺾어 절을 했다.

김여정도 고개만 끄덕여 보이고는 자리에 앉는다. 그러고는 앞쪽 자리를 가리켰다.

"앉아."

"예, 부장 동지."

조선말이다.

이곳은 지단공원 근처의 3층 건물 안, 주택가 복판이어서 주위는 조용하다.

그때 사내가 먼저 입을 열었다.

"왕양은 상장 10명 중에서 7명에게 충성 서약서를 받았습니다. 나머지 3명도 곧 충성 서약서를 제출할 것 같습니다."

사내는 중국에 파견된 호위총국 소속의 강대윤 대좌다. 정보원인 것이다.

"군부는 왕양이 장악했다고 봐도 될 것입니다."

"그렇겠지."

김여정의 얼굴에 쓴웃음이 번졌다.

"그리고 정보, 공안을 장악했겠지."

"그렇습니다."

정보는 루신이, 공안은 위복이 장악하고 있다.

그때 강대윤이 말을 이었다.

"그러나 아직 기반은 굳어지지 않았습니다. 서약서만 받았을 뿐입니다."

김여정이 고개를 끄덕였다.

내일 오전에 김여정은 조선성의 대표로 '전인대'에서 '중국 연방' 가입 연설을 할 예정이다. 김여정의 모습이 세계의 이목을 집중시킬 것이다.

김여정이 입을 열었다.

"지금부터 시작이야. 동무의 분발을 기대하겠어."

"목숨을 바치겠습니다."

결연한 표정이 된 강대윤이 김여정을 보았다.

서로의 목적을 아는 상황이니 더 격렬하고 치밀한 작전이 필요한 것이다.

밤.

김여정, 정민아의 숙소는 내성 북해공원 왼쪽의 중국 주재 북한 대사관 별관이다. 3층 석조 건물인 별관은 북한군 호위총국 소속의 특전단 병력이 경비를 맡고 있어서 중국 내부의 북한 영토나 같다.

강대윤을 비밀리에 만나고 돌아온 김여정과 정민아가 내일 연설을 검토하고 있다.

"결국은 우리가 동북3성을 포함한 조선성을 지배하게 되었구나."

연설문을 내려놓은 김여정이 웃음 띤 얼굴로 정민아를 보았다.

"중국은 조선성을 중국 연방에 포함시킨 것으로 북조선을 합병했다고 환호하겠지?"

"북조선뿐만이 아니죠. 자연스럽게 남한이 끌려갈 테니까 한반도를 합병한 것이나 같을 테니까요."

"아전인수식 해석이지."

김여정이 쓴웃음을 지었다.

"왕양 씨가 그것을 다 알고 있는 것이 문제야. 온갖 수단 방법으로 방해를 할 테니까."

정민아가 고개를 끄덕였다.

본래 왕양은 남북한과 손발을 맞춰 위구르를 독립시켜 시진핑을 실각시키고 조선성을 중국 연방에 가입시키면서 중국을 지배할 예정이었다. 물론 그 주역은 남북한이고 왕양은 조역이었다.

그런데 지금은 상황이 바뀌고 있다.

왕양이 주역으로 변하고 있는 것이다. 자연스럽게 대세(大勢)를 이끌어내려는 수작이다.

그때 정민아가 말했다.

"왕양이 리찬수와 왕후닝을 제거하지 못한 것은 후보위원, 예비위원 중에서 둘의 세력이 있기 때문입니다. 그 세력들을 모아야 합니다."

김여정이 고개를 끄덕였다.

상임위원 7명 아래에 후보위원 20명, 그 아래로 예비위원 120명이 있는 것이다. 이들이 중국의 집권세력이다. 이 중에 주요 공직자가 다 포함되어 있다.

"김여정도 수행원 3백여 명을 인솔하고 왔습니다. 대의원, 121명을 포함한 숫자지요."

위복이 왕양에게 보고했다.

"3백여 명도 공식 수행원이고 비공식 수행원은 6백여 명입니다. 지금 북한 대사관, 별관, 근처의 호텔 등에 분산되어 있습니다."

"이것들이 이곳이 제집 안방인 줄 아는 모양인데."

왕양이 투덜거렸지만 '전인대' 시기에는 중국 각지, 각 부족의 대표와 수행원들이 수백 명씩 상경해 오는 것이다.

북한이 조선성으로 중국 연방에 가입하는 역사적 순간 아닌가?

그때 위복이 말을 이었다.

"조선성 가입으로 인민들의 여론이 좋아졌습니다. 이것이 모두 동지의 공적입니다."

왕양이 고개만 끄덕였고 위복의 말이 이어졌다.

"주석 동지, 조선성을 기반으로 동지의 기반을 굳히게 되실 것입니다."

이화원 근처의 안가 안.

이곳은 몇 달 전만 해도 시진핑이 사용하던 안가다. 왕양은 시진핑이 앉았던 의자를 차지하고 있다.

그때 왕양이 입을 열었다.

"시 주석이 나한테 말했어."

위복이 숨만 들이켰고 왕양이 말을 이었다.

"조선성 계획을 포기하라고 말야. 북조선이 대륙으로 넘어오는 것부터 막으라고 하더군."

"……"

"그놈들이 내 머릿속을 꿰뚫고 있다고 말야. 내가 배신할 것을 그놈들도 알고 있다면서."

"다 알고 하는 것 아닙니까?"

위복이 겨우 그렇게 말했을 때 왕양이 길게 숨을 뱉었다.

"위복, 조심해야 된다."

"예, 주석 동지."

"시 주석의 말에도 일리가 있어."

"……."

"그놈들을 치다가 우리가 역습당할지도 몰라. 그러면 그놈들이 자연스럽게 대륙의 통치자가 되는 것이지."

"……."

"이광 말야."

왕양이 번들거리는 눈으로 위복을 보았다.

"위복."

"예, 주석 동지."

"머리싸움이야."

"알고 있습니다."

"기선을 잡아야 돼."

"예, 주석 동지."

"내일 조선성을 가입시키고 나서 확실하게 굳혀놓도록 하자."

왕양이 결론을 냈다.

"난데."

수화구에서 화도영 중장의 목소리가 울렸다.

오후 11시 반.

"예, 군단장 동지."

긴장한 강문 상교가 전화기를 고쳐 쥐었다.

화도영은 부곡지구 군단장으로 강문의 직속상관이다. 모든 명령은 화도영한 테서 받는다.

"지금 즉시 선생을 모시고 나와. 동무가 직접 호송해 오란 말이다."

"예? 예. 알겠습니다."

긴장한 강문이 침을 삼켰다.

'선생'이란 시진핑이다.

그때 화도영이 말을 이었다.

"호송 병력은 3명 정도로 해라. 최소한 은밀히 움직이도록. 무슨 말인지 알겠나?"

"예, 군단장 동지."

"장소를 옮기려는 것이니까 눈에 띄지 않도록 해."

"알겠습니다. 그런데 어디로 갑니까?"

"길을 내려오면 골짜기 입구에서 내가 기다리고 있을 거야. 차 3대다."

"알겠습니다."

"지금 즉시 데리고 나와."

통화가 끝났을 때 강문이 서둘러 몸을 돌렸다.

시진핑의 연금 장소가 발각된 것 같다. 하긴, 아직도 시진핑 추종 세력이 남아 있겠지.

20분 후.

승용차 1대가 어둠에 덮인 골짜기를 내려가고 있다.

안가에서 1킬로쯤 내려가야 골짜기 입구가 나오는 것이다.

입구에는 샛길이 뻗쳐 있는데 다시 왼쪽으로 2킬로쯤 달려야 국도가 나온다. 그 사이에 민가는 없다. 주위는 바위산과 황무지가 펼쳐져 있을 뿐이다.

이곳은 베이징에서 서북쪽으로 1백 킬로쯤 떨어진 부곡지구다.

"저기 있다."

앞좌석에 탄 강문이 앞쪽을 응시하며 말했을 때는 10분쯤 후다.

과연 골짜기 입구에 검은색 승용차 3대가 가로로 정차되어 있다.

차가 속력을 줄였고 강문이 고개를 돌려 뒷좌석을 보았다. 뒷좌석에 앉은 시진핑과 시선이 마주쳤다.

시진핑은 좌우에 부하 둘이 붙어 앉아서 불편한 자세다.

시선이 마주치자 강문이 말했다.

"죄송합니다. 곧 저쪽 차에 옮겨 타시게 됩니다."

"그동안 고생했어."

시진핑이 담담한 표정으로 대답했다.

"이제 고생이 끝난 것 같군."

"이쯤은 고생도 아닙니다."

강문이 쓴웃음을 지었을 때 차가 멈췄다.

"자, 내리시지요."

문을 열고 내리면서 강문이 말했다.

차에서 내린 강문 앞으로 사내들이 다가왔다.

전조등의 빛 속에는 보이지 않더니 어둠 속에서 솟아난 것처럼 나타난 것이다.

그때 군단장 화도영이 보였다.

"어, 왔나?"

화도영은 이번에 소장에서 중장으로 진급했다.

52세. 베이징 관구 제3사단장이었다가 서북쪽 수도권 방어 군단인 제2군단장으로 승진한 인물. 왕양의 심복 측에 든다.

"예, 모시고 왔습니다."

경례를 한 강문이 몸을 돌려 뒤쪽의 시진핑을 가리켰다.

시진핑의 표정은 여전히 담담하다.

그 순간이다.

"퍽. 퍽. 퍽. 퍽."

소음기를 낀 총구에서 나오는 발사음이 주위를 울렸다.

화도영은 우두커니 서서 쓰러지는 장교들을 보았다.

강문이 제일 먼저 쓰러졌고 호위해 온 장교 둘, 운전사까지 모두 사살되었다.

순식간의 일이다.

이제 차량 1대의 전조등 빛만 비스듬히 비치는 빛살 속에 서 있는 것은 화도영과 시진핑 둘뿐이다. 화도영의 부하들은 어둠 속에서 꿈틀거리고 있다.

그때 화도영이 시진핑에게 말했다.

"차에 타시지요."

고개를 끄덕인 시진핑이 발을 떼었고 화도영이 앞장을 섰다.

오전 9시 반.

9시에 시작된 '전인대'는 일사천리로 진행되고 있다.

제일 먼저 상정된 '조선성 구성 건'에 대해서 대의원 8,888명 전원이 찬성했다. 대의원 중에는 이번에 중국의 대의원으로 임명된 북조선의 대의원 121명도 포함되어 있다.

이어서 동북3성과 조선성의 통합 건도 다시 만장일치. 8,888명 중 8,888명의 찬성으로 통과.

제3안. 조선성의 초대 성장 및 당서기의 북조선 지도자 김정은이 만장일치로 가결되었다.

이것으로 이번 전인대의 중요 안건인 '조선성 편입'은 성사되었다.

오전 10시 반이다.

성사되었다는 내용이 방송되면서 베이징시 전역에서 준비된 축하 불꽃이 터졌다. 시민들이 터뜨린 것이 아니다. 병사들이다.

"이제는 예비 위원회에서 주석 동지를 상무위원에 추천하는 순서입니다."

김여정에게 중국 주재 북한대사 이용남이 말했다.

"예비위원 120명이 만장일치로 김 주석 동지를 추천할 것입니다."

그러면 김정은이 후보위원 20명으로부터 다시 추천을 받아 상무위원에 진입하게 되는 것이다.

대회장의 상무위원 대기실에서 잠시 쉬고 있던 왕양에게 서둘러 위복이 다가왔다.

"드릴 말씀이 있습니다."

다가선 위복이 허리를 굽혀 왕양의 귀에 대고 낮게 말했다.

옆쪽에 리찬수가 앉아 차를 마시고 있었기 때문에 왕양이 이맛살을 찌푸렸다.

곧 예비위원회가 열릴 예정이었다. 왕양은 참석하지 않지만, 이곳에서 상황을 체크해야만 한다.

왕양의 시선을 받은 위복이 말을 이었다.

"시 동지가 탈출했습니다."

"뭐야?"

깜짝 놀란 왕양이 되물었다가 리찬수를 보고는 자리에서 일어섰다.

리찬수는 힐끗 이쪽을 보았지만 듣지는 못했을 것이다.

앞장서서 창가로 다가간 왕양에게 위복이 상기된 얼굴로 말했다.

"조금 전에 2군단장 화도영한테서 연락이 왔습니다. 숙소의 경호대장 강문 상교가 어젯밤 12시쯤에 시 동지를 차에 태우고 나갔다는 것입니다."

"……."

"운전사 포함해서 넷이 시 동지를 데리고 나갔다는데 지금까지 돌아오지 않았습니다."

"……."

"조금 전에 화도영이 숙소로 확인하는 바람에 알게 되었습니다."

위복이 손등으로 이마에 배어난 땀을 닦았다.

"숙소에 남아 있던 부관의 말로는 강문 상교가 화도영의 전화를 받고 나갔다는데 화도영은 펄쩍 뛰고 있습니다."

"……."

"화도영 핑계를 대고 데리고 나간 것 같습니다."

그때 왕양이 흐린 눈으로 위복을 보았다. 눈의 초점이 잡혀 있다.

"서관주한테 말해서 대회장 경계를 강화해. 시진핑이 대회장에 들어오면 안돼. 무슨 말인지 알지?"

"예, 주석 동지."

"시진핑을 보면 무조건 사살하라고 해. 시진핑은 가짜고 대회를 무산시키려는 테러 조직의 대역이라고."

"알겠습니다."

위복이 서둘러 몸을 돌렸다.

현재 시진핑은 병이 위중해서 남쪽의 휴양지에 있는 것으로 알려져 있다.

오후 2시.

북조선 주석 김정은이 전인대 예비위원, 후보위원을 거쳐 정치국 상무위원에 추천, 임명되었다. 단 1분도 지체되지 않았다.

그 일사불란한 장면이 세계에 보도되었고 수억의 시청자들을 감동시켰다.

이제 상무위원에 임명된 김정은이 수락 연설을 할 차례가 되었다.

김정은 대리인으로 전인대에 참석한 김여정이 새로 임명된 상무위원 중 가장 먼저 발언을 하는 것이다.

김여정이 연단에 섰다. 항상 시진핑이 섰던 자리다.

김여정이 똑바로 화면을 보았다. 당당한 표정이다.

TV를 보는 수억의 시청자는 숨을 죽였다.

보라. 전인대의 수만 명 대의원들도 조용해졌다. 이 자리에 북조선인 대표가 대(大)중국의 상무위원이 되어서 중국인들을 상대로 연설을 한다.

김여정이 입을 열었다.

"친애하는 대의원 여러분, 중국 공산당원 여러분, 인민 여러분, 이제 저는 조선성의 대표로서 여러분께 선언합니다. 이제 조선성은 중국 연방의 일원으로 충실하게 봉사하겠습니다. 이제 조선성과 중국은 일체가 되었습니다. 감사합니다."

간단한 인사다.

고개를 숙인 김여정에게 우레와 같은 박수가 쏟아졌다. 대회장의 모든 대의원이 기립박수를 한다. 장관이다.

"끝났군."

TV 음소거를 시키고 난 이광이 웃음 띤 얼굴로 안학태를 보았다.

"김 부장이 전 세계에 조선성의 얼굴로 선전이 되었군. 좋은 인상이었어."

"예, 그렇습니다."

안학태의 얼굴에도 웃음이 떠올랐다.

"김 부장이 참석한 것이 오히려 더 좋은 분위기를 심어준 것 같습니다."

"그런데 지금 시 주석은 어디에 있지?"

불쑥 이광이 묻자 안학태가 정색했다.

"오늘 밤에 만나겠지요."

"어디로 갔단 말인가?"

눈을 치켜뜬 왕양이 위복과 루신을 번갈아 보았다.

오후 8시 반.

이곳은 이화원 근처의 안가, 응접실에는 셋이 둘러앉아 있다.

오늘은 전인대 이틀째가 끝났고 내일은 폐회식이다. 오늘 중요한 행사는 다 끝난 것이다.

왕양은 예정대로 정치국 상임위원으로, 위복과 루신은 후보위원에 진입했다. 후보위원 20명 중에 포함되었으니 당 서열 30위 안에 드는 거물이 된 것이다.

그러나 그들에게 엄청난 악재가 터졌다.

시진핑이 탈출한 것이다.

그때 루신이 대답했다.

"강문이라는 자가 시 동지의 회유에 넘어간 것 같습니다. 그러나 별 영향은 없을 겁니다."

왕양은 시선만 주었고 루신이 말을 이었다.

"군을 움직일 수도 없고 공안은 말할 것도 없습니다. 아마 티베트나 몽고로 도망쳤을지도 모릅니다."

그때 위복이 말했다.

"이빨 빠진 늙은 범이 빠져나간 것뿐입니다. 신경 쓰시지 않으셔도 됩니다."

"찾아."

왕양이 핏발 선 눈으로 둘을 번갈아 보았다.

"공개적으로 찾을 수는 없으니까 정보원을 다 풀어서 찾아."

"군 지휘관, 공안 간부들에 대한 감시를 더욱 철저히 하겠습니다."

위복이 위로하듯 말했다.

"이제 다 끝났습니다, 주석 동지."

내일은 폐회식이다.

이곳은 우루무치의 위구르 공화국 대통령 저택 응접실 안.

리커창과 장평이 TV를 보고 있다. TV 화면에는 중국 전인대의 장면이 편집되어서 재방송되는 중이다.

술잔을 든 리커창의 얼굴에 쓴웃음이 번졌다.

"상무위원 7명 중에서 왕양이 4명을 확보했군."

"왕후닝이 왕양에게 넘어갔을 수도 있으니까 5명입니다."

장평이 말하자 리커창은 침묵했다.

왕양은 왕상귀, 양추기, 화청까지 셋을 이끌고 있다. 거기에 왕후닝까지 넘어갔다면 5명이다. 7명 중 5명인 것이다. 나머지 2명은 주석이 되어있는 리찬수와 조선성 당서기 겸 성장인 김정은까지 둘이다.

그때 리커창이 다시 입을 열었다.

"우리의 희망은 단 하나야."

리커창이 흐려진 눈으로 장평을 보았다.

"그 희망이 뭔지 알지?"

"김정은이죠, 아니 그 배후의 이광까지 포함한 한국입니다."

"맞아."

고개를 끄덕인 리커창이 장평을 보았다.

"중국 쪽과 아직 연락이 안 되지?"

"예, 며칠 동안 끊겼습니다."

"왕양이 기반을 굳히기 전에 서둘러야 되는데."

"그렇습니다."

장평이 굳은 얼굴로 리커창을 보았다.

"왕양은 이미 전군(全軍), 공안, 그리고 정보 부분까지 장악했습니다."

어깨를 부풀렸다가 내린 장평이 말을 이었다.

"이렇게 몇 달만 지나면 시멘트가 굳어진 것처럼 단단해집니다."

리커창이 고개를 끄덕이면서 말했다.

"난 돌아가야 돼."

"……"

"돌아가서 시골에 들어가 책이나 쓸 테니까."

"저도 마찬가지입니다."

장평이 이를 드러내고 웃었다.

"저는 염소 농장을 할 겁니다."

그 시간에 정민아가 베이징 북서쪽의 마을 뒤쪽에 있는 저택 현관으로 들어서고 있다. 2층 석조건물이었는데 면적이 넓고 숲에 둘러싸여서 경관이 좋다. 대기업 사장의 별장이다.

현관으로 들어선 정민아를 두 사내가 맞았다.

잠자코 정민아에게 고개를 숙여 보인 사내 하나가 앞장을 서서 2층 계단을 오른다.

저택 안은 조용하지만 군데군데 사내들의 모습이 보였다. 모두 손에 총을 쥐었다. 계단을 올라간 정민아가 응접실로 들어서자 소파에 앉아있던 사내가 고개를 들었다.

시진핑이다.

정민아가 시진핑을 만나러 온 것이다. 다가간 정민아가 고개를 숙여 인사를 했다.

"김여정 부장의 보좌관 정민아라고 합니다."

유창한 중국어다. 정민아의 시선을 받은 시진핑이 고개를 끄덕였다.

"응, 그래. 잘 왔어."

"김 부장의 전갈을 가져왔습니다."

"오늘 연설 잘 들었어."

시진핑이 옆쪽의 TV를 눈으로 가리키며 말했다.

"전인대를 하루 종일 보았어."

앞쪽에 앉은 정민아가 시진핑을 보았다. 시진핑은 캐주얼 재킷과 바지를 입었는데 새것이다. 이곳에서 갈아입은 것 같다.

정민아가 입을 열었다.

"제가 당분간 주석님 옆에서 시중을 들게 되었습니다."

"응, 그래?"

시진핑의 얼굴에 웃음이 떠올랐다.

"미인인데, 내 침실까지 따라오는 건 아니지?"

"전 한국 대통령실에서 정책보좌관으로 일했습니다."

"오, 그런가?"

"그 후에 위구르에 파견되었다가 이번에 북한 김여정 부장의 보좌관이 되었지요."

"음. 대단한 경력인데."

눈을 가늘게 뜬 시진핑이 정민아를 보았다.

"앞으로의 계획은?"

"쿠데타죠."

바로 대답한 정민아가 정색하고 시진핑을 보았다.

"그 쿠데타에 주석님께서 주역이 되시는 것입니다."

"그래야지."

시진핑이 고개를 끄덕였다. 여전히 웃음 띤 얼굴이다.

"하지만 빠를수록 좋아. 이해가 가나?"

"네, 주석님."

"나는 너희들의 불쏘시개 역할이고."

이제 시진핑의 얼굴에서 웃음이 지워졌다.

"그러고 나서 너희들이 중국을 장악하게 되는 거다."

"……."

"너희들은 시진핑이란 핵폭탄을 보유하게 된 것이지."

그때 정민아가 말했다.

"제가 존경하고 있었던 주석님과 함께 일하게 되어서 영광입니다."

그때 시진핑이 어깨를 늘어뜨렸다.

"이곳 경비는 모두 북한군이 맡고 있더구만, 그렇지?"

"예, 주석님."

"경비가 북한군이라는 것을 안 순간에 오랜만에 마음이 놓이고 편안해졌어."

소파에 등을 붙인 시진핑이 다시 쓴웃음을 지었다.

"그것도 나한테는 계시처럼 느껴졌다."

정민아는 대답하지 않았지만 자신도 어느덧 편안한 느낌이 들었다.

다음 날.

폐회식을 마친 북조선 대표단은 열차로 베이징에서 출발했다. 북조선에서 가져온 열차다. 28량의 객차에 대표단과 수행원이 1천 명 가깝게 탑승하고 있다.

북조선은 김정일 시대부터 열차로 중국을 방문하는 습관이 있다. 철도가 연결된 데다 방문단이 대규모였고, 특히 김정일이 비행기 타는 것을 싫어하는 것도 그 이유가 될 것이다. 그것은 김정은 시대에도 이어져 왔다.

특별열차가 베이징을 떠난 지 한 시간쯤 되었을 때다.

김여정이 8호 차로 들어섰다. 8호 차는 특별실로 응접실과 침실, 식당, 목욕실, 헬스기구가 놓인 운동실까지 갖춰져 있는데, 응접실에 앉아있던 정민아가 일어섰다.

정민아 앞쪽에는 시진핑이 앉아있다가 김여정을 보더니 몸을 일으켰다. 얼굴에 웃음이 떠올라 있다.

"김 부장, 실물이 더 미인이시군."

"주석 동지, 불편하지 않으십니까?"

시진핑이 내민 손을 정중한 태도로 쥔 김여정이 물었다.

"내가 지금 호강을 하고 있다는 걸 잘 알면서 그러시네."

다시 자리에 앉은 시진핑이 말을 이었다.

"열차 여행도 좋군. 내가 왜 이런 여행을 안 했는지 모르겠어."

"앞으로 얼마든지 하실 기회가 있으실 겁니다."

김여정이 웃음 띤 얼굴로 말을 잇는다.

"평양에서 우루무치까지 열차로 가실 날이 있겠지요."

"그때는 위구르의 리커창도 중국으로 돌아와 있으려나?"

"어디에 있건 주석 동지께서 못 가시겠습니까?"

"리커창, 장평이 내가 지금 김 부장하고 같이 있는 걸 알고 있나?"

"모를 것입니다."

"그렇군."

고개를 끄덕인 시진핑이 이제는 정색하고 김여정을 보았다.

"내가 평양에 가면 효용 가치가 적어질 텐데, 그렇지 않나?"

"선양으로 모실 예정입니다."

"그렇지. 선양이 적당하지."

"김 주석도 곧 선양으로 올 것입니다."

"이제 조선성이 되었으니까 북한군을 동북3성으로 이동시켜야 돼."

시진핑이 말을 이었다.

"동북3성에 주둔한 해방군을 하나씩 무력화하는 방법은 내가 말해줄 테니까."

"그것까지 주석 동지께 바라지는 않습니다."

쓴웃음을 지은 김여정이 말하자 시진핑은 고개를 저었다.

"어떤 방법이 있는지 모르지만, 중국 정부에서도 대비를 다 해놓았다네. 어디, 그쪽 방법부터 말해 봐."

그러자 김여정이 이를 드러내고 웃었다.

"감사합니다, 주석 동지. 그것은 김 주석에게 말씀 전하겠습니다."

"그래야지."

시진핑이 길게 숨을 뱉고 나서 다시 물었다.

"그런데 남조선 이광 씨는 언제 만나지?"

"시진핑을 찾아."

전인대가 끝난 다음 날 오후.

왕양이 위복에게 말했다. 전인대가 끝나면서 계엄령이 해제되었고 이제는 공안이 치안을 장악한 상태다. 위복은 공안을 장악하는 중앙당 공안분과 위원장인 것이다. 왕양이 말을 이었다.

"내가 진즉 제거하는 것인데 방심했기 때문에 이렇게 되었다."

"찾겠습니다."

고개를 든 위복이 왕양을 보았다.

"제가 책임지고 찾겠습니다."

"네 추측으로는 시진핑이 어디 있을 것 같나?"

이제 왕양은 시진핑을 이름으로 부른다. 그때 위복이 입을 열었다.

"북조선으로 도피할 가능성도 있습니다."

"……"

"적의 적은 동지가 되니까요."

위복이 목소리를 낮췄다.

"그래서 북조선에 정보원을 파견했습니다."

"시진핑과 연대할 가능성이 있는 군부세력도 다시 숙정해야 돼."

"예, 주석 동지."

"지금 김여정은 어디에 있나?"

"선양에 있습니다."

위복이 말을 이었다.

"그곳에서 김정은을 기다리고 있습니다."

"……"

"김정은이 오면서 호위총국 병력이 따라옵니다."

고개를 든 왕양이 위복에게 물었다.

"병력이 얼마나 되지?"

"그건 모르겠습니다."

왕양도 입을 다물었다. 호위총국은 말 그대로 김정은의 경호 병력이다. 그 규모를 예단할 수는 없는 것이다.

선양.

시 외곽의 3층 별장이 김여정의 숙소다. 고원 지대에 있는 이 석조 별장은 본래 요녕성 당서기의 별장이었는데 김정은에게 양도하고 돌아간 것이다.

2층 응접실 안, 오후 8시. 김여정이 앞에 앉은 정민아에게 말했다.

"내일부터 성장 경비대가 올 거야."

정민아의 시선을 받은 김여정이 얼굴을 펴고 웃었다.

"호위총국 병력이야. 매일 1개 사단 병력씩 이동해 온다."

"얼마나 옵니까?"

"3개 군단."

목소리를 낮춘 김여정이 말을 이었다.

"이미 1개 사단 병력은 와 있어."

놀란 정민아가 시선만 주었다. 오늘이 조선성이 공식 중국령에 편입된 지 이틀째다. 이틀 만에 1개 사단 병력이 들어와 있단 말인가? 김여정이 말을 이었다.

"북조선군 60만이 2개월 안에 동북3성에 배치될 거야."

"60만입니까?"

"반년 후에는 120만."

"그럼 북한에는 군이 하나도 남지 않을 텐데요."

그때 김여정이 다시 이를 드러내고 웃었다.

"북조선 경비는 남조선군에 맡겨도 돼."

"그렇군요."

"남조선군 일부도 이곳으로 옮겨올 예정이야. 그것까지 말씀드리도록 해."

그것은 모르는 일이었기 때문에 정민아는 고개를 끄덕이며 자리에서 일어섰다.

"그럼 저는 돌아가겠습니다."

"어, 왔나?"

정민아의 인사를 받은 시진핑이 고개를 끄덕이며 말했다.

오후 9시 반, 이곳은 당서기 저택에서 4킬로쯤 떨어진 골짜기. 2층 석조건물은 엄중하게 경비하고 있다. 자리에 앉은 정민아에게 시진핑이 물었다.

"김 부장은 만났나?"

"네, 주석님."

정민아가 말을 이었다.

"일단 호위총국 병력을 동북3성으로 끌어들이고 있습니다."

김여정한테서 들은 내용을 정민아가 말해주는 동안 시진핑은 잠자코 들었다. 이윽고 정민아가 말을 마쳤을 때 시진핑이 고개를 들었다.

"김정은 위원장은 언제 오나?"

"아직 예정이 없습니다."

"서둘러야 할 텐데. 내가 초조해지는군."

혼잣소리로 말한 시진핑이 다시 물었다.

"이 대통령도 같이 오나?"

"그것도 모르겠습니다."

그때 정색한 시진핑이 정민아를 보았다.

"시간이 지날수록 위험한 쪽은 이쪽이야."

숨을 들이켠 정민아를 향해 시진핑이 말을 이었다.

"왕양은 착실하게 기반을 굳히고 있어. 군과 공안은 권력에 충성하게 되어있 단 말이야."

"김 부장은 주석님의 신변 안전에 신경을 쓰고 계십니다."

"내 안전 따위는 둘째 문제야."

시진핑이 번들거리는 눈으로 정민아를 보았다.

"나한테 자세한 계획을 말해주도록 해, 내가 도와줄 테니까."

"예, 주석님."

대담한 정민아가 자리에서 일어섰다. 그러나 김여정은 물론 김정은도 시진핑과 '작전'을 상의할 생각은 없었다.

간단히 말하면 시진핑이 혼자서 서두는 것이다. 시진핑이 도와주겠다면서 해방군 지휘부나 고위급 관리에게 직접 연락을 하려고 했던 것이다. 이제는 경호 장교들이 그것을 제지하는 것이 일이었다. 전화를 못 하게 했더니 화를 내는 바람에 다시 집 안에 연금시켜 놓은 것이다.

"시진핑은 왕양에 대한 복수심으로 서둘고 있어요."

김정은이 이광에게 말했다.

이곳은 평양, 대동강 변의 제2초대소에서 이광과 김정은이 베란다에 나란히 앉아있다. 밤 9시 반, 김정은이 말을 이었다.

"이쪽저쪽에다 전화를 한다고 해서 겨우 진정시켜 놓았는데 이제는 작전계획을 상의하자고 합니다."

이광은 듣기만 했고 김정은이 고개를 들더니 쓴웃음을 지었다.

"우리가 위복과 루신까지 장악하고 있다는 걸 알면 놀라겠지요?"

"당연하지요."

이광이 고개를 끄덕였다.

"그런 말을 해줄 필요는 없습니다. 하지만 이야기를 직접 들어볼 필요는 있는 것 같습니다."

"그건 저도 동감입니다."

"시진핑을 이곳으로 데려오는 것보다 우리가 가는 것이 낫겠는데요."

고개를 든 이광이 김정은을 보았다.

"김 위원장은 조선성의 대표자요. 내가 가는 것이 낫겠어요."

"대통령께서 가신다구요?"

"선양에 있는 김 부장이 날 초대하는 것으로 해주시죠."

"경제협력 관계로 할까요?"

김정은도 마음을 정한 듯이 그렇게 물었다.

"그렇게 하는 것이 낫겠습니다."

이광이 말을 이었다.

"김 위원장의 부탁을 받고 가는 것으로 하겠습니다."

"알겠습니다."

고개를 끄덕인 김정은이 이광을 보았다.

"바로 연락하지요."

이것은 김정은이 이광을 '부리는' 것이나 마찬가지다. 그만큼 이광이 김정은을 '띄워주는' 것이다.

서관주는 이번에 상장으로 진급하면서 베이징관구 사령관으로 임명되었다. 불과 몇 달 만에 소장에서 중장, 상장이 된 것이다.

중국 인민해방군의 최고 계급은 상장이다. 해방군에는 14명의 상장이 있었는데 상장에도 서열이 있다. 그중 베이징관구 사령관이 가장 높은 것이다.

오전 9시 반, 서관주가 주석궁의 주석 집무실로 들어서자 왕양이 고개를 들었다.

"주석 동지, 부르셨습니까?"

"응, 거기 앉아."

눈으로 앞쪽 자리를 가리킨 왕양이 말을 이었다.

"지금 정국이 안정되는 것 같지만 내부는 불안정해, 알고 있지?"

"예, 알고 있습니다."

정색한 서관주가 왕양을 보았다. 고개를 끄덕인 왕양이 다시 물었다.

"그 원인이 뭐라고 생각하나?"

"시진핑이 잠적했다는 소문이 조금씩 퍼지고 있습니다."

서관주가 말을 이었다.

"지금은 고위층과 일부 당원들 사이에 그 소문이 번지고 있지만 금세 번져나 갈 것 같습니다."

"그 결과는 어떻게 될 것 같나?"

"인민들이 동요하겠지만 큰 소동은 일어나지 않을 것입니다."

"군(軍)은?"

"군(軍)은 제가 장악하고 있습니다."

"확실한가?"

"믿으셔도 됩니다, 주석 동지."

둘의 시선이 마주쳤다. 왕양이 부른 이유는 이것이다. 그때 왕양이 다시 입을 열었다.

"서 상장."

"예, 주석 동지."

"서 상장 휘하에 보안군이 있지?"

"예, 주석 동지."

"그 보안군을 주석궁 경호대로 추가시켰어. 그렇게 알고 있도록."

"알겠습니다."

"그 보안군 부대장에 주석실의 채진 서기를 보내겠어. 잘 보살펴주게."

"알겠습니다."

그때 왕양이 옆에 놓인 벨을 눌렀다. 그러자 곧 옆쪽 문이 열리면서 사내 하나가 들어섰다. 40대쯤의 사내다. 주석실 소속의 서기 채진이다. 왕양이 옆에 선 채진을 눈으로 가리켰다.

"내가 군사위 주석 권한으로 채진을 소장으로 임명했어. 그렇게 알도록."

오후 1시, 위복이 베이징의 공안본부 본부장실에서 하성춘과 앉아있다.

하성춘은 중국 공안의 최고위 간부로 54세. 이번에 베이징 공안 부부장에서 본부장으로 승진했다. 5명의 부부장 중 서열 3위였는데 3계단이나 승진한 셈이다. 그것도 수십 대 1의 경쟁을 제쳤으니까 초특급 승진이다.

"이봐요, 본부장. 앞으로 석 달이 위기야. 명심해야 돼요."

위복이 말하자 하성춘이 고개를 끄덕였다.

"압니다, 위원 동지."

"동무의 충성심을 믿겠어."

"믿어주십시오."

정색한 하성춘이 위복을 보았다.

"이미 저는 같은 배를 탔습니다."

"그렇지. 뒤집히면 같이 익사하는 것이지."

"사즉생이야."

어깨를 부풀린 위복이 말을 이었다.

"동무는 공안 본부장으로 끝날 사람이 아냐."

하성춘의 시선을 받은 위복이 빙그레 웃었다.

위복은 정치국 후보위원으로 수직 상승한 입장이다. 예비위원 120명도 건너뛰어서 후보위원 20명 안에 진입한 것이다. 오늘은 공안을 장악하고 있는 하성춘의 충성을 다짐받으려고 온 것이다.

이광이 선양에 도착했을 때는 오후 1시가 되어갈 무렵이다. 공식 방문이었기 때문에 선양 공항에는 김여정이 나와 이광을 맞는다.

"마침 잘 오셨어요."

시내로 들어오는 차 안에서 김여정이 이광에게 말했다. 자주 만나는 사이였기 때문에 김여정은 이광을 숙부처럼 대하고 있다. 김여정이 말을 이었다.

"어젯밤에도 소란이 있었습니다. 겨우 억제시켰어요."

"서두르는 모양이군."

"복수심 때문인 것 같습니다."

이광이 고개를 끄덕였다. 왕양을 제거하기 위해서는 힘을 모아야 한다. 시진 핑을 납치해 온 것도 그 때문이었다.

그러나 이쪽에서는 시진핑을 전면에 내세울 의도는 없었다. 그동안 정민아를 통해 시진핑의 조언을 들어왔다. 그리고 결정적인 시기에 시진핑을 보이고는 왕 양의 배신을 폭로하는 것으로 끝낼 예정이었다.

그날 밤 11시 반.

이제는 연금 장소가 되어있는 시진핑의 안가로 이광이 들어섰다.

밀행이다. 이광은 정민아와 동행했다. 응접실로 들어선 이광이 자리에 앉아있는 시진핑을 보았다. 시진핑은 양복 차림으로 이광을 기다리는 중이었다.

"오, 대통령 각하."

이광을 본 시진핑이 자리에서 일어섰다. 얼굴에 웃음이 떠올라 있다.

"마침내 대통령 각하를 뵙습니다."

"주석 각하, 고생하고 계십니다."

다가간 이광이 시진핑의 손을 쥐었다. 그때 시진핑의 눈에 금세 눈물이 고였다. 자리에 앉은 시진핑이 길게 숨부터 뱉고 나서 말했다.

"내가 뵙자고 졸랐습니다."

"예, 들었습니다. 늦게 와서 죄송합니다."

고개를 끄덕인 시진핑이 말을 이었다.

"왕양 정권을 전복시키려면 군(軍)을 동원해야 돼요. 지금 군 지휘관을 모두 왕양의 심복으로 교체했지만, 아직 부대를 장악하지는 못했을 겁니다."

시진핑이 번들거리는 눈으로 이광을 보았다.

"내가 양성해 놓은 군의 고급 지휘관이 수백 명이오. 그놈들은 여전히 군의 중심으로 사단장, 여단장급이지요."

"……"

"그놈들을 움직이는 거요. 지휘관급인 그놈들이 부대를 이끌고 반란을 일으키는 것이지요."

"……."

"내가 일일이 연락하겠소. 조선성에서 내가 지시하는 거요. 그러면 왕양은 손을 쓸 방법이 없을 겁니다."

이광이 고개를 끄덕였다.

시진핑이 조선성에 와 있는 것이다. 거기에다 이미 북한군도 진입한 상황이다. 조선성에 주둔한 해방군은 시진핑의 등장에 무력화되거나 아군으로 합류할 것이다. 가능성이 있는 방법이다. 손해 볼 것이 없다. 그때 이광이 말했다.

"알겠습니다. 참조하지요."

"군(軍)의 중간 간부까지 교체되기 전에 서둘러야 합니다. 내가 서둘렀던 이유가 바로 이것이오."

시진핑의 목소리에 열기가 띠어졌다.

"내가 다시 정권을 되찾으려는 것이 아니오. 왕양 일당을 타도하면 난 은퇴할 겁니다."

오전 10시 반.

160

현관으로 들어선 위복에게 경호대 장교가 말했다.

"지금 응접실에 계십니다."

이화원 위쪽의 안가는 시진핑이 아끼던 별장이다. 시진핑이 정치국 상무회의도 여러 번 개최했고 외국의 정상도 만날 만큼 자주 사용했던 곳이다. 이곳을 이제는 왕양이 사용하는 것이다.

위복이 응접실로 들어서자 차를 마시던 왕양이 고개를 들었다.

"응, 왔나?"

중국 일인자가 된 왕양이 가장 자주 만나는 심복이 위복이다. 왕양은 주석실 서기였을 때부터 위복을 수족으로 거느렸기 때문에 둘은 눈빛만 봐도 마음을 읽을 정도다.

자리에 앉은 위복이 왕양에게 보고했다.

"지금 이광 씨가 선양에서 김여정과 경제회의를 하고 있습니다."

"김정은은 평양에서 움직이지 않는군."

찻잔을 내려놓은 왕양이 눈을 가늘게 떴다.

"계속해서 군대를 3성으로 보내고 있지?"

"예, 현재까지 16개 사단 병력이 3성에 진입했습니다."

"그까짓 거, 모래밭에 물 붓기다."

왕양의 얼굴에 쓴웃음이 떠올랐다.

"해방군은 철수시키지 않을 테니까."

그것은 조선성 편입 조건에도 명시되어 있는 것이다. 동북3성에는 선양관구 사령관 휘하에 8개 군단 40개 사단 지상군과 해군, 공군까지 1백만 가까운 병력이 포진하고 있다.

그때 위복이 말했다.

"이광이 선양으로 가 있는 것이 수상합니다."

"김정은 대신 온 것 아닌가?"

"주모자는 이광입니다. 김정은은 조역입니다. 이광이 직접 현지 지도를 한다고 봐야 합니다."

"그건 그렇지."

고개를 끄덕인 왕양이 위복을 보았다.

"그런데 아직도 시진핑을 찾지 못했나?"

"찾는 중입니다."

고개를 든 위복이 왕양을 보았다.

"전(全) 공안을 동원한 상황입니다. 곧 찾게 될 것입니다."

"선양관구 사령관 유덕규를 교체해야겠어."

왕양이 또 화제를 바꿨다.

"남부군 참모장 곽동을 상장으로 진급시켜서 선양관구 사령관으로 보낼 거다."

위복이 시선만 주었다.

중국의 6개 관구 사령관이 다 교체된 상황이다. 그런데 이번에 교체된 지 한 달도 안 되어서 다시 사령관이 바뀐다. 이것은 왕양이 불안한 상태라는 증거가 될 것이다.

그때 위복이 고개를 끄덕였다.

"잘하셨습니다."

안가를 나온 위복이 베이징 시내의 '장원' 식당에 들어섰을 때는 낮 12시 반이다.

3층 밀실로 안내된 위복이 들어서자 기다리고 있던 루신이 고개를 끄덕였다.

루신은 장평 대신으로 정보국장 겸 군사위 부주석을 맡았다. 지난번 전인대에서 정치국 후보위원에 발탁됨으로써 일약 공산당 서열 30위 안에 드는 거물이 되었다. 위복과 함께 왕양의 최측근이다.

자리에 앉은 위복이 방 안을 둘러보는 시늉을 하자 루신이 물었다.

"걱정할 것 없어."

그러자 위복이 어깨를 늘어뜨렸다.

"목숨을 바쳐야 해."

위복이 혼잣소리처럼 말을 이었다.

"채진이 보안부대장으로 임명되면서 경비가 몇 배나 강화되었어."

"채진 그놈."

루신이 쓴웃음을 지었다.

"부패한 놈이 갑자기 군 장성이 되었으니 충성을 바치겠지."

"그런 놈일수록 과잉 충성을 하는 거야. 안가 경비로 수백 명이 들어와 있더구만."

"……."

"주석궁 호위대와 섞여서 마치 시장바닥 같더라니까."

"……."

"왕양은 쓰레기 같은 놈들일수록 자신에게 충성한다는 것을 알고 있는 거야."

마침내 위복의 입에서 왕양의 이름이 불리었다.

루신이 방 안에 녹음장치가 없다는 것을 확인해주었기 때문일 것이다.

그때 위복이 흐려진 눈으로 루신을 보았다. 그러더니 다시 말했다.

"루신, 목숨을 바쳐야 해."

루신의 시선을 받은 위복이 말을 이었다.

"몸을 사리면 불가능해. 목숨을 바쳐서 마무리를 해야겠어."

위복이 결심한 듯 말을 맺는다.

"루신, 내가 마무리를 해야겠어."

"황경, 나다."

목소리가 울렸을 때 황경은 머뭇거렸다.

황경은 산둥성 웨이하이에 있는 해군 특공대 사령관이다. 해군 특공대는 미국 해병대를 모방한 정예군으로 3개 사단 약 5만 명으로 구성된 독립 군단이다.

오후 1시 반, 황경은 웨이하이의 식당에서 휴대폰으로 걸려온 전화를 받았다. 자리에서 일어선 황경이 창가로 다가가 섰다. 식탁에 앉아있던 참모장과 작전참모가 황경에게 시선을 주었다.

그때 사내가 다시 물었다.

"황경, 그 보안 전화번호를 알고 있는 사람은 몇이나 되나?"

"누구십니까?"

황경이 물었을 때 사내가 입맛 다시는 소리를 냈다.

"황경, 넌 아직 그 자리에 있구나."

"앗!"

저도 모르게 낮게 외친 황경의 몸이 굳어졌다.

이제야 알아챈 것이다.

시진핑이다.

황경이 구석 쪽으로 더 옮겨갔다.

시진핑이 핸드폰을 귀에 바짝 붙였을 때 곧 황경의 목소리가 울렸다. 목소리가 조금 떨렸다.

"살아계셨습니까?"

"그렇다, 황 중장. 나 살아있다."

"그러시군요."

"이제 내 목소리가 제대로 들리느냐?"

"예, 들립니다."

"나인 줄 믿느냐?"

"지금 어디십니까?"

"그건 말할 수 없구나."

"……."

"황경, 그 전화 안전한가?"

"예, 그렇습니다."

"그렇다면 잘 들어라."

시진핑이 목소리를 낮췄다.

"곧 왕양이 중장급 군사령관에 대한 대대적인 교체 작업을 할 거다. 군 지휘관을 전면 개편하는 것이지."

"   "

"상장급 인사를 끝냈으니까 이젠 중장급을 전면 교체할 거야. 그때 내가 내 육성으로 전국에 방송을 할 거다."

"……."

"왕양이 통제하고 있지만, 핸드폰과 방송을 통해 내 성명이 전국에 퍼져나갈 것이다. 그때 너는 네 부대를 단속해서 내 지시를 기다려라."

"……."

"난 너뿐만 아니라 다른 지휘관들한테도 이런 연락을 하고 있다. 역적 왕양의 정권을 타도해야 한다."

힘주어 말한 시진핑이 핸드폰의 전원을 끄고는 앞에 앉은 정민아를 보았다.

"어떤가?"

정민아가 숨을 골랐다. 스피커 상태로 통화를 했기 때문에 정민아는 황경의 반응까지 다 들은 것이다.

"지휘관들을 혼란시키는 효과는 있을 것 같습니다."

"이 통화가 도청될 가능성이 많아. 그러면 왕양은 황경을 당장 교체할 거야."

시진핑이 치켜뜬 눈으로 정민아를 보았다.

"나하고의 통화 내용을 신고하는 지휘관도 있을 것이고."

"주석님께서 이곳에 계신다는 것도 곧 드러날 것입니다."

"왕양이 바보가 아냐. 이미 내가 이쪽에 피신해 있다는 것을 알고 있어."

"결국은 대결을 서두르신 결과가 되었습니다."

"나한테 통화를 허용한 것도 그렇게 결정했기 때문이 아닌가?"

이광이 정민아를 보내 시진핑과 군 고위층과의 연락을 승인한 것이다.

고개를 든 정민아가 시진핑 뒤에 선 사내에게 말했다. 정민아와 함께 온 북한 군이다.

"박 대좌, 주석님을 도와드리세요."

시진핑의 경호원 겸 감시역이다.

보안부대장이 된 채진은 주석궁에 상주하면서 왕양의 호위를 맡았는데 전 (前)에 서관주가 맡았던 역할이다. 서관주는 이제 베이징관구 사령관으로 승진 했고 상장에다 정치국 후보위원이기도 하다.

오후 4시 반, 서관주가 사령관실 안에서 정보참모의 보고를 받는다.

"각하, 시진핑의 육성 테이프가 퍼져나가고 있습니다."

"뭐야?"

놀란 서관주가 고개를 들었을 때 참모는 들고 있던 핸드폰을 테이블 위에 놓

166

았다.

"들어보시지요."

핸드폰의 버튼을 누르면서 참모가 말을 이었다.

"제 핸드폰에도 전달되었습니다. 고급장교 대부분이 이 내용을 받았습니다."

그때 핸드폰에서 목소리가 울렸다.

"친애하는 인민 여러분, 나는 중국 국가주석 시진핑입니다. 나는 주석실 비서였던 왕양의 음모에 빠져 연금되었다가 탈출한 상황입니다. 왕양은 정권 탈취를 위해 나를 연금시켰고 자신의 세력으로 정권을 장악했습니다. 그러나 아직 정의는 죽지 않았습니다. 나는 곧 여러분 앞에 나타날 것입니다. 그래서 이루지 못한 대(大)중국을 건설할 것입니다."

녹음이 끝났어도 서관주는 한동안 입을 열지 않았다.

시진핑의 목소리다. 다른 사람은 몰라도 서관주는 구별할 수 있다.

이윽고 서관주가 눈의 초점을 잡고 참모를 보았다.

"곧 등장하겠군."

"이것으로 그칠 것 같지 않습니다."

"군부 지휘관 급에만 보내졌어?"

"아닙니다. 초급장교한테까지 번졌습니다. 이건 순식간이어서요."

"공안도 수사에 착수했겠군."

"당연하지요."

그때 서관주가 자리에서 일어섰다.

"잠깐 기다리시죠."

정문 안에서 상교 계급장을 붙인 장교가 루신에게 말했다.

"비서께 보고를 하겠습니다. 아직 통보를 받지 않아서요."

"이봐, 내가 정보국장이다."

버럭 소리친 루신이 상교를 노려보았다.

"내가 정치국 후보위원이야!"

"승인을 받아오겠습니다."

상교의 얼굴에 쓴웃음이 떠올랐다.

몸을 돌린 상교가 현관 쪽으로 걸어가는 동안 루신이 심호흡을 세 번이나 했다. 상교는 이번에 주석궁 호위대로 충원된 보안부대원이다.

그때 루신의 뒤에 서 있던 배천수가 말했다.

"국장 동지, 안가 경호원이 2백 명도 넘습니다."

과연 그렇다. 정원에 나와 있는 호위대, 보안부대 병력만 40~50명이다.

루신의 얼굴에도 쓴웃음이 떠올랐다.

지금 루신과 수행원 둘은 정문 앞, 정원의 끝에 서 있다.

오후 5시 10분, 루신의 이마에 땀방울이 돋아났다.

7월 초, 아직 한낮의 더위가 가시지 않았다. 그렇게 서 있은 지 10분이 지났을 때다.

이번에는 상교가 부하 셋을 데리고 다가왔다.

"동지, 잠깐 수색하겠습니다."

상교가 말했을 때 부하들이 루신과 수행원들의 몸을 수색했다. 루신도 상위 계급장을 붙인 장교에게 몸수색을 받는다. 거침없이 사타구니까지 수색한 장교가 허리를 펴더니 상교에게 보고했다.

"이상 없습니다."

그때 상교가 말했다.

"따라오시지요."

루신은 앞장서 걷는 상교의 뒤를 따랐다.

정문에서 현관까지는 1백 미터 정도나 된다. 잔디밭 사이의 자갈길을 걸으면서 루신도 길게 숨을 뱉었다. 볼에서 흘러내린 땀방울이 목덜미를 타고 흘러내렸다.

4장
내란

"루신이 시진핑의 녹음테이프 보고를 하려고 오는 모양이야"

왕양이 채진에게 말했다.

이곳은 응접실 안, 방금 왕양은 상교로부터 루신이 왔다는 보고를 받은 것이다.

이맛살을 찌푸린 왕양이 말을 이었다.

"시진핑은 지금 동북3성에서 활보하고 있어."

왕양은 정보부장 루신 외에 서관주와 주석실 정보처로부터도 보고를 받은 것이다.

고개를 든 왕양이 채진을 보았다.

채진은 47세. 왕양의 수행비서였다가 주석실 서기로 승진한 후에 다시 보안부대장으로 임명된 것이다. 왕양은 주변 호위를 강화하기 위해서 호위대에 보안부대를 포함시켰다.

채진은 중국군 소장이다.

그때 응접실로 루신이 들어섰다.

"응, 여기 앉아."

루신의 인사를 받은 왕양이 채진 옆자리를 가리켰다. 채진은 루신에게 앉은 채로 고개만 끄덕여 보였다. 그것을 본 루신의 수행원 배천수가 숨을 들이켰다.

170

채진은 서열도 없는 소장급 군인이다. 루신은 정보국에서 잔뼈가 굳은 데다 조부가 등소평의 비서를 지낸 가문 출신으로 이번에 정치국 후보위원으로 승진되었다. 채진의 호가호위가 두드러졌다.

자리에 앉은 루신이 왕양을 보았다.

"시진핑의 육성 테이프가 시중에 돌아다니고 있습니다."

왕양은 이미 보고를 받은 터라 고개만 끄덕였고 루신이 말을 이었다.

"특히 군의 고급장교를 중심으로 시진핑이 직접 통화를 시도하고 있습니다. 그 테이프가 시중으로 퍼져나간 것입니다."

그러고는 루신이 뒤쪽으로 손을 뻗쳤다. 테이프를 달라는 손짓이다.

그때 배천수가 가방에서 녹음기를 꺼내 내밀었다.

"들어보시지요."

왕양이 고개를 끄덕이자 루신은 녹음기를 탁자 위에 놓았다. 왕양과 채진은 잠자코 녹음기를 응시했고 루신이 손끝으로 버튼을 눌렀다.

루신이 숨을 들이켰다.

길지 않은 인생이다. 이제 대(大)중국의 해방군 정보국장, 정치국 후보위원에까지 진입했으니 성공한 인생인가? 그러나 화무십일홍이며 권불십년이다.

그때 녹음기에서 시진핑의 목소리가 울렸다.

"친애하는 인민 여러분, 나는 중국 국가주석 시진핑입니다. 나는 주석실 비서였던 왕양의 음모에 빠져 연금되었다가 탈출한 상황입니다……."

시진핑의 목소리가 이어지는 동안 왕양은 몸을 굳히고 있다. 숨을 쉬는 것 같지도 않다.

그때다.

왕양의 시선이 녹음기의 왼쪽으로 옮겨졌다. 타이머의 숫자가 반짝이면서 하나씩 줄어들고 있다.

17, 16, 15, 14······.

그때 시진핑의 목소리가 이어졌다.

"왕양은 정권 탈취를 위해 나를 연금시켰고 자신의 세력으로 정권을 장악했습니다······."

타이머 숫자가 7, 6, 5, 4가 되었다.

고개를 든 왕양이 루신을 보았다. 루신과 시선이 마주쳤다.

그때 루신이 빙그레 웃었기 때문에 왕양은 숨을 들이켰다.

왕양의 시선이 다시 타이머로 옮겨졌다.

3, 2, 1.

그때 루신이 말했다.

"자, 떠납시다."

그 순간이다.

"꾸꽝꽝!"

응접실의 탁자가 폭발했다.

탁자가 폭발의 진원지다. 탁자를 중심으로 주위의 의자, 뒤쪽의 벽까지 다 화산이 폭발하는 것처럼 분출되었다. 위쪽 천장이 무너져서 허공으로 솟아올랐고 금세 검은 연기로 뒤덮였다.

10분 후.

위복이 보고를 받는다. 베이징 공안본부장 하성춘이 전화를 한 것이다.

"이화원 안가가 폭발했습니다."

하성춘의 다급한 목소리가 이어졌다.

"현재 왕 주석은 실종 상태입니다."

"······."

"안가에 있던 보안부대장 채진도 실종되었습니다."

"……."

"안가의 본채 건물이 완파되어서 지금 소방서가 화재를 진압 중입니다."

"……."

"경비 장교의 보고에 의하면 정보국장 루신 동지가 수행원 둘을 데리고 주석을 예방했다는 것입니다."

"……."

"루신 동지도 실종 상태입니다."

그때 위복이 말했다.

"하 동지, 공안에 1호 비상령을 내리도록 하시오."

"괜, 괜찮겠습니까?"

하성춘이 말까지 더듬었다.

1호 비상은 계엄령 수준의 경계태세다. 군(軍)만 동원되지 않는 계엄령인 것이다. 그것을 정치국 후보위원인 위복이 지시하는 것도 월권이다.

그때 위복이 말했다.

"내가 책임질 테니까."

위복의 목소리가 강해졌다.

"하 동지, 국가의 위기야. 1호 비상령을 내리도록 해."

"그, 그러면 누구 지시를 받습니까?"

"내가 주석 동지 대리역을 할 테니까."

"……."

"내가 책임을 지겠다는 말야."

"알겠습니다."

마침내 하성춘이 말했다.

"지금 즉시 1호 비상령을 내리겠습니다."

"터졌습니다."

그 시간에 이광이 김여정에게 말했다.

"루신이 왕양을 끌어안고 자폭한 겁니다. 왕양과 보안부대장 채진까지 함께 폭사했습니다."

이곳은 선양의 성장 관저 안.

이광이 굳은 얼굴로 말했다.

"김 부장, 지금부터가 더 중요해요. 김 위원장께 연락하시도록."

"알겠습니다."

김여정이 자리에서 일어섰을 때 이광이 전화기를 집어 들었다.

"난 시 주석을 만나야겠어요."

폭발 2시간 후.

중국 전역은 공안의 '1호 비상체제'에 들어섰다. 군 계엄령 수준이다.

오후 7시 반.

7시부터 통금이 실시된 베이징 도심을 달리는 3대의 승용차가 있다. 그 둘째 차량의 번호판에 붉은 별 3개가 붙었으니 상장의 차다. 더구나 번호판에 금테가 3개 둘러쳐져 있다.

베이징관구 사령관이며 왕양의 심복인 서관주의 전용차다.

텅 빈 거리를 맹렬하게 달려간 3대의 차는 곧 주석궁의 현관 앞에서 멈춰섰다.

현관 앞의 경비병은 공안이다.

공안의 특공대가 완전무장한 차림으로 서관주 일행을 맞는다. 서관주는 부관과 참모 등 10여 명을 거느리고 있다. 호위병도 7, 8명 따랐다.

현관 앞에 서 있던 공안의 간부가 서관주에게 말했다.

"사령관 각하, 부관하고 둘이 들어가시죠."

"그러지."

고개를 끄덕인 서관주가 물었다.

"안에 총리 각하하고 누가 계신가?"

"상무위원이 모두 계십니다."

"그렇군."

서관주가 심호흡을 하더니 뒤를 돌아보았다.

"부관만 따라오고 나머지는 기다려."

비상회의다.

베이징관구 사령관이 참석하는 것은 당연하다.

주석궁 2층 대기실로 들어선·서관주가 방을 둘러보았다. 방이 비었기 때문이다.

"잠깐 기다리시죠. 말씀드리고 오겠습니다."

안내해 온 공안 간부가 말하더니 몸을 돌렸다. 방 안에 둘이 남았을 때 부관이 서관주에게 말했다.

"각하, 부대로 돌아가시는 게 낫겠습니다."

상교 계급의 부관은 서관주가 주석궁 호위대장이었을 때부터 심복이다.

목소리를 낮춘 부관이 말을 이었다.

"분위기가 수상합니다. 리찬수 총리 동지가 불렀다는데 주차장에 총리 동지 전용차가 없습니다."

부관은 주석궁에 오래 근무했기 때문에 주차장부터 살핀 것이다.

그때 서관주가 말했다.

"주석 동지와 루신 동지를 폭사시킨 것은 시진핑이 보낸 암살대야. 우리는 그것을 막아야 한다."

"루신이 자폭했다는 소문이 있습니다."

"글쎄, 그게 말이나 되는 소리냐?"

벌컥 화를 낸 서관주가 자리에 앉았다.

폭발이 일어난 지 2시간 15분이 지났다. 그동안 군(軍)은 중심을 잡지 못하고 갈팡질팡했다. 군 정보국장 겸 군사위 부주석 루신이 왕양과 함께 폭사했기 때문이다. 군사위 주석 왕양과 부주석 루신이 함께 폭사해버린 것이다.

그때 대기실로 공안 특공대 대여섯 명이 들어섰기 때문에 둘은 고개를 들었다.

"가시죠."

앞장선 간부가 서관주에게 말했다.

"기다리고 계십니다."

서관주와 부관이 일어섰을 때 특공대원 둘이 부관의 양쪽 팔을 쥐었다.

"당신은 우리하고 같이 갑시다."

"이것 놔!"

부관이 소리친 순간이다. 특공대원 하나가 총의 개머리판으로 부관의 뒷머리를 강타했다.

"퍽!"

바가지가 깨지는 소리가 나면서 부관이 늘어지자 특공대원 둘이 끌고 복도로 나왔다. 그것을 본 서관주의 얼굴이 굳어졌다. 이제 상황을 파악한 것이다.

그때 간부가 다가와 서관주의 팔을 잡았다. 강한 악력이다.

"가십시다."

"어디로 간단 말인가?"

"알고 계시면서."

간부가 이를 드러내고 웃었다.

폭발 2시간 반 후.

서관주가 주석궁에 불려간 후에 실종(?)된 직후다.

베이징 시간으로 오후 8시 10분, 갑자기 모든 방송이 딱 그치더니 방송에 시진핑의 모습이 비쳤다. 그 순간 시청자들이 대경실색했다.

그렇지 않아도 지금 시진핑의 육성 테이프가 시중을 돌아다니는 상황이다. 그 테이프는 이제 중국 전역으로 퍼지고 있다. 요즘은 아무리 언론 통제를 해도 소문을 막기는 불가능하다. 핸드폰 때문이다.

오후 6시쯤, 이화원 근처에서 폭음을 들은 사람도 있다. 그리고 폭발이 일어난 후에 주석의 안가에서 왕양이 폭사했다는 소문이 퍼져가고 있었다.

그때 화면에 나타난 시진핑이 말했다.

"인민 여러분, 당원 여러분, 그리고 인민해방군 동지 여러분, 오늘 오후 5시 반에 배신자 왕양이 이화원의 안가에서 폭사했습니다. 왕양은 호위대장인 주석궁 보안대장 채진과 함께 폭사한 것입니다. 친애하는 인민 여러분, 당원 여러분, 그리고 인민해방군 동지 여러분."

시진핑이 번들거리는 눈으로 시청자들을 보았다. 말끔한 양복 차림의 시진핑은 얼굴이 조금 야위었지만 생기 띤 표정이다. 다시 시진핑이 말을 이었다.

"그리고 조금 전에 왕양의 수족이 되어서 저를 배신했던 베이징관구 사령관 서관주가 체포되었습니다. 서관주는 불과 몇 달 전만 해도 소장 계급의 주석궁 호위대장이었는데 왕양의 수족이 되어 정치국 후보위원에까지 진입하고 상장으로 진급한 인물입니다. 이제 군(軍)은 다시 정상화되었습니다."

시청자들은 숨을 죽이고 시진핑의 연설을 듣는다. 시청률은 아마 90퍼센트도 넘을 것이다.

그때 시진핑이 똑바로 시청자들을 보았다.

"인민 여러분, 당원 여러분, 그리고 인민해방군 여러분, 내 목숨을 구해준 것은 조선성의 김정은 동지, 한국의 이광 대통령입니다. 나는 지금 조선성의 선양에서 여러분께 이 방송을 하고 있습니다. 당분간 나는 선양에서 김정은 동지와 함께 사태를 수습하겠습니다."

"갓댐."

시진핑의 말이 끝났을 때 부시가 뱉은 말이다.

이곳은 오전 7시 반.

실시간으로 시진핑의 성명을 들은 것이다. 물론 통역사가 옆에서 통역을 했다.

부시가 고개를 돌려 국무장관 마이클 존슨을 보았다.

"상황이 급진전되는군. 이건 모두 남북한의 합작품이겠지?"

"물론입니다."

마이클이 대답했을 때 CIA부장 매크레인이 헛기침부터 했다.

"시진핑이 선양에서 당분간 상황 정리를 할 것 같습니다."

"지저스."

투덜거린 부시가 곁눈으로 매크레인을 보았다.

"이봐, 매크레인. 우리가 나설 수 없었을까? 우리가 주도권을 쥘 수가 없었느냐 말야."

"각하, 이 작전은 처음부터 남북한을 앞세우는 것으로 합의가 된 것 아닙니까?"

정색한 매크레인이 부시를 보았다.

"이제 와서 그런 말씀을 하시다니요? CIA는 최선을 다한 겁니다."

"글쎄, 누가 뭐래?"

부시가 입맛을 다셨다.

"중국이 곧 한국의 아가리에 들어갈 것 같지 않나?"

"시진핑이 그럴 작정인 것 같습니다."

이번에는 안보보좌관 선튼이 대답했다.

"잘된 겁니다, 각하. 우리가 중국을 먹을 수는 없지요."

"아니, 그래도……."

"각하, 우리 대신 한국이 먹는다고 생각하시면 됩니다."

"갓대밋."

부시가 어깨를 부풀렸다가 내렸다.

"몇십 년 전만 해도 한국 애들이 미군 트럭을 따라 뛰면서 껌 달라고 소리쳤어. 나도 옛날 뉴스에서 봤어."

"……."

"한국전쟁 때 말야. 거지도 그런 거지 나라가 없었는데."

"각하, 이제 한국은 세계 최강국이 될 것 같습니다. 세계 제2위국이 될 겁니다."

"갓대밋."

"다행히 중국 대륙을 흡수한 한국이 우리의 동맹국입니다."

"아직 시작이야."

정신을 차린 듯 머리를 흔든 부시가 둘러앉은 셋을 훑어보았다.

"어떻게 진행되나 두고 보자고."

그러나 셋은 대답하지 않았다.

부시의 감정과는 다르기 때문이겠지.

"사령관들이 모두 충성 맹세를 했습니다."

위복이 리찬수에게 보고했다.

"베이징관구 사령관으로 임명한 모청이 금세 휘하 간부들을 장악했습니다."

주석궁 안, 오후 10시 반.

위복이 말을 이었다.

"시 주석이 당분간 선양에서 지도하실 겁니다."

리찬수가 고개를 끄덕였다.

주석궁의 정치국 상임위원 회의실 안, 상임위원이 7명이었지만 면적은 농구장만 하다. 원탁 뒤쪽에 소파가 놓였고 벽 쪽에는 스크린이 설치되었다.

회의실에는 리찬수와 왕후닝, 그리고 위복까지 셋이 앉아있다. 왕양이 폭사했고 왕상귀와 왕양이 진입시킨 양추기, 화청이 한 시간쯤 전에 체포되었기 때문이다. 남은 상임위원인 김정은은 지금 평양에 있으니 이곳에 모인 둘이 정원이다.

그때 리찬수가 고개를 들고 위복을 보았다.

"이봐, 위 동무."

"예, 총리 동지."

"우리 둘은 그냥 놔둘 거지?"

"무슨 말씀입니까?"

"이 대업(大業)이 끝난 후를 말하는 거네."

"무슨 말씀이신지 통."

고개를 기울인 위복이 쓴웃음을 짓고 앞에 앉은 리찬수를 보았다. 그때 왕후닝이 말했다.

"위 동무, 이쯤 되면 우리한테 털어놓고 말해주게, 협력할 테니까."

"아니, 왕 동지님까지 왜 이러십니까?"

"김정은 동지를 주석으로 옹립할 예정인가?"

리찬수가 묻자 위복이 심호흡을 했다.

"너무 빠르지 않습니까?"

"그건 그래."

리찬수가 고개를 끄덕였다.

"그렇다고 선양에 있는 시 동지를 다시 모셔올 계획은 아니겠지?"

"물론입니다."

고개를 끄덕인 위복이 둘을 번갈아 보았다.

"남한, 아니 대한민국까지 중국 연방에 가입시키도록 하지요."

"한국까지?"

놀란 리찬수의 눈동자가 흐려졌다. 거기까지는 생각하지 못한 것 같다.

그때 위복이 말을 이었다.

"한국성으로 말입니다. 그러고 나서 한국성 성장 겸 대통령 이광 동지까지 정치국 상임위원에 추대하는 것입니다."

리찬수와 왕후닝이 입만 딱 벌리고 있다.

TV에 다시 시진핑이 등장했다.

바로 다음 날이다. 이제는 시진핑이 선양의 TV 방송국에 나와 '떡' 하고 앉아 중국 대륙의 시청자들에게 말했다.

"친애하는 인민 여러분, 현재 반역자 왕양 일당은 소탕되었고 정국은 안정되었습니다. 인민 여러분은 당의 지시를 따라주시기 바랍니다."

시진핑의 얼굴에 웃음이 떠올랐다.

"이제 중국은 위대한 미래를 향해 전진할 것입니다."

그렇다.

정국은 안정 상태다. 권력의 상층부에서 쿠데타가 일어났을 뿐이지 일반 인민들에게는 전혀 영향을 끼치지 않았다. 그러나 공안이 선포한 1호 비상령은 풀리지 않았다. 공안이 세상을 장악하고 있다.

권력의 중심지인 베이징의 공안본부에서 공안본부장 하성춘이 위복의 전화를 받는다.

"하 동지, 1호 비상령은 당분간 지속되어야겠어."

위복이 말을 이었다.

"연행되어야 할 인간이 더 늘어났으니까 다 체포될 때까지 연장합시다."

"알겠습니다. 지시대로 하겠습니다."

하성춘이 고분고분 대답했다.

위복에 대한 충성심이 목소리에서도 묻어나고 있다. 하성춘은 위복이 최고 실세라는 것을 아는 것이다. 위복이 리찬수 등 정치국 상임위원들을 장악하고 있는 것도 안다.

다시 위복이 말을 이었다.

"하 동지, 이번 일이 끝나면 하 동지는 영웅이 되실 거요. 그것을 명심하도록."

영웅은 '건국공신' 레벨을 말한다. 금세 목소리가 달라진 하성춘이 대답했다.

"목숨을 바쳐서 과업을 완수하겠습니다."

그 시간에 이광과 시진핑은 선양의 안가에서 마주 보고 앉아있다.

배석자는 정민아. 정민아는 김여정의 자문관 자격으로 참석했다.

시진핑이 고개를 들고 이광을 보았다.

"난 왕양을 제거했으니 여한이 없어요, 이 대통령. 다음 순서로 임시 정치국 상임위원회를 개최해야 하는데 구성원이 현재는 넷뿐이오."

이광이 고개를 끄덕였다.

시진핑을 포함해서 리찬수, 왕후닝, 그리고 김정은이다. 왕양, 양추기, 화청, 왕상귀가 제거되었기 때문이다.

시진핑이 말을 이었다.

"후보위원 20명이 긴급 총회를 열어서 상임위원을 최소한 한 명이라도 선임하면 5명으로 대업(大業)을 결정할 수 있습니다. 알고 계시지요?"

"알고 있습니다."

"무슨 복안이 있습니까?"

고개를 든 시진핑이 이광을 보았다. 담담한 시선이다. 이제 시진핑은 위복이 이광의 수족이 되어서 움직이고 있다는 것까지 안다.

그때 이광이 말했다.

"한국도 중국 연방에 포함시키지요."

"한국 연방."

숨을 들이켠 시진핑이 혼잣소리처럼 말하더니 이광을 보았다.

"그런 계획이었소?"

"그렇습니다."

"이 시점에서는 가능하겠군."

시진핑이 흐린 눈으로 고개를 끄덕였다. 이광의 한마디에 금세 알아들은 것이다.

"남한이 중국 연방에 따로 가입한다는 말이지요?"

"그렇습니다."

"그러면 북조선이 동북3성과 함께 조선성으로, 남조선은 한국성으로 가입하게 되는군."

"시 주석께서 도와주셔야겠습니다."

"이 대통령까지 정치국 상임위원이 되면 결국 중국은 조선족의 제국이 되

183

겠군."

"여진족, 만주족도 조선족이 거느리고 있었지요. 너무 늦었지요."

"과연."

쓴웃음을 지은 시진핑이 고개를 끄덕였다.

"내가 여기서 기를 쓴다고 해도 이미 대세를 거스를 수는 없지."

"이미 대세는 굳어졌습니다, 주석 동지."

"나도 알고 있어요. 내가 연금 당했을 때부터 중국제국은 멸망한 겁니다."

"새 한국의 개국공신이 되시지요."

이광이 정색하고 시진핑을 보았다.

"대한제국의 개국공신입니다."

시진핑이 고개를 끄덕였다.

"성즉군왕이요, 패즉역적이야. 이미 발을 디딘 상황이오. 합시다."

우루무치.

대통령 관저에서 리커창과 장평이 식사 중이다. 장평이 찾아온 것이다.

이제 '위구르 공화국'은 기반이 잡혀 있다. 대통령 리커창은 임기가 끝나면 선거를 통해 차기 대통령을 선출하기로 선포한 상태다

장평이 웃음 띤 얼굴로 리커창을 보았다.

"시 주석이 조선성에서 '방송통치'로 위복을 돕고 있습니다."

"모두 이광이 시킨 대로 하는 거야."

리커창이 말을 이었다.

"시 주석은 선양으로 끌려가서 김정은, 이광의 나팔수가 되었어."

"곧 중국이 조선족의 세상이 되겠군요."

"대한민국이지, 코리아야."

"국호를 바꿀까요?"

"바꾸겠지. 차이나(China)에서 코리아(Korea)로."

"인민들이 가만있을까요?"

"이봐, 정보국장 출신이 그걸 물으면 어떻게 하나?"

쓴웃음을 지은 리커창이 말을 이었다.

"내 추측인데, 인민들은 잘 먹고 잘살게만 해주면 국호는 상관하지 않을 것 같네."

"여진, 몽고, 만주족의 금(金), 원(元), 청(淸) 제국처럼 말씀입니까?"

"그렇지. 그때도 인민들은 다 순종하고 따랐네."

"그럼 중화민국, 차이나는 1백 년도 안 가서 망하는 제국이 될까요?"

"수 제국은 37년, 원제국도 1백 년이 겨우 넘었을 뿐이야. 이상할 것 없어."

"그것을 이광과 김정은이 다 감안하고 계획을 세웠을까요?"

"했겠지."

어깨를 부풀렸다가 내린 리커창의 얼굴에 쓴웃음이 떠올랐다.

"지금부터가 중요해. 시진핑이 선양에서 이광의 대리인 역할을 하고 있지만 우선 공산당 체제를 변화시켜야 할 테니까."

장평이 고개를 끄덕이며 말을 받는다.

"어쨌든 이번 쿠데타는 루신의 공입니다. 루신이 왕양과 함께 자폭했기 때문이죠."

리커창이 길게 숨을 뱉는다.

베이징관구 사령관 모청. 58세.

러시아 국경지대에 배치된 제9군단 사령관이었다가 이번에 가장 요직인 베이징관구 사령관으로 임명되었다. 장신에 반백의 머리, 마른 체격, 모스크바에서 6

년 동안 대사관 무관으로 근무한 경력이 있다. 그때가 구(舊)소련이 개방되어 러시아로 변하던 시기였다.

모청이 주석궁의 정치국 상임위원 회의실로 들어섰을 때는 오후 3시다. 안에서 기다리던 위복이 모청을 맞는다.

"어서 오시오."

"기다리셨습니까?"

인사를 한 모청이 앞쪽에 앉는다. 넓은 회의실에는 둘뿐이다. 위복이 모청을 부른 것이다.

위복이 모청을 보았다.

"모 장군, 서관주가 겸하고 있던 해방군 총사령관 자리가 비었습니다. 모 장군이 베이징관구 사령관과 겸직을 해주셔야겠습니다."

"과분합니다."

모청이 대번에 사양하자 위복이 쓴웃음을 지었다. 지금 정국을 장악하고 있는 세력은 공안이다. 공안이 비상령을 선포하고 나서 전국을 통제하고 있다.

위복이 입을 열었다.

"모 장군, 모 장군은 지금 상황을 대충 알고 계시지요?"

"모릅니다."

모청이 똑바로 위복을 보았다.

"난 군인입니다. 나는 국가주석과 당의 명령에만 복종합니다."

"지금은 누가 장군에게 지시를 한다고 생각합니까?"

"난 당의 이름으로 된 명령을 받았습니다."

"그 명령은 누가 내린 것 같습니까?"

여전히 시선을 준 채 위복이 묻자 모청의 눈동자가 흔들렸다. 그러나 입은 열리지 않는다.

그때 위복이 말했다.

"장군, 난 53세요."

"……."

"장군은 모스크바에서 6년 있었지만 난 미국에서 10년 있었소."

"……."

"장군을 베이징으로 불러들인 건 나요. 내가 당의 명령으로 불렀소."

"……."

"리찬수 총리는 허수아비요."

"……."

"선양에서 연일 방송을 하는 시 주석 동지도 허수아비요. 불러주는 대로 방송을 하고 있을 뿐이오. 물론 적극적으로 협조를 하고 계시지만."

"……."

"이것도 모른다고 하겠는데, 왕양은 내 동지인 루신이 C-4 폭탄을 갖고 들어가 함께 자폭했소. 목숨을 내던지고 적과 함께 죽은 것이지."

"……."

"내가 하려고 했는데 루신이 먼저 선수를 쳤지."

위복이 번들거리는 눈으로 모청을 보았다.

"장군, 날 똑바로 보시오."

모청이 턱을 들었을 때 위복이 정색하고 물었다.

"나하고 같이 공산당 체제를 없애지 않겠소? 중국을 자본주의 체제로 바꾸는 겁니다."

"자본주의 체제로 말입니까?"

놀란 모청이 저도 모르게 되물었다. 입이 반쯤 벌어져 있다.

위복이 고개를 끄덕였다.

"중국이 공산당 체제로 유지될 것 같습니까? 이대로 가면 15년 안에 내란이 일어납니다. 그런 생각은 해보지 않았습니까?"

위복의 두 눈이 번들거렸다.

"장군도 소련이 붕괴되는 상황을 모스크바에서 겪었지 않소? 이제 중국도 자본주의 체제로 바꿔야 합니다."

"……"

"우리가 그 주역이 됩시다."

"……"

"짐작하고 있겠지만 우리 배후는 한국이오. 남북한의 지도자 김정은과 이광이 새로운 중국의 주역이 될 겁니다."

"……"

"선양에 계신 시 주석도 두 분을 돕고 있소."

"……"

"위구르 공화국에 가 있는 리커창, 장평 동지도 같은 생각이시오."

그때 고개를 든 모청이 숨을 들이켰다. 다시 입을 반쯤 벌렸던 모청이 겨우 입을 다물고 나서 위복을 보았다.

"내가 어떻게 하면 됩니까?"

오전 9시, 시진핑의 정규 방송.

오늘로 5번째 시진핑의 대(對)국민 선언이다.

이제는 중국 국민은 직장에서 집 안에서 거리에서 심지어는 차 안에서도 시진핑의 '인민에게 보내는 선언'을 듣는다.

시진핑이 엄숙한 표정으로 입을 열었다.

"친애하는 인민 여러분, 존경하는 공산당원 여러분, 본인은 오늘 인민과 공산당원을 위해 선언합니다. 우리는 백년대계를 위해 체제를 바꿔야만 합니다. 공산당 체제는 경쟁 사회에 맞지 않습니다. 일부 공산당원은 노력하지 않고 분배만 받는 상황에 이르렀습니다. 따라서 우리는 과감히 자본주의 체제를 도입하여 저 위대한 등소평 동지가 이루어놓은 기반을 더욱 굳혀야 합니다."

이때는 중국 전역이 조용해졌다. 엄청난 발언이다. 소련이 연방제를 해체할 때보다 더 충격적이다.

시진핑이 말을 이었다.

"그래서 우리는 공산당을 자본주의 당으로 변신시켜야 합니다. 자본주의 민주국가는 양당제, 다당제를 채택하고 있습니다. 따라서 중국 공산당을 자유당으로 개명해야 합니다."

숨을 돌린 시진핑이 똑바로 화면을 보았다.

"중국은 인민을 위한 국가입니다. 인민을 위해서는 자본주의 체제로 전환해야 합니다. 중국은 공산당의 국가가 아닙니다. 인민의 국가인 것입니다."

결연한 표정으로 시진핑이 말을 마쳤을 때 한동안 모두 입도 열지 않았다. 그만큼 감동했기 때문이지.

김정은이 선양으로 날아왔다. 북한군 60만을 동북3성으로 이동시키고 나서 온 것이다.

김정은이 반갑게 맞는 이광에게 웃음 띤 얼굴로 말했다.

"이제 선양이 세계 뉴스의 중심지가 되었습니다."

"시 주석 때문이오."

"아닙니다. 대통령님 때문이지요."

선양의 성장 저택 안이다. 응접실에는 두 지도자와 김여정, 안학태까지 넷이 둘러앉아 있었는데 밝은 분위기다.

이광이 말을 이었다.

"공산당 해체가 시작되면 반발이 있을 겁니다. 대비해야 돼요."

김정은이 고개만 끄덕였을 때 김여정이 말했다.

"모청이 해방군 총사령관 직을 받아들이면서 충성을 맹세했습니다."

"그럼 공안과 군(軍)을 장악한 셈인가?"

김정은이 되물었을 때 이광이 대답했다.

"공산당의 뿌리가 깊어요. 공안과 군(軍) 내부에도 깊숙하게 파고 들어가 있다고 들었어요."

"내란이 일어나겠군요."

김정은이 말을 이었다.

"전쟁이 될지도 모르겠습니다."

"이거 충격적이군."

부시가 이맛살을 찌푸리며 말했다.

"시진핑이 저렇게 나올 줄은 전혀 상상도 하지 못했어."

백악관의 오벌룸 안, 부시가 CIA 부장 매크레인, 안보보좌관 선튼과 함께 대담 중이다.

셋은 방금 시진핑의 대국민 연설을 두 번째 들은 후다. 첫 번째는 동시통역으로 들었고 지금은 정확하게 번역한 자막을 읽은 것이다.

그때 매크레인이 말했다.

"김정은이 북한군 60만 대부분을 동쪽 국경 지역에 배치했습니다. 전쟁에 대비하려는 것입니다."

"갓대밋, 한국 놈들."

부시가 어깨를 부풀렸다가 내렸다.

"이거, 제2의 일본 놈들이 나타난 거 아녀? 한국 제국주의가 출현한 것 아니냐구?"

"대한민국은 국호와 체제를 그대로 두고 중국 연방에 가입하게 되는 겁니다."
광화문 정부종합청사 안.
국무회의에서 대통령 이광이 말했다.
"그리고 우리는 중국에 어떤 제약도 받지 않습니다. 거기 중국 연방의 가입조건을 보시지요."
이광이 각 국무위원의 앞에 놓인 '가입 조건'을 눈으로 가리켰다.
"중국 연방이 되면서 우리는 전인대에 대의원을 보낼 수 있고 정치국 후보위원, 상임위원까지 되어서 중국을 통제할 수 있는 겁니다."
국무위원, 대통령 비서실 간부들까지 참석한 긴급회의다.
이광이 고개를 들고 국무위원들을 둘러보았다. 한국의 중국 연방 가입에 대한 대통령의 설명이다.
그때 총리 박상윤이 말했다.
"저는 적극적으로 동의합니다. 중국 연방 가입은 대한민국의 미래라고 생각합니다."
장관 회의에 참석한 부통령 강윤호가 말을 이었다.
"동의합니다."
고개를 끄덕인 이광이 총리를 보았다.
"각료들의 표결에 맡기겠습니다."

다음 날 오전 10시.
베이징 주석궁 회의실에서 총리 리찬수가 위복의 보고를 받는다. 원탁에는 상임위원 왕후닝도 둘러앉아 있다.

"총리 동지, 한국이 중국 연방 가입 신청을 했습니다. 정치국 예비위원 총회에 회부해야겠습니다."

"그래야지."

리찬수가 바로 고개를 끄덕였다. 예비위원 소집은 만 하루면 된다.

"위 동지가 서둘러 주시오."

"알겠습니다."

예비위원 총회에서 가결되면 바로 후보위원 회의로 넘기게 된다. 그것을 상임위원회의 승인으로 통과시키는 것이다.

몸을 돌린 위복이 방을 나갔을 때 리찬수와 왕후닝이 서로의 얼굴을 보았다. 그러나 입을 열지는 않았다.

이틀 후.

한국은 중국 연방에 가입했다. 중국 관영통신에 등장한 리찬수의 성명.

"전인대 예비위원 총회, 후보위원 총회에서 한국의 중국 연방 가입은 만장일치로 결의되었습니다. 따라서 정치국 상임위원회는 한국을 중국 연방의 정식 연방국으로 승인했습니다."

리찬수가 정색하고 말을 이었다.

"이것으로 한국도 중국 연방에 가입되었습니다. 이제 중국은 대륙의 동쪽 끝까지 뻗어 나간 상황이 되었습니다. 중국 5천 년 역사에서 처음으로 대륙의 동쪽 끝에 닿은 쾌거입니다. 중국은 이제 아시아 대륙을 새로운 기운으로 덮어나갈 것입니다."

"저건 무슨 뜻이야?"

백악관의 오벌룸에서 부시가 TV 화면을 응시하며 묻는다.

연설 2시간 후.

부시는 안보보좌관 선튼과 함께 리찬수의 성명을 보는 중이다. 화면을 정지시켜 놓아서 아래쪽 영어 자막이 보였다.

그때 선튼이 대답했다.

"한국이 중국을 먹기 시작했다는 신호라고 볼 수 있습니다."

"그렇군."

부시가 고개를 끄덕였다.

"중국 연방에 남북한이 따로 가입했어. 더구나 북한은 동북3성까지 먹은 상황이란 말야."

이맛살을 찌푸린 부시가 선튼을 보았다.

"앞으로 어떻게 전개될 것인가를 말해봐."

선튼이 심호흡을 했다.

부시가 CIA부장 매크레인을 부르지 않고 안보보좌관 선튼에게 묻는 이유는 간단하다. 선튼은 가감 없이 표현했기 때문이다.

"남북한이 중국 연방을 주도하게 될 것 같습니다."

"당연하지."

"이광, 김정은이 정치국 상임위원 7명에 포함되고 거기에 위복과 일당 두 명이 가담하면 상임위원을 장악합니다."

"그러겠지."

"전인대 대의원, 예비위원, 후보위원에 남북한 위원들도 포함될 테니까요. 그들은 숫자는 적지만 강력한 힘을 발휘하게 될 겁니다."

선튼이 말을 이었다.

"조만간 전인대를 장악한 남북한이 중국 대륙을 석권하려고 할 것입니다."

"그것이 순조로울까?"

그때 선튼이 고개를 저었다.

"어려울 것 같습니다."

"반발이 일어날까?"

"공산당 내부에서 반발이 일어날 가능성이 있고 군(軍) 일부가 반란을 일으킬지도 모릅니다. 그때 주민들이 호응하면 내란이 일어납니다."

부시가 고개를 들고 선튼을 보았다. 눈이 흐려져 있다.

시진핑의 정규 연설.

오늘로 12일째다. 그래서 처음보다는 시청률이 줄었지만 지금도 시청자가 많다.

오전 10시 반, 시진핑이 화면에 등장했다.

"친애하는 공산당원, 인민 여러분, 이제 남한까지 중국 연방에 가입하게 되었습니다. 우리는 남북한의 연방 가입으로 경제 효과가 순식간에 상승할 것입니다."

시진핑의 열띤 목소리가 이어졌다.

"친애하는 공산당원, 인민 여러분, 우리는 새로운 세상을 맞이하게 됩니다. 대(大)중국은 더욱 발전할 것입니다."

그것을 우루무치의 대통령 관저에서 리커창, 장평이 보고 있다.

연설이 끝났을 때 리커창이 말했다.

"시진핑이 노골적으로 앞잡이 역할을 하고 있군."

"이광이 압력을 가했을 겁니다."

장평이 말하자 리커창은 고개를 저었다.

"아냐, 지금은 자진해서 나서고 있는 거야. 시진핑이 억지로 시킨다고 하는 인간이냐?"

"그럼, 왕양 일당에 대한 복수심 때문이란 말입니까? 하지만 왕양은 폭사하고 그 일당들은 숙청되었지 않습니까?"

어깨를 부풀린 장평이 말을 이었다.

"더구나 왕양, 위복은 애초부터 이광의 지시를 받고 움직인 하수인이었습니다. 시진핑에게는 이광이 원흉입니다."

"시진핑은 이제 정상에서 떨어진 상황이고 다시 회복하기는 불가능해. 이제는 새 정권을 창출해내는 것이 마지막 목표가 된 것 같다."

"그렇다고 원수를 정상에 앉힌단 말입니까?"

"그렇게 해서 자신의 위신을 세우는 것이지. 나는 시진핑의 심정을 이해할 수 있을 것 같다."

리커창이 흐려진 눈으로 장평을 보았다.

"이제 남북한이 연방에 가입한 상황이야. 위복이 공안을 장악했지만, 반발이 만만치 않을 거야."

장평은 고개만 끄덕였다. 루신이 왕양과 함께 폭사했기 때문에 정보가 제대로 전해지지 않는 상황이다.

상하이 서북쪽 창쑤 교외에 주둔한 남방군 사령부 안.

사령관 고현보 상장이 참모장 추공성 소장과 마주 앉아 있다.

"곧 사령관과 참모장 교체가 있을 겁니다. 위복이 친한 세력으로 물갈이를 한다고 합니다."

"내가 듣기로는 사단장, 연대장 급까지 교체한다는 거야."

고현보는 이번 인사에도 교체되지 않은 지휘관 중 하나다. 그것은 고현보가 정치색이 없는 군인이었기 때문이다.

고현보는 63세. 야전군으로만 돌아다닌 지휘관으로 공정하고 청렴해서 부하들의 신임을 받고 있다. 그러나 이번에 시진핑의 '선양 천도'와 남북한의 중국 연방 가입, 위복의 인사 전횡에 대해서 불만을 품고 있다.

참모장 추공성도 마찬가지다. 고현보에 충성하는 추공성은 요즘 수시로 정권 비판을 하고 있다.

추공성이 목소리를 낮췄다.

"중부군 사령관 후정 각하도 위복의 전횡에 분개하고 있다는 것입니다."

"후정은 왕양의 심복이었지."

고현보가 말을 이었다.

"소문이 이곳까지 번지다니. 경솔해. 입이 가볍기 때문에 화를 부를 거다."

중부군 사령부는 이곳에서 600킬로쯤 떨어져 있는데 주로 대공(對空) 전력, 기갑군이 강하다. 고현보의 남부군이 육군 보병 중심으로 구성된 것과는 대조적이다.

그때 추공성이 물었다.

"만일의 경우에 대비해서 후정 각하와 연합하는 것이 낫지 않겠습니까?"

"연합?"

"비밀 합의로 말씀입니다."

추공성이 번들거리는 눈으로 고현보를 보았다.

"후정 각하는 부하들을 장악하고 있습니다. 유사시에 금세 전력화(戰力化)시킬 수가 있습니다."

"……."

"중부군과 남부군이 협력하면 베이징관구의 전력은 충분히 감당합니다."

"하 소장이 지금도 위복하고 연결되어 있나?"

"그건 모르겠습니다."

"유사시에 어떻게 하는지 알지?"

"걱정하실 것 없습니다."

추공성이 말을 이었다.

"유사시에 바로 조치하겠습니다."

하 소장이란 위복이 파견한 남부군 정치고문관 하준경이다. 고개를 끄덕인 고현보가 추공성을 보았다.

"도청 염려가 있으니까 후정에게 황석을 보내."

"알겠습니다."

추공성이 자리에서 일어섰다. 황석은 작전참모로 고현보의 심복인 것이다.

"어, 왔나?"

선양의 조선성 성장 집무실 안.

방으로 들어선 사내를 향해 김정은이 활짝 웃었다. 자리에서 일어선 김정은이 사내를 향해 손을 내밀었다.

"잘 왔어."

"각하, 다시 뵙습니다."

김정은의 손을 잡고 허리를 숙인 사내는 이동욱이다. 이동욱이 카이로에서 불려온 것이다.

둘이 자리 잡고 앉았을 때 뒤쪽 문이 열리더니 김여정과 정민아가 들어와 옆쪽 소파에 앉았다.

그때 김정은이 이동욱에게 물었다.

"상황 들었지?"

"예, 보좌관한테서 들었습니다."

어깨를 편 이동욱이 김정은을 보았다. 아직도 이동욱은 인민군 중장이다.

김정은이 말을 이었다.

"들었다면 지금이 중요한 시기인 줄 알겠구만. 이제 골격은 세워졌지만 기반이 굳어지지 않았어. 잘못하다간 하룻밤에 무너질 수가 있어."

"……."

"네가 중국에 들어가 정리를 해야 될 것 같다. 내가 알기로는 너만 한 적임자가 없어."

"아직 부족합니다."

"네 휘하에 특수 임무대를 배속시켜 주겠다. 조선성에 대한 반발 세력, 반란 지휘부를 제거해라."

"예, 각하."

"너에게 전권을 주겠다."

김정은의 눈이 번들거렸다.

"너한테는 정 보좌관을 통해 내가 직접 지시할 테니까, 네가 이번 작전의 마지막을 장식해라."

이동욱이 잠자코 고개를 숙였다.

위구르에 잠입해서 위구르 독립단을 접촉하면서부터 대(大)작전이 시작된 것이다.

'대륙의 통일' 작전이다. '한민족의 대륙 정벌' 작전이다.

'위구르 공화국'을 건국시킨 것도 이동욱의 역할이 지대했다. 그러고 나서 이집트로 돌아갔다가 다시 차출되어서 이제는 대륙의 심장부로 투입되는 것이다.

선양 중심부의 콘티넨탈 호텔 중식당 안.

오후 7시, 이동욱과 정민아가 식탁에 앉아있다.

"곧 이 대통령께서 정치국 상임위원으로 추대되면 자연스럽게 주석이 될 거야."

정민아가 말을 이었다.

"김 위원장이 대통령께 강력하게 주석 직을 양보하셨어."

"그렇군."

"상임위원에 리찬수, 왕후닝은 그대로 남고, 대통령님, 위원장님, 그리고 위복과 우리가 추천한 2명으로 7명 상임위원이 될 거야."

찻잔을 든 정민아가 말을 이었다.

"리찬수와 왕후닝은 이미 내막을 알고 위복에게 모든 것을 위임한 상태야. 이 대통령님에 대한 충성 맹세도 해놓았어. 서류로 작성해놓았기 때문에 공개되면 치명상이야. 그것이 강압이었다고 주장한다고 해도 마찬가지야."

한 모금 차를 삼킨 정민아가 이동욱을 보았다.

"문제는 공산당 중간 간부들과 군(軍)의 반(反)조선 세력이야. 그들이 조직적으로 선동, 반란을 일으킬 가능성이 있어. 위복이 공안과 군(軍) 고위층을 장악하고 있지만 지방군(軍)까지 손길이 닿지 않는 것이 문제야."

"……"

"루신이 자폭해서 왕양을 처치한 후로 군(軍) 정보국 정보가 제대로 집합되지 않는 것도 문제가 되고 있어."

"알겠다."

앞에 놓인 서류를 든 이동욱이 웃음 띤 얼굴로 정민아를 보았다.

"자료를 자세히 모았구나. 요령 있게 준비해놓았어."

"내 목숨이나 같은 당신을 또 사지(死地)로 보내는 거야."

정민아의 두 눈이 번들거렸다.

"이번 작전을 마치면 나하고 같이 시골에 가서 살아."

"그러자."

이동욱이 고개를 끄덕였다.

"다 내놓고 너하고 자식 낳고 살자."

"그래. 저기, 남해안, 한국의 남해안 말야. 거기 바닷가에서 집 짓고 살자."

"그렇지. 아이들은 시골 학교에 보내고."

"몇 명 나을 거야?"

"많을수록 좋아."

이동욱이 덧붙였다.

"너만 좋다면 말이지."

"셋이 적당해. 아들 둘, 딸 하나."

"딸 둘, 아들 하나가 좋은데."

"맘대로 해. 이제 밥 먹자."

정민아의 두 눈이 다시 반짝였다.

"빨리 먹고 방에 올라가."

허난(河南)성 루난 북방의 중부군 사령부는 광대한 초원 위에 자리 잡고 있는데 3개 기갑사단과 1개 전차사단이 주력이다.

막강한 전력이다.

기갑사단은 장갑차와 기갑보병, 대공, 대전차 미사일 부대까지 포함되어 있다. 1개 기갑사단으로 2개 보병사단을 무력화시킬 수가 있는 것이다.

오후 3시 반.

루난시 교외에 위치한 식당으로 사내 둘이 들어섰다. 양복차림.

지배인이 둘을 맞는다.

"예약하셨습니까?"

"손님을 찾아왔는데."

둘 중 젊은 사내가 말했다.

"상하이에서 오신 분 말요."

"예, 기다리고 계십니다."

지배인이 앞장을 서며 말했다. 점심시간이 지난 식당은 한산한 편이다.

곧 지배인이 안쪽 방문 앞에 서더니 노크를 하고 나서 말했다.

"이 방입니다."

방으로 들어선 둘을 보자 자리에 앉아있던 사내가 일어섰다. 50대쯤의 건장한 사내다.

"오셨습니까?"

"응. 너, 오랜만이구나."

둘 중 나이든 사내가 고개를 끄덕이며 말했다. 나이든 사내가 바로 중부군 사령관 후정 상장이다. 후정이 부관을 대동하고 온 것이다.

"예, 각하. 오랜만에 뵙습니다."

후정을 맞은 사내가 남방군 사령관 고현보가 보낸 작전참모 황석 상교다.

자리에 앉았을 때 상체를 세운 황석이 후정을 보았다.

"각하, 제가 목숨을 걸고 왔습니다."

"목숨은 한 개뿐이야. 마구 내쏘지 마라."

바로 말을 받은 후정이 황석을 노려보았다.

"하나도 무겁게 들리지 않는다."

"예, 각하. 조심하겠습니다."

"고 상장이 뭐라고 하더냐?"

"같이 가자고 하셨습니다."

"어디로? 지옥으로?"

"곧 숙정이 시작될 것입니다."

"그렇겠지."

"중부군과 남부군은 대대적인 숙정을 당하게 됩니다."

"연대장 급까지 교체가 될 거야."

"저희 군단장 각하께서는 숙정작업 전에 봉기하자고 하셨습니다."

"남부군 지휘관들은 다 장악하고 있나?"

"거의 장악한 상황입니다."

"거의라고 했나?"

눈을 치켜뜬 후정이 황석을 보았다.

"완벽하게 장악해도 틈이 생기는 거야. 고현보는 너무 안일해. 덕장(德璋) 흉내를 내려다가 등을 찔리게 될 가능성이 많단 말이다."

"명심하겠습니다."

"고현보는 내가 입이 가볍고 경솔하다고 할 거다. 하지만 난 부하들을 완전히 장악하고 있어."

후정의 목소리가 낮아졌다.

"이건 반란이다. 군(軍)의 반란이야. 이 반란으로 정권을 잡느냐, 망해서 전멸하느냐 둘 중 하나다."

"예, 각하."

"네가 자세히 말 안 해도 내가 짐작하고 있어. 고현보가 널 보낸 것만으로 충분해."

후정이 말을 이었다.

"잘 들어라, 황석."

"예, 각하."

"3일 후다."

후정이 손가락 3개를 펴 보이면서 말을 이었다.

"난 중부군을 동원하고 정저우(鄭州)를 점령하겠다. 그리고 나서 현 집권세력과 남북한 지도자 놈들에게 대항하겠다."

"……."

"남부군은 상하이를 점령해야 되겠지. 그러면 중부와 남부는 우리 세력권 안에 들어온다."

"예, 각하."

"그렇게 점령한 상태에서 동조자들을 끌어 모으는 거야."

"알겠습니다."

"시간을 끌수록 우리가 유리하다. 이해하겠나?"

"이해합니다."

"사흘 후야. 명심해."

"알겠습니다."

"사흘 후, 밤 12시에 우리는 정주로 진격한다."

"예, 각하."

"신중하다고 소문이 난 고현보가 사흘 후에 출동 가능할까?"

후정이 어깨를 부풀렸다가 내렸다.

"내 정보로는 5일 후에 사령관, 사단장, 연대장 교체가 돼. 그것도 알고 있나?"

후정의 시선을 받은 황석이 눈을 치켜떴다.

"알고 있습니다."

"그럼 지금 즉시 돌아가서 실시해."

"예, 각하."

자리에서 일어선 황석이 절도 있게 경례를 했다. 아예 온 목적부터 말하기도 전에 후정이 결론부터 내버린 것이다.

이것이 후정의 스타일이다.

창밖을 내다보던 이동욱이 고개를 들었을 때 옆자리에 앉아있던 최수만이
말했다.

"1시간 후에 도착합니다."

이동욱이 고개를 끄덕였다.

최수만도 이번 작전에 참가한 것이다. 위구르에서 귀국한 후에 최수만은 소장
으로 진급해서 부대로 복귀했다가 다시 돌아왔다.

"시간이 없어."

이동욱이 말을 이었다.

"의심이 가면 바로 조처를 해야 돼."

"남부군 사령관 고현보가 움직일까요?"

"측근에서 나온 정보야."

주위를 둘러본 이동욱이 목소리를 낮췄다.

"부대가 움직이면 기회가 줄어들어."

"남부군은 6개 사단 약 10만 명입니다. 상하이를 장악하면 대륙의 동남부는
석권하는 셈이지요."

"거기에다 중부의 기갑군단이 움직이면 아래쪽은 반란군 세상이 돼."

"그렇죠. 지방의 경비군은 모두 투항해버릴 테니까요."

이미 선양에서 중국 군부(軍部)의 동향을 보고받고 온 것이다. 군(軍) 정보국
장 루신이 자폭했지만 아직도 군 동향은 보고받고 있는 상황이다.

위복이 주도한 군 수뇌부의 전면 교체는 5일 후다.

그때 이동욱이 말했다.

"의심이 가는 상대는 가차 없이 제거하는 것이 낫다."

비행기는 상하이를 향해 날아가고 있다.

베이징 공안본부 순찰부장실 안.

순찰부장 곽명이 앞에 앉은 제1부부장 강부준을 보았다.

"이봐, 그 두 놈을 놓치지 마."

"예, 뒤에 셋을 붙여놓았습니다. 놓치지 않습니다."

"그리고……."

숨을 내쉰 곽명이 흐린 눈으로 강부준을 보았다.

"그 뒤를 맡은 셋도 감시하도록."

"예, 그 셋도……."

"꼬리를 남기지 말란 이야기다."

"알겠습니다."

강부준이 고개를 끄덕였다.

"그건 염려하지 마십시오."

"3일 안에 끝내야 돼."

"알겠습니다."

강부준이 번들거리는 눈으로 곽명을 보았다.

"이미 전달했습니다."

"위복의 동선은 아직 변함이 없어. 바꾸기 전에 처리해야 돼."

곽명이 말을 잇는다.

"늦어도 5일 안에 끝내도록 해."

차가 부대 정문을 나왔을 때 하준경 소장이 운전사에게 말했다.

"국제 호텔로 가자."

"예, 고문관 동지."

운전사가 차에 속력을 내었다. 운전사 옆자리에 앉은 부관 오탁 소교가 고개를 돌려 하준경을 보았다. 예정에 없었기 때문이다.

오후 4시 반.

하준경은 남부군에 배속된 정치고문관이다. 정치고문관은 사령관 이하 고위급 장교의 사상을 감시, 군사위에 보고하는 역할이다.

그때 오탁의 시선을 받은 하준경이 말했다.

"아무래도 수상해."

목소리를 낮춘 하준경이 말을 이었다.

"군사위 정치국에 보고하는 것도 위험해. 누가 반역 세력인지 알 수가 없어."

"작전참모가 하루 휴가를 내고 잠적한 것도 수상합니다."

오탁의 두 눈이 번들거렸다.

"참모장이 연대장들을 불러서 면담하는 횟수가 늘어났습니다."

"반란이야."

하준경이 잇새로 말했다.

"일단 업무정지를 시켜야 돼. 사령관, 참모장, 작전참모의 분위기가 심상치 않아."

그때 차가 로터리를 돌아 속력을 떨어뜨렸다.

운전사 팽유 상사는 속력을 떨어뜨리면서 앞쪽을 응시했다.

이곳은 창쑤시 북쪽의 주택 단지여서 차량 통행이 적은 곳이다. 그래서 3백 미터 앞쪽의 호텔 건물이 선명하게 드러났다.

그때 뒤쪽에 앉은 하준경이 말했다.

"호텔 뒷문 쪽으로 가라."

"예, 각하."

팽유가 앞쪽을 응시한 채 대답했다.

팽유는 운전사 겸 호위병이다. 하준경이 베이징 군(軍) 총사령부 정치국 상교 시절부터 호위병 겸 운전사로 근무하다가 이곳 창쑤까지 따라왔다.

팽유는 다시 로터리에서 속력을 줄이고 우회전을 했다. 호텔의 후문으로 가려는 것이다.

그때 하준경이 말했다.

"호텔에서 방 소장을 만나기로 했어."

그 순간 오탁이 숨을 들이켰다. 방 소장은 베이징 총참모부 소속의 정치국 위원이다.

"지금 날 기다리고 있어."

하준경이 말을 이었다.

"전화상으로는 도청이 될 것 같아서 직접 이야기하려고 부른 거야."

"그렇군요."

둘의 이야기를 들은 팽유가 좌회전 깜빡이를 켜고 멈춰 섰다. 이제 호텔 후문으로 꺾어지면 된다. 그때 옆쪽에서 트럭이 다가왔다. 정지 신호였기 때문에 멈춰서야 한다.

그 순간 팽유가 숨을 들이켰다.

트럭이 곧장 이쪽으로 돌진하고 있는 것이다. 놀란 팽유가 입만 딱 벌렸을 때다. 맹렬하게 달려온 트럭이 승용차의 옆구리를 짓밟으면서 지나갔다. 팽유는 트럭이 부딪친 순간 절명했다.

트럭은 승용차를 납작하게 미끄러뜨리면서 지나갔다.

지붕과 바닥이 닿아버린 끔찍한 상태로 승용차가 길 복판에 부서져 있다. 길가의 보도블록에 부딪치며 멈춘 트럭에서 운전사가 뛰어내리더니 건너편 골목으로 달려가 금세 모습을 감췄다.

오후 5시 10분.

아직 한낮이다.

오후 5시 40분.

이동욱이 최수만의 보고를 받는다. 이곳은 상하이의 안가(安家) 안이다.

"남부군의 정치고문관 하준경 소장이 조금 전에 창쑤시 국제 호텔 근처에서 교통사고로 사망했습니다."

최수만이 말을 이었다.

"하 소장은 국제 호텔에서 총참모부 소속의 방현 소장을 만나기로 했다고 합니다. 방 소장이 조금 전에 위복 서기한테 보고를 했습니다."

"누구야?"

"트럭으로 하 소장의 승용차를 깔아뭉개고는 도망쳤습니다."

최수만이 번들거리는 눈으로 이동욱을 보았다.

"하 소장이 방 소장한테 할 이야기가 있다면서 내려오라고 했답니다. 그래서 방 소장이 비행기로 날아왔다는군요."

"……."

"하준경은 위복의 심복입니다. 남부군 지휘부에 대해서 뭔가 방현을 불러서 보고를 하려고 했던 것 같습니다."

"남부군 사령관이 수상해."

"그렇습니다. 우리가 예상은 했지만 결정적인 증거가 없습니다."

고개를 끄덕인 이동욱이 최수만을 보았다.

"군(軍)의 동향을 체크해. 그러면 금방 알 수 있을 테니까. 수만 명을 움직이게 되니까 정보가 새는 곳이 있어."

"내일로 일정을 당겨."

고현보가 추공성에게 지시했다.

"우리가 먼저 일어나기로 하자."

"알겠습니다."

추공성이 고개를 끄덕였다.

"이틀을 당겨도 상관없습니다."

"내일 오전 12시, 작전계획대로 출동한다."

"1사단과 2사단이 상하이 시내로 진입하고 3사단은 아직 준비가 덜 되었으니까 이틀 후에 진입시키겠습니다."

자리에서 일어선 추공성이 얼굴을 일그러뜨리며 웃었다.

"마침내 대륙에서 쓰레기들을 청소하게 되었습니다."

남부군 제2사단 4연대장 공재성 상교가 서둘러 현관으로 들어서서 말했다.

"이것 받아."

안으로 들어서지도 않고 공재성이 목소리를 높였다.

"빨리 나와!"

그때 거실에서 아내 양소가 나왔다.

"왜 안 들어와요?"

"나 바빠. 부대로 돌아가야 돼."

"무슨 일 있어요?"

"이것부터 받고. 내 출장비야."

양소가 공재성이 내민 봉투를 받더니 내용물을 꺼냈다. 붉은 지폐가 나타났다. 위안화다.

"아이구, 많네."

지폐를 대충 센 양소가 탄성을 뱉었다.

"갑자기 출장비 갖고 와서 집에도 들어오지 않다니."

양소가 아직도 현관에 서 있는 공재성을 보았다.

"무슨 일 있어요?"

"없어. 어쨌든 오늘부터 출장이야."

"어디로 출장 가는데?"

"상하이."

"언제 오는데?"

"내일 연락할게."

공재성이 집 안을 기웃거리자 양소가 말했다. 오후 5시 반이다.

"아이들은 아직 안 들어왔어."

"알았어. 그럼, 나 간다."

공재성은 출장비를 전해준다면서 잠깐 들른 것이다. 서둘러 문을 연 공재성
이 밖으로 나갔을 때 양소가 고개를 기울였다.

"저 사람이 왜 저래? 바람피우러 가는 건가?"

평소에는 느리고 진중했던 공재성이다. 그런데 오늘은 덜렁거렸고 눈동자도
흔들렸다. 공재성과 17년을 살았지만 이런 모습은 처음이다.

3층에서 엘리베이터를 기다리던 공재성이 계단을 뛰어내려왔을 때다.

로비에 서 있던 사내들이 일제히 공재성을 보았다.

"2사단이 내일 오전 12시에 상하이 시내로 진입할 계획입니다."

최수만이 보고했다.

"1사단도 함께 진입하고 3사단은 준비가 덜 되어서 이틀 후에 합세한다고 합

니다."

이동욱이 고개를 끄덕였다.

이곳은 상하이의 안가(安家) 안, 오후 8시 40분.

방금 최수만은 2사단 4연대장 공재성한테서 자백을 받은 것이다.

"예상보다 빠르구만."

정색한 이동욱이 최수만을 보았다.

두 눈이 번들거리고 있다.

사령관실에서 고현보가 참모장 추공성에게 말했다.

오후 9시 반.

"베이징에서 내일 오전에 전창 소장을 정치위원으로 내려 보낸다고 연락이 왔어."

고현보의 얼굴에 쓴웃음이 떠올랐다.

"위복도 눈치를 챈 것 같다. 전창은 정치국 소속 특무대를 이끌고 올 거야."

"1개 소대 병력일 것입니다. 비행기에서 내리는 즉시 체포하시지요."

"이미 하준경을 처치한 시점에서 전쟁은 시작된 거야."

남부군 정치위원 하준경 소장을 살해한 것은 고현보가 보낸 해결사인 것이다.

"각하, 좀 쉬시지요."

"아니, 난 이곳에서 쉬고 내일 출동하겠다."

자리에서 일어선 고현보가 허리를 펴고 목 운동을 했다.

"자, 이젠 홀가분하다."

"중부군에 통보했습니다."

"후정이 놀랐겠지."

"후정 각하도 일정을 하루 당긴다고 했으니까 모레 출동하겠지요."

"그럼 된 거야."

발을 뗀 고현보가 문으로 다가가며 말을 이었다.

"자, 부대 순찰을 해야겠다."

밤이 깊었지만 출동 전의 점검이다.

지금 1사단, 2사단은 사단장 이하 참모까지 모두 영내 대기 중이다.

"4연대장은 지금 어디 있는 거야?"

2사단장 강천이 소리쳤다.

"이 개자식이 이 상황에 급성맹장에 걸리다니. 지금 어느 병원에 있어?"

"바로 퇴원했답니다."

참모장 유상국 소장이 말했다.

"시내에서 조금 쉬고 오늘 밤에 귀대하겠다는 연락이 왔습니다."

그때 상황실로 부관이 들어섰다.

"각하, 사령관 각하께서 순찰 나오신다는 연락이 왔습니다."

"어, 그래?"

놀란 강천이 자리에서 일어섰다.

"언제?"

"1사단 거쳤다가 오신다고 했으니까 1시간쯤 후에 오실 것 같습니다."

"준비해."

강천이 유상국에게 지시했다.

강천과 유상국 모두 영내에서 대기하고 있는 것이다.

남부군 사령부는 반경 7킬로 정도의 고원 지대에 4개 사단이 배치되었기 때문에 군사 도시나 같다. 사령부 영역 안에 극장, 식당, 유흥 시설까지 갖춰져서 부대원들이 영외로 나가지 않아도 휴일을 보낼 수 있다.

오후 10시 반, 3대의 지프가 직선도로를 달려가고 있다.

군단장 사령부를 나와 1사단 사령부로 달려가는 군단장 일행이다.

지프 대열은 상가 지대를 지나 군수 창고 옆을 달리고 있다.

"사단장이 기다리고 있습니다."

참모장 추공성이 옆에 앉은 고현보에게 보고했다.

둘은 2번째 지프의 뒷자리에 나란히 앉아있다.

"4개 연대장도 모두 대기시켜 놓았다고 합니다."

고현보가 고개를 끄덕였다.

2사단장 변훈은 고현보의 심복이다.

그때 군수 창고 앞쪽 도로에서 선두에 선 지프가 멈췄기 때문에 대열이 정지했다.

차단봉이 내려진 옆에 경비병이 서 있다.

지프의 전조등에 비친 경비병의 모습이 드러났다. 둘이다.

군수 창고 지역을 지나갈 때는 검문을 받기 때문에 고현보가 잠자코 기다렸다. 그냥 통과시켰다면 야단을 쳤을 것이다.

그때 지프의 옆쪽 창으로 시선을 돌렸던 고현보가 이맛살을 찌푸렸다.

어둠 속에서 어른거리는 그림자를 본 것이다.

1백 미터쯤 떨어진 곳에 거대한 창고가 늘어서 있다. 그쪽의 보안등 빛이 흘러들어와 사내들의 윤곽이 보이는 것이다. 길가에 바위가 많았기 때문에 어른거리다가 사라졌다.

"뭐야? 왜 이렇게 시간이 걸려?"

5초쯤밖에 안 걸렸는데도 추공성이 앞에 앉은 부관에게 잔소리를 했다.

그때다.

고현보는 바위 사이에서 솟아오른 두 사내를 보았다.

거리는 5미터 정도.

그 순간이다.

사내들 쪽에서 흰 섬광이 번쩍였다.

"타타타타타타타타타타타."

요란한 총성이 밤하늘을 울렸다.

"타타타타타타타타타."

첫 총성에 고현보는 몸이 벌집처럼 되어서 쓰러졌지만 총성은 그치지 않았다.

다음 순간.

"꾸광꽝!"

폭음이 동시에 울리면서 지프가 폭발했다. 불덩이와 함께 허공으로 솟아오른 것이다.

"꾸꽝꽝! 꽝꽝!"

지프 3대가 산산조각이 나면서 불길과 함께 밤하늘로 흩어졌다.

밤 11시 반.

이곳은 허난성 루산의 중부군 사령부 안.

사령관실에서 회의 중이던 후정이 부관의 보고를 받는다.

"각하, 남부군 사령관과 참모장이 피살되었습니다."

순간 숨을 죽인 후정이 눈만 치켜떴다.

다가선 부관이 번들거리는 눈으로 후정을 보았다.

"사령부 영내를 순찰하다가 기습을 받았다고 합니다. 지금 남부군은 공황 상태가 되었습니다."

"……."

"마침 베이징에서 내려간 정치국 소속의 방균 소장이 창쑤에 있었기 때문에 군사위에서 방균 소장을 남부군 사령관 대리로 임명했습니다."

후정이 고개를 돌려 옆에 앉은 참모장을 보았다.

눈이 흐려져 있다.

30분 후, 후정이 전화를 받는다.

개인용 휴대폰이어서 이 전화로 통화하는 사람은 20여 명뿐이다.

발신자를 본 후정이 이맛살을 찌푸렸다.

프랑스 파리에 유학을 가 있는 딸, 리상이다.

"응, 웬일이냐?"

급박한 상황이었기 때문에 후정의 목소리가 굳어 있다.

리상은 후정의 무남독녀로 지금 어머니 장재와 함께 파리에 살고 있다. 장재가 리상의 뒷바라지를 하려고 파리에 가 있는 것이다.

"아빠, 나 지금 엄마하고 같이 있어."

리상이 억양 없는 목소리로 말했다.

"잡혀있단 말야."

"뭐라구?"

사령관실에는 참모장, 작전참모까지 들어와 있었지만 저도 모르게 후정의 목소리가 높아졌다.

"너, 무슨 말이야?"

그때 리상이 말했다.

"엄마 바꿔줄게."

곧 수화구에서 장재의 목소리가 울렸다.

"나예요."

215

"지금 어디야?"

"모르겠어요."

"모르겠다니?"

"조금 전에 집에서 잡혀왔으니까."

"누, 누가?"

"글쎄. 내가 어떻게 알아?"

성격이 급하고 당찬 장재의 목소리가 높아졌다.

"시장 갔다가 돌아왔더니 이 사람들이 기다리고 있었단 말야! 지금 리상하고 집 안에 갇혀있어!"

"누, 누군데!"

"당신이 직접 물어봐!"

후정이 숨을 들이켰을 때 수화구에서 사내의 목소리가 울렸다.

"뭐, 지금쯤 짐작하고 있겠지, 군단장 각하."

"너, 너는 누구야?"

"이 병신 같은 놈. 남부군 사령관 고현보가 폭사한 상황에서 네가 기를 쓰고 일어난다고 해도 이미 끝난 일이다."

"……."

"네 휘하 사단장, 연대장, 중대장한테까지 경고 전문이 지금쯤 다 전해졌을 테니까. 너를 몇 놈이나 따르는지 한 번 시험해 봐라."

사내의 목소리에 웃음기가 섞였다.

"투항하는 의미로 네가 관사로 돌아간다면 네 가족의 목숨만은 살려주마. 30분 시간을 준다, 후정."

"……."

"자리에서 벌떡 일어나 네 참모들에게 투항한다는 선언을 하고 관사로 돌아가 지시를 기다려라. 그것이 네 가족, 부하들의 목숨을 살리는 유일한 방법이야."

그러고는 사내가 맺듯이 말했다.

"30분."

순찰부장 곽명이 고개를 들고 앞에 선 용성을 보았다.

용성은 정보부장 소속의 반장이다.

"고현보 상장이 폭사했어?"

"예, 군부(軍部)에서는 쉬쉬하고 있지만 군 정보부에서 나온 통신입니다. 우리 공안 정보부로 들어오는 통로가 있습니다."

"사고냐?"

"아닙니다. 총격하고 폭사시킨 것입니다. 그것도 영내에서 말입니다."

용성이 목소리를 낮췄다.

"사령관과 참모장, 작전참모, 정보참모까지 폭사했습니다. 지프 3대에 타고 있던 남부군 지휘부가 거의 몰사한 것입니다."

"……."

"영내의 창고 앞에서 당했는데 범인들은 군인으로 위장하고 영내에 진입한 것 같습니다."

"지금 남부군은 어떻게 되었어?"

"창쑤에 내려가 있던 참모본부 소속의 정치위원 방균 소장이 사고 즉시 사령관 대행으로 임명되었습니다."

"……."

"방균 소장은 호텔 근처에서 교통사고로 죽은 하준경 소장과 만나기로 했었다고 합니다."

"빠르군."

마침내 곽명이 잇새로 말했다.

"놈들의 반사작용이 말야."

밤 12시 반.

자리에서 일어선 곽명이 용성을 보았다.

곽명의 순찰부장실 안이다. 곽명은 밤늦도록 사무실에 앉아있는 것이다.

"알았다. 이것으로 끝나는 건 아니야."

"예, 부장 동지."

용성이 서둘러 몸을 돌렸다.

후정이 앞에 선 참모장, 참모들을 둘러보았다.

모두 10여 명.

사령부 회의실 안이다. 밤 12시 45분.

늦은 시간이었지만 고급 참모들은 다 모였다. 오늘 정조우로 출동할 예정인 것이다.

후정이 어깨를 부풀렸다가 내리면서 말했다.

"출동 보류다."

모두의 시선을 받은 후정이 얼굴을 일그러뜨리면서 웃었다.

"우리들의 기도가 발각되었어. 이미 내 가족이 인질로 잡혀있다."

모두 침묵했고 후정이 말을 이었다.

"승산 없는 싸움에 너희들을 끌고 갈 수는 없다. 내가 책임지겠다."

후정이 앞에 선 참모들을 차례로 둘러보았다. 눈동자가 흔들리지 않는다.

"난 지금 관사로 돌아가 있겠다. 그러니까 너희들도 각자 귀가하도록. 사단장 들한테도 연락해라."

그리고는 후정이 몸을 돌렸다.

218

참모장 이하 참모들은 그 뒷모습을 바라볼 뿐이다. 할 말이 없는 것이다.

창밖을 내다보던 이동욱이 고개를 들었다.

옆으로 최수만이 다가왔기 때문이다.

최수만이 옆쪽 의자에 앉으면서 말했다.

"후정이 관사로 돌아가서 바로 권총 자살을 했습니다."

이동욱의 시선을 받은 최수만이 쓴웃음을 지었다.

"후정의 자살로 참모들은 목숨을 건진 셈이 되었습니다."

"그렇군."

"파리에서 잡은 가족은 풀어줬습니다."

이동욱이 고개만 끄덕였고 최수만이 말을 이었다.

"당분간 군부(軍部)를 주시해야 될 것 같습니다."

"군(軍)이 출동하면 그때부터 사태가 걷잡을 수 없어져. 사전에 막아야 돼."

이동욱이 말을 이었다.

"내가 아프리카에서 겪었어. 오합지졸이라도 총을 쥐고 쏟아져 나오면 엄청난 피해가 나는 거야."

"위복 동지가 다시 지휘관 교체를 하려는 것 같습니다."

"이제는 중간 간부도 조심해야 돼."

고개를 든 이동욱이 최수만을 보았다.

"1개 대대, 중대 병력만으로도 도시를 점령할 수 있으니까."

비행기는 어둠에 덮인 대륙을 횡단하여 베이징으로 날아가고 있다.

오전 9시 반, 위복이 안가의 응접실에서 전화를 받는다.

이곳은 이화원 북쪽의 안가(安家), 시진핑이 사용하던 제3호 안가다.

위복이 휴대폰을 귀에 붙였을 때 곧 이광의 목소리가 울렸다.

"위 위원, 요즘 고생이 많습니다."

"예, 각하."

위복이 상반신을 세웠다. 전화를 기다리고 있었던 것이다.

그때 이광이 말했다.

"내부 동요가 심해지는 것 같은데 위 위원이 고군분투하고 계십니다."

"아닙니다. 당연히 겪어야 할 과정입니다."

위복이 말을 이었다.

"군(軍)의 반발은 일단 수습했습니다."

"알고 있습니다."

"곧 정치국 상무위원으로 각하가 선임되시고 나면 사태가 수습될 것 같습니다."

후보위원회가 이틀 후에 개최될 예정이다.

그때 이광이 말했다.

"위 위원, 주변을 조심하시오. 오늘 외출하는 건 삼가는 것이 낫겠습니다."

숨을 죽인 위복의 귀에 이광의 말이 울렸다.

"위 위원을 암살하려는 세력이 있습니다."

"위복이 나타나지 않습니다."

강부준이 말하자 곽명이 고개를 들었다.

오후 6시 반, 곽명은 공안본부에서 강부준의 보고를 받는다. 강부준이 말을 이었다.

"눈치를 챈 것 같습니다."

"눈치를 채?"

"예, 갑자기 회의도 취소하고 저녁 약속에도 나타나지 않았습니다."

강부준이 번들거리는 눈으로 곽명을 보았다. 저격 팀이 공식 일정의 장소에 배치되어 있는 것이다. 그때 강부준이 입을 열었다.

"부장 동지, 시간을 끌면 위험합니다. 위복이 아니면 그 일당이 되어있는 리찬수나 왕후닝이라도 제거하는 것이 낫지 않겠습니까?"

"기다려."

곽명이 흐려진 눈으로 강부준을 보았다.

"너도 알다시피 내가 지휘하는 것이 아니야. 지시를 받아야 돼."

강부준이 입을 다물었다.

오후 8시.

산둥성 지난(濟南) 북방에 주둔한 제7사단이 거병했다. 쿠데타가 일어난 것이다. 제7사단은 동부군 소속으로 산둥성에 파견된 군부대다.

사단장 소유 소장은 57세. 정치색이 없는 야전군 출신으로 전혀 이름도 알려지지 않은 군인이다. 7사단은 쿠데타를 일으킨 지 1시간 만에 지난시를 장악했다.

정치국에서 임명한 성장, 당 서기, 공안부장을 체포하고 산둥시의 주도(州都)인 지난시를 '해방구'로 명명한 것이다. 반란이다.

오후 10시.

소유가 중국 공영방송에 모습을 드러내자 시청률이 단박에 65퍼센트가 되었다. 소유의 모습은 처음 드러난다. 반백의 머리에 깡마른 체격의 소유가 시청자를 노려보았다.

"친애하는 중국 인민 여러분, 우리 7사단은 부패한 집권세력에 대항하여 혁명을 일으켰습니다. 우리는 산둥성을 기반으로 새로운 국가를 건설할 것입니다."

소유가 번들거리는 눈으로 말을 이었다.

"우리는 반역자 리찬수, 왕후닝 그리고 위복을 처단할 것입니다. 그리고."

고개를 든 소유가 목소리를 높였다.

"그들을 배후에서 조종한 조선의 김정은, 이광을 타도할 것입니다, 여러분."

숨을 고른 소유가 눈을 치켜떴다.

"대륙 끝의 손톱만 한 조선족에게 위대한 중화민국이 지배당할 수는 없는 것입니다."

소유의 목소리가 전국을 울리고 있다.

"이것은 모두 김정은, 이광의 음모입니다. 이자들의 앞잡이가 바로 위복인 것입니다. 위복은 조선인의 세작이 되어서 시진핑 주석을 유폐시켰고 지금은 선양으로 끌고 가 인질로 삼고 있습니다. 우리는 다시 뭉쳐서 이광, 김정은을 몰아내고 대(大)중국을 다시 건설해야 합니다."

5장
중국의 운명

이광과 김정은이 선양의 관저에서 TV를 보고 있다. 이윽고 소유의 방송이 끝났을 때 김정은이 고개를 들었다.

"시 주석 세력이 남아있군요."

쓴웃음을 지은 김정은이 말을 이었다.

"저런 놈이 차라리 낫습니다. 숨어있는 놈들이 문제지요."

그때 옆쪽에 앉은 김여정이 말했다.

"7사단 병력은 1만 5천 정도입니다. 보병사단으로 지금 지난시의 요지를 모두 장악하고 있다고 합니다."

"……."

"유사시의 시가전을 대비해서 각 소대별로 주요 건물에 배치시켰고 클레이모어를 설치하고 있습니다."

고개를 끄덕인 김정은이 이광을 보았다.

"소유는 시 주석과 인연이 없는 놈인데 충성하는군요."

"이번에 연락을 받았습니다."

그렇게 말을 받은 것이 김여정이다. 김여정이 말을 이었다.

"시 주석이 전국의 군 지휘관 수백 명에게 연락을 했습니다. 우리들에게 협조할 것을 부탁한다는 명분으로 말입니다."

"……."

"그때 소유를 비롯한 일부 장군들이 설득당한 것 같습니다."

"설득이라니?"

김정은이 묻자 김여정의 얼굴에 쓴웃음이 번졌다.

"그 설득하는 과정에서 지휘관 중 일부는 시 주석의 처지를 짐작한 것 같습니다."

"그렇다면 조처를 해."

김정은이 결단했다. 고개를 든 김정은이 이광을 보았다. 이광이 고개를 끄덕이자 김정은이 말을 이었다.

"외부와 차단시키도록."

그때 이광이 입을 열었다.

"위복을 암살하려는 배후가 시 주석인 것 같은데요."

김정은이 고개를 끄덕였다.

"우리가 하이에나를 풀어놓았던 모양입니다."

"그렇다면 서둘러야겠는데."

이광의 시선이 김여정 뒤쪽에 앉아있는 정민아에게 옮겨졌다.

"이동욱에게 연락해."

베이징.

천안문 근처의 커피숍 안. 정국이 혼란했지만 커피숍은 손님들로 북적거리고 있다. 대부분이 젊은 남녀로 활기찬 분위기다.

오전 11시 반.

구석 쪽 자리에 앉아있던 유담은 자리에서 일어섰다. 두 사내가 다가오고 있었기 때문이다. 이동욱과 보좌관 강기철이다. 고개를 숙여 보인 유담에게 이동욱이 자리에 앉으면서 말했다.

"예상하지 못한 곳에서 터졌어. 지난의 7사단이 쿠데타를 일으킬 줄은 전혀 예상 밖이야."

"예, 정보국에서도 깜짝 놀랐습니다."

유담이 이맛살을 찌푸렸다.

유담은 45세. 인민해방군 정보국 소속의 상교다. 상교는 대령급으로 정보부 반장급 직책인데 죽은 루신의 심복이었다. 유담이 말을 이었다.

"위 동지가 지금 안가에 계시지만 일단 베이징 공안의 반란세력부터 소탕해야 될 것 같습니다."

"등잔 밑이 어둡다더니 공안에도 반란세력이 있었어."

"공안은 방대한 조직입니다. 아직도 시 주석, 옛날의 장쩌민 주석의 파당까지 끈이 닿는 세력이 있습니다."

그때 유담이 주머니에서 서류를 꺼내 이동욱 앞에 놓았다.

"공안 지휘부의 반역세력 명단과 거처입니다. 서둘러야 할 것 같습니다."

고개를 끄덕인 이동욱이 서류를 강기철에게 넘겨주고는 자리에서 일어섰다. 커피숍에 들어선 지 5분도 되지 않았다.

"이봐, 핸드폰을 압류해 갔어."

쓴웃음을 지은 시진핑이 정민아를 보았다.

선양시 외곽의 안가 안이다. 오후 1시 반, 정민아가 앞쪽 자리에 앉았을 때 시진핑이 말을 이었다.

"왜 그런 거야? 아직도 날 의심하나?"

"각하."

상반신을 세운 정민아가 똑바로 시진핑을 보았다.

"지금까지 272곳에다 연락을 하셨더군요. 그렇지 않습니까?"

"세어보지 않았어."

"장군이 151명, 고위급 공직자가 88명이었습니다."

"그런가?"

"이번에 지난에서 쿠데타를 일으킨 소유한테도 전화를 하셨더군요."

"기억이 안 난다."

"그럼 들어보실까요?"

가방에서 녹음기를 꺼낸 정민아가 탁자 위에 놓더니 버튼을 눌렀다. 그러자 곧 시진핑의 목소리가 울렸다.

"소 소장, 나 시진핑이다."

"앗, 주석 동지."

놀란 소유의 목소리. 그때 시진핑이 말을 이었다.

"나 지금 선양에 있다."

"예, 각하. 알고 있습니다."

소유의 목소리가 떨렸다.

"너에게 중국의 미래가 걸려있다. 소 소장, 잘 들어라."

"예, 각하."

"우리 한족이 조선족의 지배를 받을 수는 없다. 그 앞잡이가 위복이다. 위복이 나를 배신하고 조선족의 주구가 된 것이다."

"예, 각하."

"봉기해라. 그러면 다른 군 지휘관들도 이곳저곳에서 봉기할 것이다."

"예, 각하."

"반역자를 토벌하고 인민들에게 내막을 폭로해라. 그러면 인민들이 동조할 것이다."

"예, 각하."

그때 정민아가 녹음기의 버튼을 눌러 녹음을 끄고 말했다.

"먼저 이것만 들려드릴게요."

그러자 시진핑이 고개를 끄덕였다.

"음, 그러지."

"당분간은 TV 시청만 하실 수 있으십니다. 집 안 고용인들과의 대화도 금지되셨어요."

"신문은 없나? 난 읽는 게 좋은데."

"그것도 금지됩니다."

"대륙이 곧 내란에 휩쓸릴 텐데 이곳 선양이 무사할까?"

"동북3성의 주둔군은 이미 우리가 장악했습니다."

"다행이군."

"그리고."

호흡을 고른 정민아가 정색하고 시진핑을 보았다.

"이광 대통령 각하의 전갈이십니다."

"오, 이광. 말해."

"대통령께서는 주석님을 열흘 후에 처형하겠다고 말씀하셨습니다."

시진핑이 입을 다물었고 정민아가 말을 이었다.

"이젠 효용 가치가 없어졌고 함께 있을수록 독(毒)이 퍼져나가는 존재가 되셨다고 하시는군요."

"……"

"그래서 10일 후에 공개 처형을 하시겠답니다. 죄명은 반란 선동죄. 반란 선동으로 수백만의 인명이 살상될 뻔했으니까요."

"……"

"그 처형 장면이 전 세계로 방영될 것입니다. 그것을 말씀드리라고 하셨습니다."

말을 마친 정민아가 자리에서 일어섰지만 시진핑은 시선도 주지 않았다. 입도 꾹 다물었고 움직이지 않는다.

구내식당으로 내려간 곽명이 자리에 앉았을 때다.

식당 입구로 특공대 군복을 입은 군인 넷이 들어섰기 때문에 주위가 조용해졌다. 앞장선 장교는 상교 계급장을 붙였고 모두 기관총으로 중무장한 차림이다.

곽명은 그들이 곧장 이곳으로 다가오는 것을 보자 입술 끝을 비틀고 웃었다. 그때 곽명 앞에 앉아있던 보좌관이 엉거주춤 자리에서 일어섰다.

"무슨 일이오?"

보좌관이 갈라진 목소리로 물었을 때다. 상교 뒤를 따르던 특공대 대원이 발끝으로 보좌관의 '조인트'를 깠다.

"아이고!"

보좌관이 허리를 꺾으면서 비명을 질렀을 때다. 상교가 곽명에게 말했다.

"곽 부장, 갑시다."

"어디로 가자는 거요?"

"해방군 사령부."

다가선 상교가 곽명의 어깨를 움켜쥐었다.

"동무를 반란 음모, 요인 암살 사주 혐의로 체포합니다. 반항하면 사살합니다."

제1부부장 강부준이 팔짱을 끼고 서서 곽명이 호송차에 태워지는 것을 보았다.

228

공안본부 안이다. 수십 명의 구경꾼이 둘러서 있었는데 분위기가 뒤숭숭하다. 공안본부 안에까지 특공대원들이 들어와 고위급 간부를 체포해 가는 것이다. 그때 옆에 선 용성이 강부준을 보았다.

"강 동지, 공안본부의 숙정작업은 끝났습니까?"

"아직 멀었어."

강부준이 고개를 돌려 용성을 보았다.

"지방에도 시진핑의 직접 전화를 받은 놈들이 있어."

"그렇군요."

곽명도 시진핑의 직접 전화를 받은 간부 중 하나다. 그래서 심복인 강부준을 시켜 위복의 암살 시도를 했던 것이다. 강부준이 말을 이었다.

"곽명의 윗선은 없어. 바로 시진핑이야."

그 시간에 이동욱은 위복과 마주 보고 앉아 있었다.

베이징 북서쪽의 주택단지 안. 위복이 굳은 얼굴로 이동욱을 보았다.

"공안은 장악할 수가 있겠는데 군이 흔들릴 겁니다. 지난에서 7사단이 쿠데타를 일으킨 후에 푸젠성, 푸저우, 후난성에서도 도시를 점령하고 군이 시 주석을 옹위하려고 합니다."

"모두 시진핑이 불을 붙여놓은 겁니다."

이동욱이 말을 이었다.

"곧 이쪽저쪽에서 군(軍)이 일어날 겁니다. 그렇게 되면 걷잡을 수 없게 됩니다. 내란 수준이 되는 거죠."

"이 선생께선 경험이 많으시니까 여쭤보겠습니다. 이제 내란으로 번지면 어떻게 됩니까?"

위복이 흐려진 눈으로 이동욱을 보았다.

당황한 것이다. 지금 믿고 의지할 곳은 남북한과 이곳에 와 있는 이동욱뿐이다. 그때 이동욱이 말했다.

"차라리 잘된 셈입니다. 이번 기회에 내란을 수습하면서 체제를 바꾸는 것이지요. 대통령과 위원장 각하께서도 그렇게 말씀하셨습니다."

"체제를 바꾼단 말씀이지요?"

"내란을 이용하는 것이지요. 이 기회에 공산당을 해체하는 것입니다."

숨만 쉬는 위복을 향해 이동욱이 말을 이었다.

"고위층에서는 그것까지 염두에 두고 계셨던 것 같습니다."

"그렇군요."

"어쨌든 현재 대륙의 중심은 위 동지이십니다. 저희들이 보호해드리겠습니다."

"난 목숨을 버릴 작정은 하고 있습니다. 다만 새 국가를 탄생시키고 죽어야겠다는 생각뿐이지요."

"위 동지가 영웅이십니다."

정색한 이동욱이 말을 이었다.

"위 동지께서 상임위원회를 주관하셔서 이 대통령까지 상임위원에 포함되시고 나면 중심이 잡힐 것입니다. 그때 반란군을 토벌하면서 국가의 골격을 세우는 것이지요."

다 부수고 나서 새집을 짓는다는 말이나 같다.

내란이다.

지난의 7사단이 봉기한 지 6시간도 지나지 않아서 후난성의 창사, 푸저우, 산시성에서도 군(軍)이 반란을 일으켰다. 더구나 반란군은 공안 일부와 연합했기 때문에 세력이 급속도로 확산되었다.

이곳은 베이징.

베이징관구 사령부에서 사령관 류훙이 인민해방군 총참모장 부소를 맞는다.

오후 3시 반.

조금 전 오후 1시에 베이징에도 군이 계엄령을 선포한 상태다. 사령관실에 둘러앉았을 때 부소가 입을 열었다.

"지금까지 14개 지역에서 반란이 일어났어. 반란군 병력은 약 15만, 14개 지역을 장악하고 있어."

고개를 든 부소가 류훙을 보았다.

부소는 68세. 군(軍) 원로다.

오랫동안 군사위원회의 한직에 머물다가 이번에 위복의 추천으로 해방군 총참모장에 임명된 것이다. 상장 계급이지만 군(軍) 서열이 50위권에도 들지 못했는데 이번에 총참모장으로 추대되었다. 부소가 말을 이었다.

"반란군은 공안까지 흡수해서 세를 확장하고 있어. 이대로 두면 순식간에 전국으로 번져나갈 거야."

그때 류훙이 입을 열었다.

"총참모장 동지, 베이징은 염려하실 것 없습니다. 베이징관구의 12개 사단은 우리가 철저하게 장악하고 있습니다."

"글쎄, 그것이……"

부소가 흐려진 눈으로 류훙을 보았다.

"내가 그것 때문에 여기 온 거야, 류 동지. 베이징이 함락되면 정권은 반란군에게 넘어가. 대륙이 내란 상태가 된다구."

류훙이 고개를 끄덕였다.

류훙은 55세. 상장이 된 지 2년, 빨리 진급한 셈이다.

그것은 지금 위구르 대통령이 된 리커창 라인이었기 때문이다. 리커창이 배신자가 된 후에 류훙은 몽골지구로 좌천되었다. 그러다가 이번에 군부(軍部) 최고

요직인 베이징관구 사령관이 된 것이다.

그때 류훙이 입을 열었다.

"총참모장 동지, 이 상태로 더 곪도록 놔두십시다."

"그래서 다 곪고 나서 터뜨리라는 말인가?"

부소도 산전수전 다 겪은 군인이다. 부소의 시선을 받은 류훙이 고개를 끄덕였다.

"우리도 대비하고 있으니까요."

"너무 번지면 수습하기 어렵게 될 수도 있어."

"이미 각 지역마다 특전대가 파견되어 있습니다."

"난 파견한 적이 없어."

부소가 주름진 눈을 치켜떴다.

"제5특전군도 반란군에 가담했기 때문에 그럴 여유가 없네."

"인민해방군이 아닙니다."

"아니, 그러면······."

"조선군입니다."

숨을 들이켠 부소를 향해 류훙이 소리 없이 웃었다.

"북조선 특전군과 남조선의 특전사 병력이 이미 중국 전역에 파견되어 있습니다."

"그렇군."

부소가 흐린 눈으로 류훙을 보았다.

"그런 상황에서 기다리고 있군."

"예, 총참모장 동지는 기다리고 계시면 됩니다."

그러자 부소가 심호흡을 했다.

"그래서 위복 동지가 나한테 서둘지 말라고 했군."

"위복 동지가 총참모장 동지를 신임하고 계십니다."

류홍이 말을 이었다.

"여기 오신다는 보고를 했더니 동지께 상황을 설명해드리라고 하셨습니다."

이제 모두 작전임이 드러났다.

대청소를 할 바에는 더 어질러놓고 하는 것이 더 나은 법이니까.

그 시간에 위복은 주석궁의 회의실에서 핸드폰을 귀에 붙이고 있다.

사무실 안에는 위복 혼자뿐이다. 굳어진 표정.

그때 수화기에서 이광의 목소리가 울렸다.

"이 상황에서 내가 정치국 상임위원에 임명된다는 건 무리인 것 같습니다. 위 위원, 그건 보류하십다."

"예, 상임위원 되시는 건 나중에 하셔도 상관없습니다."

위복이 말을 이었다.

"한국은 이미 중국 연방에 가입된 상황이니까요, 대통령 각하."

"전국에 군(軍)의 반란이 증폭되는 상황이지만 이것은 몸이 낫기 전에 열이 나고 땀이 나는 것이나 같지요."

이광이 그렇게 말을 받았다.

"위 위원, 이제 조금 있으면 공산당도 가담할 것 같습니다."

"그렇습니다."

"보고서를 보면 공산당원 9천만 중 30퍼센트인 3천만가량이 내란에 가담한다는 거요."

이광이 말을 맺는다.

"위기가 기회요, 위 위원."

마침내 중부군이 봉기했다.

그동안 사령관 후정은 남부군 사령관 고현보와 연루된 혐의로 직위 해제된 상태였다. 베이징 총사령부로 호출되지는 않았기 때문에 후정은 참모장 진귀영과 함께 허난성 주난에 머물고 있었던 것이다.

후정은 호위병과 함께 사령관 대리를 맡고 있던 조광 중장을 사살하고 중부군을 장악한 것이다. 그동안 후정이 중부군을 완벽하게 장악하고 있었기 때문이다.

중부군은 강력한 기갑군단이 주력이다. 전력(戰力)이 다른 군단의 2배 이상이어서 세계의 이목이 모였다.

"마이 갓, 이광의 야망이 물 건너간 것인가?"

부시가 웃음 띤 얼굴로 말했다.

백악관의 오벌룸 안.

부시와 CIA 부장 매크레인, 안보보좌관 선튼, 국무장관 마이클 존슨까지 넷이 둘러 앉아있다. 부시가 매크레인을 보았다.

"매크레인, 중국이 내란 상태가 되면 우리도 진입해야지?"

"현재 중국에 있는 미국 시민은 약 1만 5천 명쯤 됩니다."

"그렇게 많아?"

놀란 부시가 이번에는 마이클을 보았다.

"마이클, 어떻게 된 거야?"

"사업 때문에 가 있는 시민도 있고 상하이, 베이징에 회사원이 많습니다. 중국계 회사에 근무하는 사람도 많구요."

"그렇다면 자국민 보호 명목으로 7함대를 파견해야겠군. 대서양함대도 불러야겠어. 본국에서 2개 사단쯤은 당장 파견할 수 있겠지?"

부시가 열띤 목소리로 말하는 동안 매크레인, 선튼, 마이클은 침묵했다. 말을 그친 부시가 셋을 둘러보았다.

"왜 그래? 내 말이 틀렸어?"

"각하, 아직 시기상조입니다."

선튼이 그렇게 말했을 때 존슨이 말을 받았다.

"내란이 번지고 있습니다. 조금 더 상황을 보고 결정하시지요."

부시가 고개를 돌려 매크레인을 보았다.

"매크레인, 당신 생각은?"

"지금 중국의 내란에 가장 신경을 곤두세우고 있는 나라가 일본입니다."

매크레인이 말하자 부시의 눈에 초점이 잡혔다. 숨을 고른 부시가 물었다.

"일본이?"

"그렇습니다. 일본은 지금 대규모의 정보원과 특공대 소속의 군인을 중국 본토에 투입하고 있습니다."

"왜?"

"정보수집 차원으로 보기에는 규모가 큽니다."

"남북한과 공조하는 건 아니지?"

"아닙니다. 그럴 이유도 없구요."

"그렇다면 뭔가?"

"대륙에서 주도권을 잡으려는 것이지요. 1백년쯤 전의 일본 군국시대에 일본은 만주를 점령한 역사가 있습니다."

"반란을 이용해서 한몫 잡겠다는 것인가?"

"중국 대륙이 남북한의 수중에 들어가는 것이 일본에는 가장 큰 위협입니다."

매크레인이 말을 이었다.

"그 관점에서 보시는 것이 이해가 빨리 되실 겁니다."

"CIA의 보고를 듣지."

정색한 부시가 말하자 매크레인이 똑바로 시선을 주었다.

"현재 남북한은 중국 연방에 가입한 상태지만 아직 이광 대통령은 중국 최고 지도층인 정치국 상임위원에 임명되지 못했습니다."

"잘된 일이야."

부시가 빈정대듯 말했지만 매크레인이 정색하고 말을 잇는다.

"선양으로 데려간 시진핑이 군부 지휘관, 고위층에게 위복과 공모한 남북한 세력을 폭로, 내란을 선동함으로써 정국이 극도의 혼란 상태에 빠진 상황이 되었습니다."

그때 부시가 물었다.

"시진핑을 체포, 유폐시켰던 왕양이 살아있다면 이렇게 되지는 않았겠지?"

"그건 알 수 없습니다."

고개를 기울인 매크레인이 부시를 보았다.

"이 거대한 음모의 실행자는 위복과 루신이었으니까요."

"그 위복과 루신은 코리안의 앞잡이란 말인가?"

"그렇습니다. 목숨을 바쳐서 목표를 이루려는 의지를 가진 인간들이죠."

그래서 루신은 왕양과 함께 자폭한 것이다. 그때 매크레인이 말을 이었다.

"시진핑이 내란을 선동한 것이 본래의 계획에는 없었던 것 같습니다."

"그렇군."

부시가 고개를 끄덕였다가 다시 묻는다.

"앞으로의 전망은?"

"지금도 하루에 한두 개 부대씩 반란이 일어나는 상황입니다. 그러나 도시나 거점을 점령하고 반란을 선언했을 뿐으로 아직 민간인의 피해는 없고 정부 측과도 마찰이 일어나지 않습니다."

매크레인이 눈썹을 모으고는 부시를 보았다.

"도시를 점령한 반란군은 곧 공안과 합세, 치안을 장악합니다. 그리고 거리에 검문소를 설치하고 계엄을 선포하는 식입니다. 아직 공안과 전투가 일어났다든가 친정부군과 충돌했다는 정보는 없습니다."

"갓댐."

실망한 표정으로 부시가 투덜거렸다.

"중국 놈들이 신사적으로 반란을 일으키는군. 이광과 김정은의 반응은 어때?"

"본토에 반란 진압 전문가인 제너럴 리를 파견했습니다. 특공대를 딸려서요."

"제너럴 리라니? 어떤 놈인데?"

"아프리카에서 리스타 연합 사장을 지낸 테러 전문가인데 김정은한테서 중장 계급을 받았지요."

"북한 놈이야?"

"아닙니다. 남한 놈인데 김정은이 중장으로 임명한 겁니다."

"선 오브. 제멋대로군. 근데 어쩌자는 거야? 특공대를 보내서?"

"그건 모르겠습니다. 우리 요원들하고 단절되지는 않았으니까 확인하는 중입니다."

그때 고개를 든 부시가 셋을 둘러보았다.

"좋아. 일본도 뛰어들었다니까 중국 대륙이 곧 경기장이 되겠군."

심호흡을 한 부시가 정색했다.

"잘 들어, 신사 여러분. 우리가 여기서 방관자가 되어선 안 돼. 조연이 되어서도 안 된다고. 주연이 될 필요도 없어. 무슨 말인지 알겠나?"

"압니다."

마이클이 먼저 대답했다.

"감독이 되어야죠. 그렇지 않습니까?"

부시가 고개를 끄덕였다. 당연하다는 표정이다.

"후정이 주변의 3개 부대를 지휘하게 되었습니다."

최수만이 보고했다. 최수만은 소장으로 진급한 후에 이번에는 이동욱의 자문관이 되어 있다.

베이징의 안가 안.

최수만이 말을 이었다.

"허난성 루산을 중심으로 산시(山西)성, 후베이(湖北)성의 2개 군부대를 장악한 상황입니다. 후정이 중부지역의 실력자로 부상했습니다."

"빠르군."

지도를 보면서 이동욱이 고개를 끄덕였다.

"후정이 순발력이 강하네."

"정보를 모았더니 군(軍)에서 신망이 높습니다. 과단성이 있고 부패하지 않았다고 합니다."

"경솔하고 말이 많다는 정보도 있어."

"죽은 남부군 사령관 고현보가 치밀했지만 느렸지요. 후정을 무시했다고 합니다."

그때 고개를 든 이동욱이 최수만을 보았다.

"곧 후정이 남부군까지 장악하겠어."

"공안까지 합세하면 중국은 남북으로 갈라질 가능성이 있습니다."

"얼마나 걸릴까?"

그때 최수만의 시선이 지도의 남쪽으로 옮겨졌다.

"루산에서 남쪽 500킬로 지점에 제17기갑군이 있습니다."

최수만의 손끝이 지도를 짚었다. 창닝이라는 도시다. 이곳에 주둔한 기갑군은 탱크 2개 사단으로 신설부대.

최수만이 말을 이었다.

"17기갑군 사령관 우창 중장은 위복 위원의 심복입니다. 미국에서 2년 동안 같이 있었던 인연이 있지요."

"그렇군."

이동욱이 커다랗게 고개를 끄덕였다.

"그만하면 심복이라고 볼 수 있지."

"우창이 기갑군을 완전히 장악하고 있습니다."

최수만의 시선을 받은 이동욱의 얼굴에 웃음이 떠올랐다.

"이러다간 중국 남부는 후정이 장악하게 되겠구만."

요시다가 고개를 들고 도고를 보았다.

이곳은 베이징 천안문 근처의 커피숍, 오전 10시 반.

커피숍에는 손님들이 많았는데 평상시나 다름없다. 베이징도 이제는 계엄령이 실시되고 있는 것이다.

"도고, 총사령부 상황은 어때?"

"속수무책입니다. 총사령부 간부들의 명령이 닿는 곳은 점점 축소되는 중이니까요."

"저쪽은 어때?"

저쪽이란 조선성을 말한다. 이제는 조선성이 동북3성과 북조선이다.

그때 도고가 말했다.

"조용합니다. 그것이 오히려 이상합니다."

도고와 요시다는 일본 자위대 정보국 소속의 정보원이다.

베이징은 이제 각국의 정보원들이 들끓고 있다.

그때 커피숍 안으로 사내 하나가 들어섰다. 40대쯤의 평범한 차림새다. 사내가 둘을 보더니 거침없이 다가와 앞쪽에 앉는다.

"오늘 아침까지 22개 군부대가 반란을 일으켰습니다."

사내가 날씨 이야기를 하는 것처럼 거침없이 말을 잇는다.

"중부지역은 후정의 기갑군단을 중심으로 4개 부대가 연합했어요. 직경 1천 킬로 정도의 지역을 장악하게 된 것이지요."

"그런데 장요 씨."

요시다가 사내를 보았다.

"공안 동향은 어때요?"

"뻔하지 않습니까?"

장요라고 불린 사내가 되물었다.

"군대가 봉기한 지역의 공안은 모두 군(軍)과 연합했습니다. 충돌한 공안이 없었습니다."

"베이징도 마찬가지인가?"

"베이징은 다릅니다."

이제는 정색한 장요가 요시다와 도고를 번갈아 보았다.

"베이징 공안은 위복이 장악하고 있거든요. 그래서 위복의 친위군이 된 상황이지요."

"그렇다면 베이징은 군(軍)과 공안이 위복의 친위군으로 장악된 상황이군."

"그렇습니다."

장요의 얼굴에 쓴웃음이 번졌다.

"대륙 전역에서 반란이 일어나도 베이징 지역은 요동하지 않을 겁니다."

"그렇군."

고개를 끄덕인 요시다가 옆에 앉은 도고를 보았다.

"그래서 베이징은 계엄이 선포되었어도 조용하군."

"소문이 퍼져 있습니다."

장요가 말하자 요시다가 몸을 굳혔다.

"무슨 소문이오?"

"위복과 배후의 남북한 세력이 각 지방의 군(軍)이 반란을 일으키도록 부추긴다는 겁니다."

"부추겨?"

"예, 거기에다 공산당 조직까지 합세하도록 말입니다."

"공산당 조직까지……."

"우리 공안 내부에 그 소문이 쫙 퍼져 있습니다."

요시다와 도고가 동시에 숨을 들이켰다.

장요는 베이징 공안본부의 중간 간부다. 그리고 일본 정보부에 포섭된 정보원인 것이다.

그때 장요의 얼굴에 웃음이 떠올랐다.

"남북한 지도자들이 이 기회에 중국의 불만 세력과 공산당 불순분자까지 한꺼번에 소탕한다는 것입니다."

"공산당 세력까지."

"이 기회에 체제를 바꾼다는 것이지요."

"소문이야?"

"그렇습니다."

고개를 끄덕인 장요가 말을 이었다.

"문제는 반란군의 구심점이 없다는 것이지요. 중부지역에서 후정 군단장이 유력한 반군 지도자로 부상하고는 있지만 아직 부족합니다."

"그렇군."

고개를 끄덕인 요시다가 지그시 장요를 보았다.

"도움이 되었어, 장요 씨."

"주민들의 반응은?"

이광이 묻자 국정상황실장 오대근이 대답했다.

"반란군에 호응하는 주민은 거의 없습니다. 그저 계엄령을 지키면서 일상을 지내고 있지요."

정색한 오대근이 말을 이었다.

"위복 씨가 외국인과 기자들의 입국을 제한하지 않아서 중국 대륙은 전 세계 기자들의 취재 전장(戰場)이 되었습니다."

"전장(戰場)이란 표현이 적당하지 않아. 전쟁이 있어야지?"

웃음 띤 얼굴로 이광이 말하자 오대근이 바로 정정했다.

"그렇습니다. 취재 경쟁의 장이라고 해야 되겠습니다."

"지금까지 정부 측 군(軍)이나 공안과 충돌이 일어난 상황은?"

"없습니다. 일부 지역에서 위협사격을 해서 3명이 죽고 10여 명이 부상을 입은 것뿐입니다."

이광이 고개를 끄덕였다.

위복 등 정부 측 군(軍), 공안의 지휘부가 통제를 느슨하게 한 영향이다. 반란에 대한 감시, 견제도 일절 하지 않았고 특히 공안에는 군(軍)과 충돌하지 말라는 지시까지 내린 상태다.

서울.

오늘은 이광이 대통령 관저에서 오대근을 불러 상황 설명을 듣고 있다. 오대근이 상황실장인 것이다.

오후 8시 반, 관저의 회의실 안.

이광이 다시 물었다.

"언제가 절정이 될 것 같나?"

"시진핑의 선동으로 처음 군(軍)이 봉기한 지 12일이 되었습니다."

"그것밖에 안 되었나? 난 한 달쯤 된 것 같은데……."

"현재 전국에서 27개 군부대가 봉기, 중국 대륙의 약 10퍼센트의 도시와 지역을 점령하고 있습니다."

"그것밖에 안 된단 말야?"

마치 남의 일을 묻는 것처럼 이광이 가볍게 묻는다.

"예, 그것은 아직 군부대들이 결속하지 않고 제각기 각 지역만 장악하고 있기 때문입니다."

그 정도는 외국 언론이 다 보도하고 있다. 심지어 반란군 병력과 무장 상태까지 보도하고 있는 것이다. 모두 위복이 보도를 오히려 '장려'하고 있기 때문이다. 반란군 지역으로 가는 기자단을 오히려 호송해주는 실정이다.

그때 오대근이 보고서를 읽는다.

"전(全) 중국군의 12퍼센트, 공안의 13퍼센트가 가담하고 있습니다. 그리고……."

고개를 든 오대근이 정색하고 이광을 보았다.

"공산당원의 가담자 수는 현재 70만, 전체의 0.8퍼센트 정도입니다."

"예상보다 훨씬 적은데. 전체 공산당 숫자는 9천만 정도 아닌가?"

"예, 그중에서 0.8퍼센트가 조금 넘습니다. 그것도……."

오대근이 말을 이었다.

"반란군에 적극 가담하는 숫자는 0.1퍼센트 정도인 10만 정도입니다."

"왜 그렇게 적은가?"

"공산당원은 이미 자본주의에 물이 들었기 때문이죠. 공산당 이념은 이제 먹히지 않는다는 증거인 것 같습니다."

"그것이 이번 군의 봉기로 드러났단 말인가?"

"그래서 반란군 측도 당황한 것 같습니다."

이광이 고개를 끄덕였다.

반란군이 봉기하고 나서 가장 먼저 하는 일이 '공산당' 세력을 모아 무장시키고 우군으로 만드는 일이었다. 그런데 그 세력이 지극히 미미한 것이다.

그때 이광이 다시 물었다.

"절정은 언제가 될 것 같나?"

"그것은 북한 측 상황실과 다시 체크해보겠습니다."

오대근이 한국 측 상황실장이기 때문이다. 남북한 연합작전이고 수뇌는 이광과 김정은이다.

"좋아. 6개 부대가 규합되었다."

고개를 끄덕인 후정이 참모장 진귀영을 보았다.

허난성 루난의 군단 사령부 안, 오후 4시 반.

후정이 참모 회의를 하는 중이다. 상황실에 둘러앉은 참모들은 10여 명. 주변에서 합류한 부대가 6개로 늘어났다. 6개 지역을 장악한 것이다. 이제 6개 부대를 선으로 이으면 직경 1,500킬로의 광대한 영토다.

"어때? 공산당원 모집 상황은?"

후정이 묻자 진귀영은 숨부터 골랐다.

"반응이 적습니다."

"구체적으로 말해."

질책을 받은 진귀영이 말을 이었다.

"현재까지 루난 지역에서는 2,200명이 공산당 방위대에 참가했습니다. 다른 지역은 몇백 명 수준인 것 같습니다."

"루난 지역의 공산당원이 50만이야!"

버럭 고함을 친 후정이 참모들을 둘러보았다.

"공산당이 세운 중화민국이 조선족 놈들한테 넘어가기 직전 아닌가? 그 사실을 알 텐데도 이 정도라니!"

"선전이 부족합니다."

참모 하나가 입을 열었다.

"만일 조선족 세상이 되면 공산당원은 모두 처형된다는 소문을 퍼뜨려야 합니다."

"그렇지."

눈을 치켜 뜬 후정이 주먹으로 테이블을 내려쳤다.

"대대적으로 소문을 내. 6개 지역의 부대에도 통보하라구. 보도 자료를 만들어서 방송도 하고, 팸플릿도 만들어서 뿌려라!"

후정의 열띤 목소리가 이어졌다.

"이 상황을 공산당과 조선족과의 대결로 만들어야 돼!"

후정은 야전 지휘관이다. 순발력도 뛰어났고 임기응변은 더 강하다.

리찬수는 공산당 최고지도부인 정치국 상임위원 중에서도 가장 선임이다.

시진핑이 유폐 중이고 서열 2위였던 리커창까지 독립한 위구르 대통령이 된 격변의 시기다. 또한 동북3성이 북조선과 함께 조선성이 되어 중국 연방의 가장 강력한 성이 되었다.

김정은이 정치국 상임위원으로 임명되더니 이어서 한국이 중국 연방에 가입했다. 한국 대통령 이광까지 정치국 상임위원이 될 것이었다.

이것은 남북한이 중국을 '먹'는 수순이라고 초등학생도 알아차릴 정도다. 그러니 인민해방군의 '봉기'는 당연한 것이며 공산당은 더 격렬하게 반발해야 옳다.

그런데 현실은 전혀 다르다.

"현재까지 군의 봉기는 12퍼센트, 공안 가담률은 13퍼센트, 공산당원은 70만 정도입니다."

위복이 말하자 리찬수가 고개를 끄덕였다.

"반란군이 공산당의 호응을 기대하고 있었다면 순진한 발상이야."

리찬수가 말을 이었다.

"역시 군인들은 순진해. 특히 지휘관급은 인민들의 속성을 몰라."

천안문 근처의 안가 응접실에는 위복과 리찬수, 왕후닝, 부소까지 넷이 둘러앉아 있다.

부소는 그중 가장 연장자인 데다 인민군 총참모장 직위였지만 서열이 낮다. 경청만 하고 있다.

그때 위복이 부소에게 물었다.

"총참모장 동지, 현재 군의 동향이 어떻습니까? 동지의 고견을 듣고 싶습니다."

"이제는 한계점에 닿는 것 같습니다."

부소가 바로 대답했다.

"군이 우후죽순처럼 봉기하는 것으로 보이지만 각 지역에서 번지는 확장성이 전무(全無)합니다. 후정이 6개 부대와 연합했다지만 오직 선으로 연결되었을 뿐입니다."

모두 머리만 끄덕였고 부소의 말이 이어졌다.

"공안이 가담한 것은 베이징에서 군(軍)과 충돌하지 말라는 지시가 내려왔기 때문이지요. 공안이 반란군에 동조한 것은 아닙니다. 인민을 보호하기 위해서인 것입니다. 그것을 인민들도 알지요."

위복과 리찬수, 왕후닝은 듣기만 했다.

그렇게 지시를 한 것이다. 세계 언론사들을 다 끌어들인 것도 그 때문이다.

그때 부소가 고개를 들고 셋을 번갈아 보았다.

"아직 80퍼센트가 넘는 군(軍)은 동요하지 않았습니다. 그들은 시진핑의 선동에도 움직이지 않았습니다. 그리고 공산당도 그 진면목이 드러나 있습니다."

"며칠 안에 한계점에 닿을 겁니다."

위복이 부소의 말을 받았다.

"총참모장 동지의 말씀대로 인민의 진면목이 드러난 것이지요."

위복의 얼굴에 웃음이 떠올랐다.

"이제 새로운 세상으로 나갈 일만 남았습니다."

리찬수와 왕후닝은 고개만 끄덕였다.

"일부러 군(軍)의 반란을 조장한 것이 아닐까?"

가토 총리가 고개를 기울이며 말했을 때 안보실장 다께다가 대답했다.

"시진핑이 선양으로 옮겨간 후에 계획을 수립했던 것 같습니다."

총리실 안에는 아소 부총리, 외무상 다무라까지 넷이 둘러앉아 있다.

다께다가 말을 이었다.

"시진핑을 왕양한테서 탈출시켰을 때 한국 측은 이렇게 될 줄 예상하지 못했던 것이 분명합니다."

"그랬을까?"

"이광 씨와 김정은은 시진핑이 이제는 일개 시민이 되어서 협조해주리라고 믿었을 것입니다. 그랬는데 시진핑이 선양에서 군과 고위 관리들을 선동한 것이지요."

"그것을 예상하고 있지 않았을까? 지금의 상황이 되는 것까지 말야."

아소가 눈을 가늘게 뜨고 다께다가 심호흡을 했다.

"그럴 가능성도 있습니다, 부총리 각하."

"가능성이 아냐. 조센징 머리를 우습게 보지 말라고. 이건 시진핑을 데려오고 시진핑한테 핸드폰을 던져준 것은 다 그럴 의도였다고 봐야 돼."

"그렇다면, 부총리."

가토가 정색하고 아소를 보았다.

"이 상황은 모두 남북한의 작전이었단 말입니까?"

"내 확신이오, 총리."

"그럼 앞으로 어떻게 될 것 같습니까?"

"곧 어떤 계기가 오겠지."

눈을 가늘게 뜬 아소가 말을 이었다.

"이광과 김정은이 가장 두려워한 상대가 공산당 조직이었어. 인민해방군도, 공안도 아냐. 박수부대인 대의원 따위는 더 아냐. 공산당이었어."

모두 시선만 주었고 아소의 목소리가 방을 울렸다.

"이제 공산당의 진면목이 드러났어. 이번 군의 반란으로 말야."

"……."

"14억 인구 중 9천만이나 된 공산당원은 이미 자본주의에 물이 들어서 다 흩어져버린 상태야. 공산당원은 전인대에 참석한 대의원 1만 명뿐이야, 아니 그것도 전인대 기간뿐이지."

그러고는 아소가 길게 숨을 뱉었다.

"이제 이광과 김정은이 내막을 알았으니 앞으로 어떻게 될지가 두려워."

이제는 아소가 두렵다고 한다.

산둥성 웨이하이에 본부를 둔 제44해병사단 상황실 안.

사단장 유병교 중장이 둘러앉은 참모들에게 말했다.

"제8함대 눈치를 볼 것도 없어. 8함대 사령관 놈은 위복하고 같은 계원 놈이야. 우리가 독자적으로 일어나면 돼."

유병교가 말을 이었다.

"5시 정각에 우리는 거병한다. 모두 차질 없이 행동하도록."

오후 3시 반이다.

제44사단은 중국 8함대 예하부대인 것이다. 그때 작전참모 광무 중교가 물었다.

"사단장 각하, 제3연대가 움직이면 함대가 긴장할 것 같습니다. 이에 대한 대비책이 있어야 합니다."

"글쎄, 그것은 무시해도 된다고 했지 않는가? 신경 쓸 것 없어."

유병교가 이맛살을 찌푸리며 말했다.

"함대가 육지로 올라올 수도 없다. 사령관 배창원은 우유부단한 놈이야. 아마 함대를 이끌고 바다로 나가는 것이 고작일 것이다."

모두 침묵했다.

제8함대는 중국의 가장 큰 함대다. 순양함 3척, 구축함 14척, 전투함 42척, 수송함 6척, 거기에다 항공모함 1척까지 보유하고 있다. 해군 병력은 2만여 명.

그러나 모두 선상 근무여서 육전용은 아니다. 그래서 유병교가 무시한 것이다. 유병교가 이끄는 44해병사단은 해병특전대로 막강한 전력을 갖추고 있다.

그때 3연대장 왕경 대교가 고개를 들었다.

"사단장 각하, 연대 정문에서 부두까지 거리가 8백 미터밖에 안 됩니다. 연대 병력이 출동하는 장면이 다 보일 텐데 뒤쪽 후문으로 나가서 시내로 진입하겠습니다."

"후문으로?"

버럭 소리친 유병교가 주먹으로 테이블을 내려쳤다.

유병교는 52세. 시진핑파다. 시진핑의 직접 전화를 받은 장군 중의 하나다.

인민해방군에는 2천명 가까운 장군이 있다. 그동안 위복이 정리를 했지만 아직도 수백 명이 남아있는 상황이다.

어깨를 부풀린 유병교가 왕경을 노려보았다.

"정문으로 당당하게 나가도록. 8함대 사령부에서 우리를 어쩌지 못한다."

"예, 각하."

"사령관 배창원은 기회주의자야. 그저 눈치만 보다가 말 것이다."

"예, 각하."

"후문으로 나가다니?"

심호흡을 한 유병교가 말을 이었다.

"우리는 정정당당하게 조선족 세력에 대항하는 것이야. 이미 승부는 났어."

그러고는 유병교가 자리에서 일어섰다.

"자, 출동 준비."

5시에 제44사단은 웨이하이 시내로 진입하는 것이다. 웨이하이는 공안이 있을 뿐 무방비 상태다. 44사단이 진입하면 공안은 자연스럽게 휘하에 배속될 것이다.

"28사단이 연합군에 동참했어."

데이비드가 어깨를 치켜 올리면서 말했다.

이곳은 루난시의 커피숍 안, 오후 4시 반.

창밖으로 오가는 행인들이 보인다. 지금 루난시도 계엄군이 통제하는 계엄령 치하지만 군인들은 보이지 않는다. 요소에만 초소를 만들어 놓고 있기 때문이다.

데이비드가 앞에 앉아있는 루팡을 보았다.

"이젠 이런 사건이 뉴스감도 안 돼."

"그렇군. 이젠 내가 보낸 기사도 뒤로 밀리는 상황이야."

루팡이 쓴웃음을 짓고 말했다.

"중국 대륙 전체가 반란군으로 뒤덮여 있는 것처럼 보도되었는데 그건 허황된 뉴스야. 과장된 것이라구."

데이비드가 고개를 끄덕였다.

둘은 중국에 파견된 외신기자들이다. 지금 후정이 장악한 루난시에도 백여 명의 외신기자들이 몰려와 있는 것이다. 데이비드는 CNN, 루팡은 프랑스 국영방송 기자다.

그때 루팡이 말을 이었다.

"후정이 7개 부대를 끌어들였지만 흡인력이 부족한 것 같아. 특히 공산당원의 호응이 적어."

"지명도가 낮기 때문이지. 이번 사건으로 인민들에게 처음 이름이 알려졌으니까."

"군부(軍部) 내에서도 서열이 낮았지?"

"상장이지만 군부 내 서열이 100위권이었지."

"후정을 중심으로 정권 탈취가 가능할까?"

루팡이 묻자 데이비드가 고개를 저었다.

"불가능해."

"그렇다면 남북한이 이 상황을 방조하고 있다는 소문이 사실이군."

"다 터져 나오기를 기다렸다가 절정에 닿았을 때 수습할 것 같아."

"후정도 그쯤은 알고 있을 텐데."

"그러니까 서둘겠지. 응원 세력을 모으려고 말야. 그래서 지금 남북한 세력이 공산당을 몰살한다는 소문을 퍼뜨리고 있는 거야."

그러나 그 효과는 미미했다. 공산당의 호응이 미미했기 때문이다.

둘은 베테랑 기자다. 전장(戰場)을 수십 년간 돌아다닌 경력이 있다.

고개를 든 데이비드가 루팡을 보았다.

"루팡, 이제 반란이 절정에 닿은 것 같아. 그렇지?"

루팡이 고개를 끄덕였다.

산둥성의 7사단이 봉기한 지 오늘로 16일. 전국에서 33개 군부대가 반란을 일으켰다. 그러나 반란군의 연대는 허술하다. 서너 개씩 연합했지만 구심점이 없다. 중부지역에서 후정이 7개 부대를 모아 '총사령관'이 되어있지만 다른 지역과는 연대되지 않았다.

그때 루팡이 입을 열었다.

"남북한이 기회를 기다리고 있다는 말이 맞는 것 같아."

지금은 정보화 시대다. 모든 정보는 실시간으로 노출되고 보도되는 것이다. 그래서 보통시민도 상황을 파악하고 앞을 예측할 수가 있다. 베테랑 기자들인 루팡과 데이비드는 말할 필요도 없다.

"로성 중장이 합류하겠다고 했습니다. 방금 참모장이 연락해왔습니다."

참모장 진귀영이 소리치듯 말했을 때 후정이 빙그레 웃었다.

"잘됐다. 이제 시작이야."

둘러선 참모들이 환성을 뱉었다. 박수를 치는 참모들도 있다.

오후 5시 반, 이곳은 루난시의 중부권 사령부 안.

상황실에서 방금 후정은 서부지역 반란군 지휘자인 로성 중장의 합류 통보를 받은 것이다.

로성 중장은 제22군단장으로 휘하의 4개 사단을 지휘하고 있다. 보병사단이지만 대단한 전력이다.

이로써 후정이 지휘하는 부대는 2개 군단으로 8개 독립사단, 14개 독립여단까지 포함되었다. 전력(戰力)으로는 약 20만이다. 선으로 이어진 지역이지만 직경 1,800킬로의 광대한 지역이다.

공산당의 호응이 미미했지만 군(軍) 전력(戰力)이 우선인 것이다. 이제 공산당은 포기했다.

그때 후정이 말했다.

"좋아. 이제는 지역에서 벗어나 북상하겠다. 움직여서 상황을 주도하겠다."

모두 입을 다물었고 후정이 말을 이었다.

"그래서 각 부대를 연합하면 된다."

시기가 된 것이다.

"3연대가 정문을 나왔습니다."

참모장 개원이 보고하자 사령관 배창원이 지시했다.

"할 수 없다. 15함, 32함, 34함 그리고 22함까지 사격한다. 사격준비!"

"예, 15, 32, 34, 22함."

복창한 개원이 다시 참모에게 소리쳤다.

"15, 32, 34, 22함 사격준비!"

참모가 각 함에 지시하는 소리가 이어졌다.

오후 5시 45분. 이곳은 바다에 떠 있는 제8함대 기함 안.

기함은 부두에 정박한 상태다. 제8함대용 해군기지 안 만에는 20여 척의 전함이 정박하고 있었는데 방금 지시를 받은 4개 전함은 부두에서 가장 가까운 곳에 정박한 함정들이다.

이때 개원이 다시 소리쳐 보고했다.

"장갑차를 선두로 보병을 실은 트럭이 나오고 있습니다."

이곳은 기함인 '선양호'의 지휘실 안이다.

선양호는 순양함으로 12,000톤. 지대공, 지대지 미사일을 82기나 장착했고 6인치 속사포가 12문, 근접 방어용 게틀링 기관포를 14문이나 보유한 최신형 전함이다.

모두의 시선을 받은 배창원이 심호흡을 했다.

배창원은 54세. 해군 8함대 사령관으로 계급은 상장.

해군은 정치권과 거리를 두는 것이 전통이었기 때문에 정권에 영향을 받지 않는다. 사령관 배창원도 정치권 배경이 없는 해군 장성 중 하나다. 그래서 이번 군(軍)의 반란에 중립을 지켜왔는데 이번 경우는 대응하지 않을 수가 없다.

바로 8함대기지 앞에 주둔한 제44해병사단이 부두를 장악하면 함대가 갇히는 상황이 되는 것이다. 지금 44사단 소속의 3연대가 기지 앞으로 다가오고 있는 것을 방관할 수 없는 상황이다.

기지 앞은 보급창, 수신소 등 8함대 소유다. 이곳을 빼앗기면 8함대는 바다 위에 떠 있는 '깡통'이 된다.

그때 배창원의 굵은 목소리가 울렸다.

"사격!"

앞장선 장갑차 뒤쪽의 지프에 타고 있던 3연대장 왕경 대교가 옆에 앉은 참모장에게 말했다.

"8함대 본부에 연락해주는 것이 낫겠다. 아무래도 찜찜해."

지금 차량 대열은 정문을 통과해서 기지 쪽으로 달려가는 중이다. 함대가 정박한 기지와의 거리는 600미터 정도. 이제 거리가 2백 미터로 가까워졌다.

그때 참모장이 말했다.

"기지 정문 앞을 지나가는 것이니까 놔두시지요."

참모장이 말을 이었다.

"1분만 기다리면 우리가 기지를 지나서 웨이하이 시내로 간다는 것을 알게 될 테니까요."

그 말을 들은 왕경이 고개를 돌려 뒤쪽을 보았다. 연대 병력을 실은 1백여 대의 트럭과 장갑차 30여 대, 무장 지프 50여 대, 포차, 탄약과 장비를 실은 1백여 대의 차량까지 2백여 대가 넘는 차량 대열이 이어져 있다.

"그럴까?"

해군기지에다 '우리는 그냥 앞을 통과한다'고 연락하는 것이 어떻겠느냐고 사단장한테 건의하지 못했던 왕경이다. '후문으로' 나가자고 했다가 질책을 받았기 때문이다.

그때다.

"쉬이이익! 쉬이익!"

허공을 가르는 쇳소리가 났다. 그것도 수십 가닥의 쇳소리.

다음 순간.

번쩍! 번쩍!

주위가 환해지는 섬광이 번지더니 동시에 폭발음이 울렸다.

"쿠쾅쾅쾅! 쾅쾅쾅!"

그 첫발에 지프와 함께 허공으로 떠오른 왕경은 아무것도 의식하지 못했다.

15분 후인 오후 6시.

위복과 리찬수가 첫 보고를 받는다. 보고자는 마침 옆에 있었던 해방군 총참모장 부소다. 부소가 상기된 표정으로 말했다.

"웨이하이 8함대 기지에서 8함대와 제44사단이 충돌했습니다."

놀란 위복과 리찬수가 숨을 죽였고 부소의 말이 이어졌다.

"8함대의 보고입니다, 상무위원 동지."

"말해요, 총참모장 동지."

리찬수가 재촉했다.

"어떻게 된 일이오?"

"8함대가 44사단 병력이 기지 영역으로 침입하는 것을 막으려고 함대가 함포 사격을 했다고 합니다. 미사일도 발사했구요."

"그래서?"

"1개 연대를 궤멸시켰다고 했습니다."

"1개 연대를?"

"방금 8함대 당직사령이 총참모부에 보고를 했습니다."

그때 위복이 고개를 들고 부소를 보았다.

"그래서 결과는 어떻게 되었습니까?"

"8함대는 기지보급창, 군수기지, 수리창을 확보했다고 합니다."

위복과 리찬수가 마주 보았다.

첫 충돌이다.

해군과 해병이 부딪쳤다. 44사단이 반란군 대열에 참여했다는 보고를 10분 전에 받았던 것이다. 그 반란군의 1개 연대를 해군 함대가 함포와 미사일로 궤멸시킨 것이다.

반란 16일째에 첫 충돌이 일어났다. 그것도 8함대 내부에서.

정규군과 반란군의 충돌이다.

"빌어먹을. 배창원이 쏘다니."

아연한 44사단장 유병교가 참모들을 둘러보았다.

웨이하이 시내 중심부에 위치한 유니온 호텔 안. 유병교는 이곳을 '사령부'로 사용하고 있다.

"그럼 생존자를 1연대의 보충병으로 편입시키고 부상자는 서부 병원으로 옮기도록."

그렇게 지시한 유병교가 말을 잇는다.

"지금은 어쩔 수 없어. 바다에 떠 있는 놈들을 잡을 수도 없고……."

그리고 전력(戰力)도 턱도 없이 약하다. 비교가 되지 않는다. 지금이라도 8함대가 지대지 미사일을 쏟아부으면 44사단 전체가 궤멸될 것이다.

고개를 든 유병교가 잇새로 말했다.

"우린 웨이하이를 점령했다. 이곳에서 부대를 수습하고 나서 해방군과 합류하도록 하자."

"군(軍)끼리 충돌했지만 전쟁으로 번지지는 않을 겁니다."

이광에게 김정은이 말했다.

이곳은 선양의 조선성 성장 관저 안.

김정은과 이광이 응접실에서 마주 보고 앉아있다. 이광의 좌우에는 안학태, 상황실장 오대근이 배석했다. 북한 측은 김정은과 김여정, 호위총국장 겸 조선성 국방 장관이 되어 있는 장성달이 참석한 회의다.

김정은이 말을 이었다.

"이제 군(軍)과 공산당의 진면목은 다 드러난 상황입니다. 시기가 되었어요."

김정은의 두 눈에 생기가 띠어졌다.

"어떻습니까?"

이광에게 물은 것이다. 김정은의 시선을 받은 이광이 고개를 끄덕였다.

"시작합시다."

이광의 얼굴도 굳어 있다.

"때가 된 것 같습니다."

김정은은 고개만 끄덕였고 둘러앉은 배석자들은 숨도 죽이고 있다.

오후 10시 반.

이동욱이 고개를 들고 앞쪽을 보았다.

이곳은 루난시 중심부의 크라운 호텔. 앞쪽 어둠 속에 휘황하게 불을 밝힌 건물은 프라자 호텔이다. 거리는 125미터. 17층 호텔로 루난시에서 가장 높은 건물이다.

저곳이 중부군 사령관 후정의 총사령부인 것이다. 적당한 건물도 많았지만 후정이 이곳을 총사령부로 정한 이유는 단순하다.

후정의 허세 때문이다. 환하게 불을 밝힌 호텔 건물의 3층에서 7층까지가 총사령부 사무실이고 나머지 층은 경호대가 사용하고 있다.

그때 이동욱이 끼고 있는 리시버에서 목소리가 울렸다.

"7층 상황실에 후정이 들어왔습니다."

정보원의 보고다. 후정의 일정은 극비사항이었지만 감시망을 벗어날 수는 없다.

이동욱의 시선이 7층으로 옮겨졌다.

상황실로 들어선 후정이 참모장 진귀영에게 물었다.

"내일 회의 때 24사단장도 참석하나?"

"예, 조금 전에 참석한다고 연락이 왔습니다."

진귀영이 말을 이었다.

"참가 부대장은 18명이 되겠습니다."

중부군과 연합한 부대들이다. 각 지역으로 흩어진 부대 지휘관들과의 통신 회의다. 감청이 되겠지만 오히려 그것이 정부 측에 위협이 될 것이었다. 이미 봉기한 부대의 내역과 동향은 세계 각국의 보도진에 의해 낱낱이 밝혀진 상황인 것이다.

후정은 오히려 이번 회의 내용을 보도진에 알려줄 계획이었다.

자리에 앉은 후정에게 진귀영이 다가가 섰다.

"각하, 내일 발표하실 내용입니다."

진귀영이 타이핑된 서류를 후정 앞에 내려놓았다. 고개를 끄덕인 후정이 서류를 들었다

내일 18개 부대와 연합한 후에 '새 중국군'은 베이징을 향해 북진할 예정인 것이다.

후정은 그것을 선언할 예정이다.

"병력이 25만인가?"

"그렇습니다. 18개 지역에서 일제히 군이 북상하게 되면 반란 정권도 속수무책이 될 것입니다."

고개를 든 후정이 벽에 붙은 상황판을 보았다. 지도에는 부대들이 붉은색 깃발로 꽂혀 있다.

"총참모부 기능이 중요해."

후정이 진귀영에게 말했다.

"네가 관리를 잘해야 돼."

"알겠습니다."

정색한 진귀영이 후정을 보았다. 진귀영이 연합군의 총참모장을 맡고 있다. 후정이 자연스럽게 연합군 사령관이 되었기 때문이다.

다시 지도에 시선을 준 후정이 말했다.

"북상하면서 지방의 공산당, 공안을 조직해서 가담시키면 승산이 있어."

그것이 연합군 총참모부의 계획이다. 고개를 끄덕인 진귀영의 시선이 벽에 붙은 시계로 옮겨졌다.

오후 10시 45분이다. 그 순간이다.

옆쪽 유리창이 부서지면서 방 안이 환해졌다. 놀란 진귀영이 눈만 치켜뜬 순간이다.

번쩍.

진귀영은 온몸이 허공으로 떠오르는 느낌만 받으면서 의식이 끊어졌다.

"꽈꽈꽝!"

폭발음과 함께 벽이 무너졌기 때문에 우천 소교는 벌떡 일어섰다. 파편이 튀어서 옆에 있던 황만 소교가 곤두박질로 넘어졌다.

포격이다, 아니 미사일인가?

그것을 감별해내기도 전에 이번에는 옆쪽에서 폭발이 일어났다.

"꽈꽝!"

방 안이 폭발하면서 우천의 몸통이 분해되었다.

이곳은 상황실 옆의 회의실이다.

이동욱이 눈을 가늘게 뜨고 앞쪽을 응시하고 있다.

대전차포와 휴대용 미사일이 프라자 호텔에 쏟아지고 있다. 호텔 7층 전체가 무너지는 중이다. 엄청난 폭발음이 울리면서 지금도 대전차포와 미사일이 폭발하고 있다.

"꽝, 꽝, 꾸꽝, 꽝!"

바로 1백여 미터 거리여서 파편이 이곳까지 날아오는 것이다. 사방에 흩어진 특공대 사수가 후정의 사령부를 향해 포탄을 쏟아붓고 있는 것이다.

"장관입니다."

이동욱의 옆에 선 최수만이 격정을 억누르지 못하고 탄성을 뱉었다.

이미 7층 전체가 화염을 내뿜었고 6층과 8층도 폭발하고 있다. 이제는 불덩이가 된 7층에 더 쏟아붓지도 않는다. 지금 프라자 호텔을 향해서 3개 팀, 60명의 팀원이 12문의 대전차포, 14문의 휴대용 지대지 미사일을 쏘아대고 있다.

그 순간이다.

고막이 터질 것 같은 굉음이 울리더니 17층의 호텔이 무너졌다. 모래성이 무너지는 것처럼 아래로 주저앉는 것이다. 파편이 이쪽까지 날아와 유리창을 부쉈기 때문에 이동욱은 몸을 피했다.

후정이 지휘하는 중부군 사령부가 무너졌다. 안에 있던 사령관 이하 간부들도 함께 매몰되었을 것이다.

"터졌어."

데이비드가 고래고래 소리쳤다.

"반란군의 최대 세력인 중부군 사령관 후정이 폭사했어!"

오전 1시.

데이비드는 지금 뉴욕의 본사에 보고를 하는 중이다. 뉴욕은 오전 12시. 방금 현장에서 돌아온 데이비드의 온몸은 검댕이투성이다.

프라자 호텔은 이제 무덤이 되었다. 안에 들어가 있던 중부군 간부들까지 모두 매장당한 것이다. 데이비드가 다시 말했다.

"건물 안에 사령관 후정, 참모장, 참모들, 그리고 1백여 명의 간부급 장교까지 들어가 있었는데 수십 발의 미사일, 대전차포를 맞고 건물이 붕괴된 거야!"

"갓뎀."

겨우 말꼬리를 잡은 보도본부장 피터가 소리쳤다.

"이제 시작이군. 정부군과 반란군의 전쟁인가? 정부군, 어느 부대야?"

"병신. 그게 아냐! 피터."

"뭐가 아니라는 거냐?"

"부대가 공격한 게 아냐! 특공대였어!"

"그렇군. 정부군이 보낸 특공대였군. 사상자는 얼마야?"

"1천여 명으로 써! 피터."

"사령관 후정과 참모들까지 몰살당한 것은 사실이지?"

"모두 건물 안에 들어가 있었다는 건 확인했어. 다 죽었어! 내가 들어갔다 나왔어!"

"옳지. 이제 시작이구나!"

피터의 목소리에 열기가 띠어졌다.

"이것으로 반란군 연합은 시작도 못 하고 붕괴되었군."

오전 2시 반.

위복이 안가(安家)에서 보좌관의 보고를 받는다.

"동지, 루난시 치안을 공안이 장악했습니다."

응접실에 앉아있던 위복이 고개만 들었고 보좌관이 말을 잇는다.

"공안의 안내로 반란군은 부대로 복귀했습니다. 복귀하면서 충돌은 전혀 없었습니다."

"그렇군."

위복이 고개를 끄덕였다.

사령부 건물이 붕괴되었다는 보고를 받자마자 위복이 루난시 공안부장에게 지시를 한 것이다. 이제 루난시는 다시 예전의 상황으로 되돌려졌다.

시내 중심부의 프라자 호텔이 중부군 지휘부와 함께 붕괴된 것만 빼고 달라진 것이 없다. 주민 생활은 전이나 지금이나 같다.

그때 방 안으로 다른 보좌관이 서둘러 들어섰다. 손에 전화기를 들고 있다.

"이 위원이십니다."

위복이 서둘러 손을 내밀어 전화기를 받는다.

이 위원은 이동욱이다. 정치국 상임위원에 오른 위복의 주위에는 후보위원, 예비위원들로 둘러싸여 있었기 때문에 전화할 때 '이 위원'으로 통하고 있다.

위복이 응답했을 때 바로 이동욱이 말했다.

"이제 스촨(四川)과 산시(陝西)성 반란군의 지휘부를 칠겁니다. 바로 후속 조치를 부탁합니다."

"알겠습니다."

위복이 대답하자마자 통화가 끊겼다.

소탕작전이 시작된 것이다. 특공대가 반란군 지휘부만 소멸시키는 작전이다. 그러면 지리멸렬이 된 부대를 공안이 추슬러서 원대복귀 시키는 작전이다.

반란군이 일어난 지역은 공안이 동조, 협력하고 있었기 때문에 금세 공안이 장악하게 된다.

루난시의 경우나 같다.

루난시에서 서북쪽 125킬로 떨어진 전천시는 제61향토사단이 장악하고 있다. 사단장은 오지청 소장. 휘하에 보병 3개 연대와 포병 1개 연대, 1개 장갑차 대대를 보유하고 있다. 61사단은 중부군이 봉기하자 바로 호응하고 예하로 편입되었기 때문에 '중부연합군'에 편입된 상황이다.

오전 12시 반.

루난시의 중부군 사령부 본부가 매몰되었다는 보도를 받은 오지청은 즉각 반응했다. 전천시로 진입해 있는 부대에 철수 명령을 내린 것이다. 부대는 전천시에서 20킬로 남쪽의 골짜기에 위치해 있다.

그리고 3시간이 지난 오전 3시 반.

"준비되었습니다."

부관이 보고하자 오지청이 자리에서 일어섰다.

전천시의 사령부 안.

밖은 소음으로 뒤덮여 있다. 부대로 복귀 준비가 다 끝난 것이다. 사무실을 나온 오지청이 아직 어둠에 덮인 마당에 나왔다. 마당에는 장갑차와 트럭이 가득 찼고 병사들이 탑승하고 있다.

지프로 다가간 오지청이 고개를 들고 옆에 선 변명훈을 보았다.

"변 부장, 잘 부탁합니다."

"부탁하실 필요 없습니다. 이게 내 일이니까요."

변명훈이 굳은 얼굴로 대답했다.

변명훈은 전천시 공안부장이다. 전천시는 인구 15만 정도의 작은 도시지만 교통 요지다. 그래서 61사단이 도시 방어용으로 배치되어 있었던 것이다.

변명훈이 말을 이었다.

"루난시에 주둔했던 군부대도 무사히 원대복귀를 했다고 합니다. 각하께서도 무사히 복귀하시기를 바랍니다."

"내 안위는 상관없습니다."

쓴웃음을 지은 오지청이 변명훈을 보았다.

"조선족이 중국 대륙을 차지하는 것을 막으려고 했는데 아무래도 대세(大勢)는 기울어진 모양이오."

"그런가요?"

264

변명훈이 어깨를 늘어뜨리면서 길게 숨을 뱉었다.

"각하께서 말씀하셨으니 저도 내심으로 반란군에 동조하고 있었습니다. 이 거사가 성공하기를 기대했지요."

"부장께서 협조해주시는 것을 보고 그런 느낌을 받았습니다."

"나도 공산당원이지만 공산당원은 이미 자본주의에 오염되어서 전혀 도움이 안 됩니다. 이제 공산당의 중국은 끝난 것 같습니다."

"그것도 그렇지만 등소평 같은 위대한 지도자가 없기 때문이오."

혀를 찬 오지청이 번들거리는 눈으로 변명훈을 보았다.

"시 주석이 권력 욕심을 부리지 않고 후계자를 양성하면서 공산당을 자본주의 체제로 바꿔야 했습니다.

"나도 각하와 동감입니다."

변명훈이 커다랗게 고개를 끄덕였다.

"그래서 자본당과 공산당, 양당 체제로 중국을 근대화해야 했습니다."

"북조선까지 남조선의 도움을 받아 독재체제를 허물고 자본주의화 하는 상황에 끝까지 일당독재를 고집하다니, 모두 시진핑 때문이오."

오지청이 목소리를 높였을 때 부관이 다가왔다.

"사단장 각하, 차에 타시지요."

그때 오지청이 변명훈에게 손을 내밀었다. 어둠 속에서 두 눈이 번들거리고 있다.

"이제 작별해야겠습니다, 부장 동지."

"또 뵙게 되겠지요."

내민 손을 잡으면서 변명훈이 말했을 때 오지청이 다시 웃었다.

"아니, 나는 부대에 복귀한 후에 내 방에서 자결하겠습니다. 이게 부장 동지 하고 마지막이오."

말을 못 알아들은 변명훈이 눈을 크게 떴다가 곧 어깨를 늘어뜨리면서 길게 숨을 뱉었다. 그러고는 오지청의 손을 힘 있게 쥐었다가 놓았다.

"존경합니다, 사단장 각하."

변명훈은 더 이상 말을 잇지 못했다.

허베이(河北)성 옆, 산시(山西)성 우다산(五大山) 북방의 판시는 북방군 소속의 제183여단이 주둔하고 있다. 183여단이 판시를 점령한 상황이다.

여단장 원종 소장은 54세.

베이징 총참모부 정보국 소속 주임으로 근무하다가 야전군 지휘관이 된 경우다.

원종은 군(軍)의 봉기가 시작되자마자 부대를 이끌고 판시를 점령했다. 그러고는 주변 군부대를 동조세력으로 끌어들였는데 연합한 부대는 소규모였지만 3개 부대, 우다산(五大山) 일대까지 장악하고 있다.

오전 8시 반, 판시 중심부에 위치한 공안본부 2층 회의실 안.

원종이 참모회의를 하고 있다. 이미 루난시의 중부군 사령부 지휘관 몰사 뉴스가 전 세계의 신문과 TV에 '도배질'을 한 상태여서 회의실 분위기는 무겁다.

원종은 건장한 체격에 잘생긴 훈남이다. 부리부리한 눈으로 사방을 훑어보면 위압감이 느껴진다.

원종이 입을 열었다.

"위복이 특수부대를 보내 중부군 지휘부를 제거한 거야. 후정 상장은 방심했다. 시내 복판의 호텔에 사령부를 설치하여 표적이 되었어."

원종이 얼굴을 일그러뜨리며 웃었다.

"난 그 꼴은 안 당한다. 우리는 이 땅에서 반역자 일당을 궤멸시킬 때까지 버틸 테니까."

그때 참모장이 입을 열었다.

"42대대와 617독립대대가 오늘 오후에는 도착할 것입니다."

"42대대는 보충대로 돌려. 전력(戰力)이 되지는 못해."

"알겠습니다. 경마장에 주둔시키겠습니다. 그곳이 적당합니다."

고개를 끄덕인 원종이 참모들을 둘러보았다.

"기운을 내라. 중부군이 우리한테 도움이 되지도 않았고 압사한 후정은 지도자 그릇도 아니었어. 곧 군(軍)과 당(黨)에서 우리한테 연락이 올 것이다. 공산당은 쉽게 무너지지 않는다."

원종의 눈빛이 강해졌고 목소리에 열기가 띠어졌다.

회의를 마친 참모들이 회의실을 나왔을 때는 10시가 지났을 무렵이다.

"들었어?"

정보참모 양수종 중교가 불쑥 물었기 때문에 군수참모 곡병이 고개를 들었다.

계단 옆, 화장실 앞쪽에 둘이 마주 보고 섰다.

"뭘 말야?"

"3개 부대가 투항했어. 푸젠(福建)성에서 2개 부대, 쟝시(江西)성에서 1개 부대."

"그까짓 남쪽의 허접한 놈들."

말과는 달리 곡병의 표정이 어두워졌다. 힐끗 회의실 쪽을 본 곡병이 물었다.

"근데 군(軍)과 당(黨)에서 우리한테 연락이 온다고 했는데, 무슨 말이야?"

곡병의 시선을 받은 양수종이 바짝 다가섰다. 둘은 같은 산둥(山東)성 출신이어서 친하다.

목소리를 낮춘 양수종이 입을 열었다.

"없어."

267

"없다니?"

"연락이 올 곳이 없단 말이야."

"그렇다면……"

"사단장이 우리 사기를 떨어뜨리지 않으려고 지어낸 말이라니까."

"그럼 우리들을 끌고 사지(死地)로 함께 가자는 건가?"

"사단장이 베이징의 당과 총참모부 쪽에 수십 번 전화를 했지만 한 번도 연결이 되지 않았어. 거짓말이야."

"……"

"이러다가 우리는 명분도 없는 개죽음을 하게 될 것 같다."

양수종의 두 눈이 번들거렸다.

이곳은 산둥(山東)성 지난.

가장 먼저 반란을 일으킨 제7사단이 장악하고 있는 곳이다. 7사단장 소유는 이제 주변의 교도대, 분견대까지 포함하여 8개 부대, 3만여 명의 전력을 보유하고 있다.

그렇지만 공산당원 모집과 전력화(戰力化)에 심혈을 기울였지만 실패했다. 우선 전력화가 불가능할 뿐 아니라 호응도가 거의 제로에 가까웠기 때문이다.

그러나 소유의 7사단은 산둥성의 성도(省都) 지난을 중심으로 영역을 넓혀 '해방구'를 만드는 것은 성공했다. 지금은 방송이 제한되었지만, 산둥성 지역에는 '해방군' 7사단의 '선전방송'이 자주 울리는 바람에 소유의 지명도도 높아졌다.

그런 상황에서 중부군 사령부의 궤멸 사건이 터진 것이다.

"오후에 분배해주도록."

서류에 사인한 소유가 부관 공찬쉬에게 건네주면서 말했다. 지난성에서 보유하고 있는 국고 17억 5천만 위안을 출금해 휘하 장병들에게 상여금으로 나눠주려는 것이다.

지난 시내의 은행은 정상 영업을 하지만 국고금은 모두 '해방군'에 압류되었다. 무려 1백억 위안이 넘는 현금이다. 그것을 소유가 제 병사들에게 나눠주는 것이다.

이번이 2차다.

지난번에 받은 돈까지 합하면 사병은 1만 위안, 부사관은 2만 위안, 장교는 10만 위안, 지휘관급은 20만 위안이 지급된다.

병사들이 환호성을 지를 만했다. 소유는 병사들의 사기를 조종하는 방법을 아는 지휘관이다. 병사들은 단순하다. 이제는 돈을 벌기 위해서 소유를 따를 준비가 되어있는 것이다.

그때 부관이 말했다.

"각하, 제2연대에서 탈영병 3명을 잡았습니다."

서류를 옆구리에 낀 부관이 주저하더니 다시 말을 이었다.

"2연대장은 사기에 영향을 끼칠 가능성이 있다고 그놈들을 영창에 가둬놓고 비밀에 부치라고 합니다만."

그때 소유가 고개를 들었다. 마른 얼굴에서 두 눈이 번들거리고 있다.

"공개 처형해."

순간 숨을 들이켠 부관이 시선만 주었다.

아침에 중부군 사령부가 특공대의 기습을 받아 사령관 이하 간부급 전원이 몰사했다는 보도가 전국에 퍼졌다. 아예 TV로 무너진 프라자 호텔 건물이 계속해서 비치는 상황이다. 그것에 자극을 받았는지 탈영병이 발생한 것이다.

소유가 말을 이었다.

"공고하고 부대원이 보는 앞에서 총살해."

"예, 각하."

"2연대장한테 전해. 기다릴 것도 없다. 1시간 후에 집행해."

"예, 각하."

"연대장도 직접 참관하라고 해."

"예, 각하."

"지금부터 1시간 후다."

소유가 눈을 치켜뜨고 부관을 보았다.

"장소는 시청 앞 광장이 좋다. 모두 구경을 하도록, 알았나?"

"예, 각하."

굳은 표정의 부관이 방을 나갔을 때 소유가 어금니를 물었다. 부관의 놀란 표정을 보고 정신이 든 것이다.

이대로 시간을 보낸다면 '망'하겠다는 예감이 들었다. 소유는 가장 먼저 반란을 일으킨 지휘관인 것이다.

오전 11시.

이곳은 다시 산시(山西)성 판시의 183여단 사령부 안.

여단장 원종이 고개를 들고 들어서는 참모들을 보았다. 참모장이 앞장을 섰고 참모 서너 명이 뒤를 따르고 있다.

"무슨 일이냐?"

원종이 묻자 참모장 사반이 한 걸음 다가섰다. 사반은 원종과 함께 적극적으로 반란을 일으킨 동지다.

"각하, 투항하시는 것이 낫겠습니다."

불쑥 말한 사반이 말을 이었다.

"시기가 빠를수록 좋습니다."

"이봐."

원종이 눈을 치켜떴다. 기가 막힌 듯이 입이 반쯤 벌어져 있다.

"너, 날 거역하는 거냐?"

"아닙니다."

사반이 고개를 저었다.

"각하와 병사들을 위해서 말씀드리는 것입니다. 이제 대세는 기울었다고 봐야 합니다."

"닥쳐!"

원종이 주먹으로 책상을 내려쳤다.

"너 이 자식, 참모들까지 데리고 들어와서 날 협박하는 거냐?"

"각하, 42대대와 617독립대대가 원대 복귀하고 베이징 총참모부에 투항 신고를 했습니다."

순간 원종이 숨을 들이켰다. 그 부대들은 오후에 합류할 예정이었다.

"각하, 참모들의 의견도 투항하자는 것으로 모아졌습니다."

그때 원종이 서랍을 열더니 권총을 꺼내들었다.

그 순간이다.

"탕, 탕, 탕."

요란한 총성이 방 안에 울렸다. 권총을 겨누려던 원종이 몸을 비틀더니 의자와 함께 넘어졌다. 사반의 뒤에 서 있던 정보참모 양수종이 원종을 쏜 것이다.

이것으로 183여단의 반란군은 명단에서 사라졌다.

오전 11시 반.

중국 관영TV에 총리대리 리찬수가 등장했다.

미리 예고를 한 터라 시청률이 금세 28퍼센트가 되었다. 리찬수가 무표정한 얼굴로 입을 열었다.

"친애하는 인민 여러분, 그리고 인민해방군 동지 여러분, 정치국 상임위원회는 다음과 같은 결정을 내렸기에 통보합니다."

숨을 고른 리찬수가 정면을 보았다.

"정치국 상임위원회는 이번에 소요를 일으킨 군부대가 부대로 복귀하면 모든 책임을 묻지 않는다는 결정을 내렸습니다. 부대는 인근 공안 책임자에게 귀대한다는 통보만 하면 됩니다."

리찬수가 말을 이었다.

"그러나 기간을 이틀간으로 정합니다. 부대는 원대 복귀해서 정상근무를 해주시기 바랍니다."

마치 부대원에게 휴가를 끝냈으니 귀대하라는 방송 같다.

"실패한 것 같습니다."

요시다가 핸드폰을 귀에 붙이고 말했다.

"현재 각 지방의 정보를 종합하면 중국 전역에서 반란을 일으킨 74개의 군부대 중 28개가 투항했습니다. 그중 12개는 지휘관이 폭사, 사살, 부하들에게 체포된 경우입니다."

베이징 천단공원 근처의 안가(安家) 안이다.

응접실에 앉은 요시다가 손에 쥔 서류를 읽는다.

"나머지 46개 부대 중에서 약 20개 정도 부대가 흔들리는 중이고 나머지도 며칠 안에 와해될 것 같습니다."

"그런가?"

대답한 사내는 총리실 안보실장 다께다다.

다께다가 물었다.

"앞으로의 전망은?"

"주민들도 곧 반란군이 와해될 것으로 믿는 분위기입니다, 본래 군의 반란이 민심을 얻고 있지 않았으니까요. 시진핑을 내세우고 다시 정권을 탈취하는 것을 바라지 않았던 것입니다."

"그럼, 김정은, 이광의 조선족에게 지배당해도 상관없다는 것인가?"

"예, 실장님."

요시다가 말을 이었다.

"저도 놀랐습니다. 첫 번째 놀란 것은 군(軍)의 반란에 공산당 조직이 전혀 호응하지 않는 것이고, 둘째는……."

"둘째는?"

"주민들이 조선족이 대륙을 장악하는 것에 대해서 거의 거부감을 느끼지 않는다는 것입니다. 남북한이 중국 연방에 가입까지 한 상태여서 그런지 자연스럽게 받아들이고 있다는 것입니다."

"그놈들의 국민성이……."

마침내 다께다가 사심(私心)을 털어놓았다.

"여진족, 몽고족, 만주족의 지배를 받고도 살아온 놈들이야. 그것이 이번에는……."

조선족이다.

잠깐 둘은 입을 다물었고 결국 다께다가 말을 맺는다.

"이젠 조선성 동향이나 알려주게."

"내가 성명을 발표하겠네."

시진핑이 말했지만 정민아가 시선만 주었다. 선양의 안가(安家)에 오늘은 정민아가 방문한 것이다.

시진핑은 휴대폰을 압수당하고 일절 대외 접촉을 차단당한 후에 초췌해졌다.

정민아는 일주일 만에 찾아온 것이다.

시진핑이 말을 이었다.

"대세(大勢)를 따르라는 성명 말이야. 지금이 그럴 시기인 것 같아서 그래."

"그건 전해드릴 수 없습니다."

시진핑이 고개를 들었다.

"도움이 안 된다는 말인가?"

"도움을 주고받을 수 있는 입장이 아닙니다, 주석님."

정민아가 가라앉은 시선으로 시진핑을 보았다. 시진핑이 그럴 자격이 없다는 것을 직접적으로 표현한 것이다.

그때 시진핑이 쓴웃음을 지었다.

"제 손으로 왕관을 쓰는 왕은 없는 법이야."

"그렇다고 아무나 왕관을 씌워주면 되겠습니까?"

"어차피 피 묻은 왕관이야. 깨끗한 손을 기대하는 것이 오히려 웃음거리지."

"두 분의 생각은 다른 것 같습니다."

두 분이란 이광, 김정은이다.

정민아의 시선을 받은 시진핑이 고개를 끄덕였다.

"나도 알아. 이젠 인민들의 분위기도 알았을 테니 자신만만한 상태겠지."

"주석 각하가 나서시면 오히려 반감을 불러일으킬 것입니다."

"그러면 그대가 온 이유는 뭔가?"

"떠나실 준비를 하셔야겠어요."

고개를 든 정민아가 똑바로 시진핑을 보았다. 떠난다는 말은 세상을 떠난다는 말이다.

시진핑이 고개를 끄덕였다.

"그러지. 난 미련 없어."

"들으실 기회가 없었겠는데, 며칠 안으로 내란은 수습될 것입니다."

시진핑은 며칠 전부터 TV 시청은 허용되었다.

정민아가 말을 이었다.

"각하께서는 이 내란을 촉발한 주역이십니다. 따라서 내란이 종결되는 시점에서 정리되시는 것이 옳다는 결론이 났습니다."

"그것으로 분위기가 가라앉겠지. 아주 적당한 방법이야."

"각하께서 시작하셨고 끝내시는 것으로 한 것입니다."

"난 나한테 핸드폰을 주고 여유를 주는 것이 너희들의 작전인 것으로 추측했다."

시진핑이 이제는 소파에 등을 붙이더니 쓴웃음을 지었다. 정민아는 시선만 주었고 시진핑이 말을 이었다.

"그래서 군(軍)이 일어나고 공산당 세력이 동조해서 봉기하면 전국이 내란 상태가 될 테니까. 그것을 너희들이 기획한 것으로 예상했어."

고개를 든 시진핑이 얼굴을 일그러뜨리며 웃었다.

"나는 그 작전에 동참한 것이었는데, 이제는 배신자로 처형하는군. 그것까지 너희들 각본에 있었겠지?"

그때 정민아가 자리에서 일어섰다.

"그것까지는 저는 모르겠습니다."

정민아가 고개를 숙여 보이고 나서 말을 이었다.

"그 정도로 교활한 것 같지는 않습니다, 각하."

그 시간에 베이징의 인민대회당 근처의 안가에서 위복이 오대근을 만나고 있다. 오대근이 남북한 정상의 특사 자격으로 급파된 것이다.

응접실에 둘러앉은 사내들은 여섯 명. 오대근과 위복이 각각 수행원 둘씩을 대동했다.

먼저 오대근이 입을 열었다.

"반란이 진압되면 전인대를 다시 개최하시지요."

"준비하고 있다고 전해주시오."

위복이 웃음 띤 얼굴로 오대근을 보았다.

"전인대 준비 기간은 10일이면 됩니다. 반란군 덕분에 전인대의 명분까지 갖춰지게 되었으니까."

"공산당과 대립할 당은 자유당으로 결정했습니다."

"자유당이라."

눈을 가늘게 뜬 위복이 고개를 끄덕였다.

"자유당과 공산당이 양립하게 되겠군."

"그렇습니다."

고개를 끄덕인 오대근이 서류봉투를 탁자 위에 놓았다.

"이것이 저희가 작성한 자료입니다. 이번 전인대에서 공산당이 해체되고 다시 신(新)공산당과 자유당으로 양분되는 것입니다."

고개를 끄덕인 위복이 서류를 집으면서 웃었다. 모두 위복과 합의를 한 내용으로 이것은 세부 계획서다.

"그럼 나는 신(新)공산당으로 남게 되는 건가?"

"일당 체제를 벗어나는 것이 의미가 있으니까요."

이 안이 상임위에서 통과되면 중국은 미국과 마찬가지로 양당 체제의 자본주의 국가로 개편되는 것이다.

정치국 상임위도 개편되어 '상원'으로 정원이 50명으로 늘어난다. 하원은 200명, 전인대는 각 지자체의 지자체 의원으로 교체된다.

위복이 서류를 쥐고 일어섰다.

서류에는 '상원'과 '하원'의 예비 명단까지 적혀있는 것이다.

이곳은 산둥(山東)성 지난에 주둔한 제7사단 사령부 안.

사단장 소유가 핸드폰을 귀에 붙이고 말했다.

"예, 소유입니다."

"소유 소장, 나 총참모장이다."

베이징의 총참모장 부소다.

"아, 참모총장 각하. 웬일이십니까?"

전화기를 고쳐 쥔 소유가 힐끗 앞에 선 참모장을 보았다.

소유는 반란군의 얼굴이나 같다. 산둥성 지난에서 가장 먼저 군(軍)을 이끌고 반란을 일으킨 소유다. 더구나 소유는 방송국을 점령하고 전국에 방송을 했다. 그 이후로 정부에서 반란군의 방송을 막았기 때문에 소유만 유일하게 '전국적인' 인물이 되었다.

그때 부소가 말했다.

"소유, 투항해라. 네가 가장 먼저 시작했으니 네가 책임을 지고 투항하면 반란은 끝날 거다."

"각하, 간단하게 말씀하시는군요."

쓴웃음을 지은 소유가 말하더니 전화기를 탁자 위에 놓았다. 그러고는 스피커 버튼을 눌렀다. 방 안의 모두가 들으라는 것이다.

소유가 말을 이었다.

"각하, 우리 해방군은 조금도 동요하지 않습니다. 조선족의 정권 탈취에 대항해서 끝까지 투쟁할 것입니다."

"소유, 부하들을 희생시키지 마라. 네가 전세를 뒤집기에는 역부족이다."

부소의 목소리에 웃음기가 섞여 있다.

"주변을 둘러보면 초급 장교라도 알 수 있지 않겠는가? 지금까지는 놔두었지만, 전쟁이 일어나면 어떻게 되겠나?"

"우리는 목숨을 바쳐서 대업을 이룰 각오가 되어있습니다, 총참모장 동지."

"네가 중국 황제가 된다는 말인가?"

"시 주석을 다시 모실 겁니다."

"시진핑은 이미 이 세상 사람이 아니다, 소유."

부소의 목소리가 딱딱해졌다.

"넌 부하들을 현혹시켜 사지(死地)로 끌고 들어가고 있다. 부하들의 핏물 위에 배를 타고 가려는가?"

그때 소유가 버튼을 눌러 통화를 끝냈다.

고개를 든 소유는 둘러선 참모들이 모두 외면하고 있는 것을 보았다.

산둥(山東)성의 일부분, 소유의 7사단을 중심으로 연합한 4개 부대만 제외하고 반란이 평정되었다.

중부군사령관 후정의 폭사 후에 군의 반란이 급속도로 정리된 것이다.

절반쯤의 부대는 투항했지만, 내부에서 지휘부를 처단한 경우도 많았다. 약 10퍼센트 정도만 지휘관이 외부의 공격으로 제거된 상황이다.

"시가전을 벌일 각오를 해야 될 거다."

소유가 눈을 치켜뜨고 말했다.

"지난으로 진입해오면 시가전으로 주민 2백만은 죽게 될 테니까."

눈을 치켜뜬 소유가 둘러선 참모들에게 말을 이었다.

"우리는 시내 빌딩 요소에 숨어서 놈들을 저격하면 된다."

그때 참모 하나가 물었다.

"시외로 빠져나가는 시민들이 늘어났습니다. 어떻게 할까요?"

"막아라."

소유가 가차 없이 말했다.

"탈출하는 시민은 사살한다고 방송하도록. 지금 즉시 통로를 차단해!"

"예, 각하."

참모가 몸을 돌렸을 때 참모장이 다가섰다.

"각하, 드릴 말씀이 있습니다."

참모장이 고개를 돌려 뒤에 선 참모들에게 말했다.

"너희들은 나가 있어."

오후 2시 반이다.

참모들이 나가고 방에 둘이 남았을 때 참모장 우다오 대교가 다가섰다. 우다오는 소유의 심복으로 반란을 함께 일으킨 동지나 같다.

우다오가 입을 열었다.

"각하, 장교들이 동요하고 있습니다. 방법을 강구해야 될 것 같습니다."

"내 생각도 그래."

소유가 잇새로 말을 이었다.

"같이 물에 젖는 방법밖에 없다."

"그렇습니다."

고개를 끄덕인 우다오가 목소리를 낮췄다.

"지금 실시하지요."

"우선 탈출부터 막고 나서."

"알겠습니다."

우다오가 어깨를 부풀렸다가 내렸다.

"손자병법에도 없는 병법이지만 반란군을 결속시키는 데는 특효지요."

6장
최고 통치자

7사단이 주둔한 지난시 서쪽의 동선시는 인구 3만여 명 정도의 마을이지만 국도변에 위치해서 요지다.

지난시에서 3킬로 지점이어서 동선시에는 7사단 소속의 기갑중대가 파견되었다. 지휘관은 소교 양청이다.

오후 9시 반.

양청이 관사로 사용하는 사령부 옆 저택으로 들어섰을 때다. 부관이 다가서서 말했다.

"중대장님, 손님이 오셨습니다."

"손님?"

"예, 응접실에 계십니다."

양청이 이맛살을 찌푸렸다.

"누군데 응접실로 들여보낸단 말이냐?"

"사촌 형님이십니다."

"사촌 형님?"

"예, 양광선 중교가 오셨습니다."

숨을 들이켠 양청이 관저를 둘러보았다. 현관 앞에는 그들 둘뿐이다.

양광선은 북방군 소속으로 이번의 군(軍) 반란에 참여하지 않았다. 그동안 소식을 끊고 있었는데 갑자기 이곳으로 밀행해오다니.

서둘러 응접실로 들어선 양청은 소파에 앉아있는 양광선을 보았다. 양광선은 사복 차림이다.

"형님, 웬일이십니까?"

양청이 묻자 자리에서 일어선 양광선이 쓴웃음을 지었다.

"내가 왜 왔겠느냐?"

오후 11시 반.

사령관실에서 야전용 침대를 놓고 누워있던 소유가 포성에 눈을 떴다.

야포의 포성이다. 포탄이 폭발하는 폭음을 들으면 105밀리다. 3문이 포격을 하고 있다. 지난시 서쪽 변두리다.

침대에서 일어선 소유가 탁자 위의 전화기를 집어 들었다. 당직 사령을 부르자 금세 응답 소리가 울렸다.

"예, 사단장 각하."

"어디서 쏘는 거냐?"

소유가 묻자 당직 사령이 주춤거리다 대답했다.

"지금 파악 중입니다."

"아직도 파악 중이라고?"

버럭 소리친 소유가 말을 이었다.

"포성이 울린 지 벌써 2분이 넘었단 말이다!"

전화기를 내동댕이친 소유가 사단장실을 나왔다. 상황실로 가려는 것이다.

5분 후.

포성의 진원지가 밝혀졌다.

지난시 서쪽의 작은 도시 동선시가 포격을 받는 중이다. 동선시에 주둔한 기갑중대는 중대본부 막사가 포격을 받았고 민가 10여 채도 폭파되었다.

곧 중대장 양청과 작전참모의 통화가 연결되었다. 통화는 스피커로 연결되어서 상황실 전체에 울리고 있다.

"무차별 폭격을 당하고 있습니다!"

양청의 목소리가 울렸다.

"피난민들을 받아주셔야겠습니다!"

"피난민?"

"예, 시민들이 모두 밖으로 쏟아져 나왔습니다!"

그때 참모가 고개를 돌려 소유를 보았다. 소유의 지시를 받으려는 것이다.

소유가 바로 지시했다.

"서쪽 통로를 열어라."

오전 1시 반.

서쪽 도로의 바리케이드를 지키던 제2연대 3대대장 윤변 중교가 부관에게 말했다.

"난 막사에서 좀 쉴 테니까 네가 여기 지키고 있어."

"예, 대대장님."

부관의 경례를 받은 윤변이 몸을 돌렸다.

지금 서쪽의 4차선 도로는 바리케이드가 철거되어 동선시의 피난민이 쏟아져 들어오고 있다. 차량 대열이 이어졌고 수천 명의 피난민이 걸어서 지난시로 쏟아져 들어오는 중이다.

포격은 7사단과의 반란에 동조했던 제19포병대대의 소행으로 밝혀졌다. 동선시의 기갑중대를 제압하고 지난시로 들어가는 진입로를 확보하려는 것이다.

그러나 적의 침투조가 피난민 속에 끼여 들어올 가능성도 있다.

3대대 병력이 검문소에서 피난민을 검문하고 있지만 건성이다.

포성이 지금도 간헐적으로 계속되고 있기 때문에 소유는 잠을 자지 못했다.

포격이 시작된 지 2시간이 지난 것이다. 이제 동선시의 시민들은 피난 오는 중이다.

사령관실 안.

"각하, 이제 좀 쉬시지요."

참모장 우다오가 권했을 때 소유는 쓴웃음을 지었다. 방 안에는 둘뿐이다.

"예감이 수상해."

고개를 든 소유가 우다오를 보았다.

"19포병대장 천기위가 배신할 놈이 아니야."

"부하들이 반란을 일으켰겠지요. 지금 군부대의 절반가량이 부하들이 지휘관을 제거하고 돌아섰습니다."

"동선시의 피난민 속에 특수부대가 섞여 있을 가능성이 있어."

"피난민을 종합경기장에만 수용했습니다. 2연대가 집중 감시하고 있습니다."

소유가 길게 숨을 뱉고 나서 물었다.

"탈출자는 몇 명을 처형했나?"

"현재까지 125명입니다."

"……"

"아이와 부녀자는 제외시켰습니다."

"……"

"그리고 제1연대를 북쪽 주택가에 투입했습니다. 지금 작전 중입니다."

소유가 숨을 들이켰다.

이번 작전은 약탈 작전이다. 소유가 '함께 젖는다.'라고 한 말을 실현시키는 것이다.

지금 1연대 병력은 북쪽의 고급 주택단지에서 대규모 약탈을 감행하고 있다. 강도로 돌변시킨 것이다.

고개를 든 소유가 우다오를 보았다. 두 눈이 번들거리고 있다.

"1연대는 내일 아침 날이 밝을 때까지 작전을 끝내도록 해."

"그렇게 지시했습니다."

"감독관을 보내."

"예, 각하."

고개를 든 우다오가 말을 이었다.

"2연대는 오전 9시부터 오후 5시까지 작전에 투입시키겠습니다."

소유가 고개만 끄덕였다.

2연대의 약탈 작전이다. 2연대가 끝나면 3연대다. 이렇게 전(全) 병력을 강도단으로 만드는 것이다. 그렇게 되면 모두 강도가 되어서 투항할 수가 없게 된다. 그것을 소유가 노린 것이다.

담장을 넘자 곧 좁은 골목이 나왔다.

"이쪽으로."

어둠 속에서 강기철의 목소리가 울렸다. 이동욱은 그쪽을 향해 달렸다. 뒤를 대원들이 따른다.

이곳은 지난시 서부지역의 종합운동장 옆이다. 이동욱은 특전대 팀과 함께 동선시의 피난민에 섞여서 지난시에 침투한 것이다.

오전 2시.

아직 주위는 짙은 어둠에 덮여있다. 종합운동장 담장을 넘은 일행은 곧장 주택가 골목을 달려 나갔다.

조선성의 수도가 되어있는 선양시.

조선성은 동북3성인 랴오닝성, 지린성, 헤이룽장성 그리고 북조선까지 통합한 성으로 중국의 최대 성(省)이 되어있다.

인구는 1억 2천만, 중국 대륙의 동쪽이다.

오전 3시.

선양의 성장 저택 응접실 안.

조선성 성장 김정은이 김여정과 마주 보고 앉아있다. 김정은의 여동생 김여정은 이제 성장 보좌역 직위를 받았지만 제2인자다. 직위 따위는 별 의미가 없다.

"이제 군(軍)의 반란이 진압되고 있어, 그렇지 않으냐?"

김정은이 묻자 김여정은 고개를 들었다.

"위원장님, 곧 비상 전인대가 소집될 예정인데요."

김정은이 고개만 끄덕였고 김여정이 말을 이었다.

위복한테서 연락이 온 것이다. 비상 전인대가 소집되면 전국에서 1만여 명의 대의원이 베이징에 모일 것이다. 그러고는 전인대에서 다시 예비위원, 후보위원, 상임위원을 선출하는 것이다. 그리고 나서 전인대는 새로운 체제를 결정할 것이다.

중국 공산당을 해체하고 자유당, 신(新)공산당 양당 체제인 자본주의 국가로 변신시키는 것이다.

"중국의 초대 대통령으로 이 대통령을 추대하는 것이 어떨까요?"

김여정이 물었을 때 김정은이 고개를 들었다. 시선이 마주쳤을 때 김여정은 몸을 굳혔다. 방 안에 잠깐 정적이 덮였다.

그때 김정은의 얼굴에 웃음이 떠올랐다.

"넌 언제부터 그 생각을 한 거냐?"

"오래되었어요."

김여정이 조심스럽게 말을 이었다.

"우리가 처음 계획을 세웠을 때부터."

"그 이유를 듣자."

김여정이 다시 긴장한 듯 눈을 크게 떴다가 어깨를 늘어뜨렸다. 김정은의 표정이 부드러웠기 때문이다.

"우리는 이미 한 몸이나 마찬가지라는 생각이 들었기 때문이죠. 떼어낼 수도 없는 가족."

"가족보다 더 단단한 입장이지."

김정은이 고개를 끄덕이며 말을 이었다.

"한 몸이라는 말이 맞다."

"그래서 먼저 이 대통령이 중국을 통치하는 것이 낫겠다는 생각이 들었어요."

"으음!"

"오빠는 그 뒤를 이으실 수 있을 테니까. 이 대통령이 기반을 닦아놓은 후에 말이죠."

"그렇군."

그때 김여정이 정색하고 김정은을 보았다.

"오빠 생각은 어떠세요?"

"내 생각?"

되물은 김정은이 얼굴을 펴고 웃었다.

"네 말을 듣고 나니까 갑자기 몸이 가벼워진 것 같다."

"정말이세요?"

"내가 생각해도 이상할 정도야."

"이 대통령과 서로 믿고 의지하는 사이여서 그런가 봐요."

"네 말이 맞다."

"이 대통령께 처음을 맡기세요."

"그게 나을 것 같아. 나는 아직 부족해."

"아무래도 처음에는 남조선의 경제력을 바탕으로 자본주의 체제에 대한 경험을 갖춘 이 대통령이 기반을 닦아야 할 것 같아요."

"내가 이 대통령께 말해야겠어."

고개를 끄덕인 김정은이 길게 숨을 뱉었다. 얼굴에 웃음이 떠올라 있다.

그 시간의 산둥(山東)성 지난.

침대에 누운 7사단장 소유가 길게 숨을 뱉었다. 하루가 1백 시간이나 되는 것처럼 길게 느껴졌다.

어느새 포성이 그쳤기 때문에 주위는 무거운 적막에 덮여있다.

이곳은 사령부 바로 옆쪽 건물이다. 3층 건물을 소유의 숙소로 사용하고 있다. 소유가 고개를 돌려 탁자 위의 전광 시계를 보았다.

오전 3시 20분이다.

그 순간이다.

"쨍그렁!"

유리창 부서지는 소리가 났다. 깜짝 놀란 소유가 고개를 들었을 때다.

"꽈꽝꽝!"

폭발음이 고막을 쳤고 동시에 소유의 몸이 허공으로 떠올랐다. 이미 몸이 수십 조각으로 분해되어서 의식은 사라졌다. 다만 분리된 몸통이 제각기 근육으로 꿈틀거리고 있을 뿐이다.

"꾸꽝!"

두 번째 폭발이 일어났을 때 침실이 무너지면서 불길이 치솟았다. 처참한 종말이다.

10분 후.

불길이 솟아오르는 소유의 숙소를 응시하면서 이동욱이 말했다.

"그럼 7사단 정리는 양 중교에게 맡기겠어."

"예, 각하."

양광선이 대답했다.

이곳은 숙소에서 3백 미터쯤 떨어진 건물의 5층 창가다. 숙소가 한눈에 내려다보이는 위치다. 숙소는 10여 발의 대전차포탄을 맞고 불덩이가 되었다. 건물이 붕괴되어서 불길에 덮여있을 뿐이다.

숙소 안에는 사단장 소유와 참모장 우다오, 서너 명의 참모까지 자고 있었다.

7사단 수뇌부가 몰사했다. 중부군 사령부가 당한 것과 같다.

양광선이 고개를 들고 이동욱을 보았다.

"각하, 3연대장이 기다리고 있습니다."

고개를 끄덕인 이동욱이 몸을 돌렸다.

양광선은 중국군 소속 특공대로 사촌 동생 양청의 기갑중대 병력과 함께 지난으로 침투한 것이다. 소유의 숙소를 붕괴시킨 것은 양광선이 지휘한 특공대다.

아래층으로 내려간 이동욱은 7사단 3연대장 한현 대교를 보았다. 한현은 이미 투항 의사를 밝힌 상태다.

"대교한테 7사단 정리를 맡기겠어."

"예, 각하."

어깨를 편 한현이 말을 이었다.

"맡겨주십시오."

7사단 사령부가 붕괴된 상태다. 당장 지리멸렬한 상태가 된 7사단을 한현이 수습할 것이다.

오전 5시.

베이징에서 위복이 보좌관으로부터 보고를 받는다.

"지난의 7사단장 소유가 참모들과 함께 폭사했습니다."

위복이 침실에서 핸드폰을 귀에 붙이고 있다. 보좌관이 말을 이었다.

"현재 투항한 3연대장이 병력을 수습하고 있습니다."

이제 군(軍)의 내란은 종결된 것이다. 20일 동안의 반란인 셈이다. 그동안 위복은 정국을 살필 여유를 갖게 되었다. 특히 1억 가까운 공산당 조직의 반응을 세밀히 관찰했고 전인대를 개최할 자신감을 확보했다.

군(軍)의 반란으로 민심을 확인한 셈이다.

한국 대통령 이광이 조선성의 수도인 선양에 도착했다.

선양의 조선성 성장 집무실에는 이광과 비서실장 안학태, 상황실장 오대근, 김정은의 옆에는 김여정과 호위총국장 장성달이 둘러앉아 있다.

오후 3시 반.

방 안 분위기는 밝다. 먼저 김정은이 입을 열었다.

"위복한테서 연락을 받았습니다. 대통령 각하께서도 연락받으셨습니까?"

"예, 여기 오는 중에 연락받았습니다."

이광이 말을 이었다.

"전인대를 일주일 후에 개최한다는군요."

"대통령께서 전인대의 추천을 받아 정치국 상무위원이 되시는 건 확실합니다."

"그렇게 말하더군요."

"그런데 대통령 각하께 드릴 말씀이 있습니다."

정색한 김정은이 이광을 보았다.

"이번에 상무위원으로 추대되시고 나서 하실 일이 있습니다."

김정은의 목소리가 방을 울렸다.

"곧 위복과 상의하겠지만 위복도 적극적으로 협조할 것입니다."

"……."

"중국 대륙을 대통령께서 통치해주셔야겠습니다."

"아니, 위원장님."

이광이 입을 열었지만 김정은에게 막혔다.

"저는 아직 시기상조입니다, 대통령님."

"내가 도와드리면 됩니다."

"아닙니다. 저는 이미 결심했습니다. 대통령께서 중국 대륙을 통치해주셔야 합니다. 제가 돕겠습니다."

김정은의 목소리가 굵어졌다.

"그래야 중국 인민들이, 북남 인민들이 그리고 세계인들이 공감할 테니까요."

"위원장의 결심이 바뀔 것 같지 않은데요."

김정은과 헤어졌을 때 안학태가 말했다.

"즉흥적으로 말한 것이 아닙니다, 대통령님."

"이거 갑자기 그런 말을 들으니 놀랍군."

이광이 이맛살을 찌푸렸다.

"난 임기를 마치면 다시 리스타로 돌아갈 예정이었어."

"압니다, 대통령님."

"김 위원장도 충분히 대륙을 통치할 수가 있는 거야."

"그때는 대통령님이 보좌해주시는 조건이었지요."

안학태도 정색했다.

"김 위원장은 차기로도 늦지 않습니다."

그때 오대근이 말했다.

"대통령님, 김 위원장은 조선인, 아니 한국인의 대륙 통치를 위해서 순서를 양보한 것입니다."

이광의 시선을 받은 오대근이 말을 이었다.

"김 위원장은 크게 생각한 것입니다. 한 번도 한반도 밖으로 진출하지 못한 한민족의 한(恨)부터 풀겠다는 것이지요."

"……"

"그 대의를 사양하시면 안 됩니다."

전인대, 즉 '전국인민대의원회' 준비위원회에서 한국 정부에 연락이 왔다. 한국의 중국 연방 가입에 맞춰 대의원이 할당된 것이다.

한국의 전인대 대의원은 525명이다. 조선성은 1,260명이니 두 곳을 합치면 1,785명이다. 전인대 총원이 11,000명이었기 때문에 16퍼센트 정도를 차지했다.

이광은 즉각 각 지자체의 의원들 중에서 전인대 대의원 525명을 선발, 전인대에 대비했다.

지자체 의원의 내부에서 투표로 선발한 것이다. 하루밖에 안 걸렸다.

이곳은 베이징.

이화원 근처의 안가에서 위복이 서울에서 온 특사를 만나고 있다.

오후 5시 반.

둘은 각각 수행원 한 명씩만 대동했다. 한국 측 특사는 대통령의 상황실장 오대근이다.

오대근이 입을 열었다.

"제가 조선성 성장 김정은 각하와 한국 대통령 이광 각하의 특사 자격으로 왔습니다."

오대근이 눈으로 옆에 앉은 사내를 가리켰다. 수행원으로 대동한 사내다.

"이분은 김정은 각하께서 보내신 김용신 비서입니다."

고개를 끄덕인 위복이 둘을 번갈아 보았다. 긴장으로 굳은 얼굴이다.

그때 오대근이 말을 이었다.

"이번 정치국 상임위원에 이광 대통령 각하를 선정하실 적에 대표 상임위원으로 추천해 주시지요."

그 순간 위복이 숨을 들이켜더니 김용신을 보았다.

그때 김용신이 말했다.

"그렇습니다. 김정은 위원장 동지께서 적극 추천하신 것입니다."

다시 오대근이 말을 이었다.

"위 동지께서 그렇게 추진해주시기를 두 분께서 바라셨습니다."

"두 분이 합의하셨다면 저는 전혀 이의가 없습니다."

위복이 둘을 번갈아 보면서 말을 이었다.

"그렇다면 이 대통령께서 대표 상임위원과 동시에 자유당 당수가 되시는 것입니다."

"그렇게 되셔야지요."

오대근이 고개를 끄덕였다.

중국을 자본주의 체제로 변환시키는 첫 번째 단계다. 중국이 자유당과 신(新) 공산당 양당 체제로 나뉘는 것이다.

자유당은 기존 공산당에서 탈퇴한 당원을 주축으로 구성되었다. 이광이 대표 상임위원이 되면 자유당은 여당이 된다. 신(新)공산당 당수는 리찬수로 예정되어 있다.

그때 위복이 오대근을 보았다.

"그럼 오 형이 이곳에 남아계실 겁니까?"

"예, 저하고 김용신 동무가 위 위원님 옆에서 도와드릴 것입니다."

오대근이 말을 이었다.

"위 위원께서도 수시로 저를 불러주시기 바랍니다."

김정은이 이광에게 대권을 넘기기로 결정한 것이다. 따라서 이광을 중심으로 조직도 개편되어야 한다.

위복이 고개를 끄덕이며 웃었다.

"옆에 와 계시니까 나도 든든합니다."

이동욱이 들어서자 정민아가 자리에서 일어섰다.

이곳은 선양의 크리스털 호텔 라운지 안.

오후 2시다.

"고생했지?"

다가온 정민아의 목소리가 떨렸다. 물기가 덮인 두 눈이 번들거리고 있다.

이동욱의 얼굴에 웃음이 떠올랐다.

"고생은 네가 했지."

정민아가 이동욱의 손을 힘주어 쥐었다가 놓았다. 로비에는 드문드문 손님이 있었지만 둘은 신경 쓰지 않는다. 자리에 앉았을 때 정민아가 물었다.

"여기 있을 거야?"

"오늘 성장님 만나보면 알겠지."

"임무 잘 끝났잖아?"

"아직 끝난 것은 아냐."

이동욱이 말을 이었다.

"오늘 오후에 성장님을 만나기로 했어."

"성장님을?"

"그래. 아마 새 임무를 받을 것 같아."

"또?"

"대륙이 대한민국으로 바뀌기 전까지 끝난 것이 아냐."

정민아가 입을 다물었다.

이동욱이 어떤 일을 하는지 아는 정민아다. 가장 위험하고 지저분한 일을 맡은 것이 이동욱이다. 그리고 비공식, 비밀 업무여서 희생당해도 기록에 남지 않는다. 명예롭게 죽지도 못하는 일이다.

오직 스스로 자위하는 수밖에 없다. 이것은 충성심이 없다면 할 수 없는 일이다.

그때 이동욱이 말을 이었다.

"대통령께서 대표 상임위원에 추대되고 중국 자유당 당수가 되시면 그때 공산당 조직이 반발할 가능성이 많아."

정민아가 고개를 끄덕였다.

중국 통일이 쉬운 일이 아니다. 산 넘어 산이다.

이번 군부 반란 때는 기존 공산당 조직이 거의 호응하지 않았다. 그러나 자본주의 체제를 도입하여 자유당, 신공산당 양당 체제로 분리되면 공산당은 조직적으로 반발할 것이다.

공산당은 중국을 1백 년 가깝게 지배해 온 조직이다. 군(軍)과 공안, 그리고 모든 관료 조직, 주민 사이에 깊게 뿌리를 박고 있는 것이다. 기득권을 빼앗기면 치열하게 반발할 것이다.

그때 정민아가 길게 숨을 뱉었다.

이번에 이동욱이 임무에서 해방되면 같이 한국으로 돌아가자고 할 생각이었다.

"어, 왔구나."

이동욱을 본 김정은이 반갑게 맞았다.

성장 저택 안.

응접실에는 김여정과 정보국장 윤철이 둘러앉아 있었다. 인사를 마친 이동욱이 자리에 앉았을 때 김정은이 말했다.

"네가 애쓴 덕분에 군부 반란이 진압되었어. 네 공을 표창할 수는 없지만 나하고 이 대통령은 알고 있다."

"아닙니다, 위원장 각하."

"이젠 성장이라고 불러. 성장이 된 지도 오래되었다."

"예, 성장 각하."

"이제 군부 반란은 진압되었지만 더 큰 일이 남아있어. 알지?"

"압니다, 성장 각하."

"일주일 후에 전인대가 열려. 그리고 열흘 후에는 중국의 지도체제가 바뀌게 된다. 알고 있지?"

그것까지는 대답할 입장이 아니었기 때문에 이동욱은 시선만 주었다.

그때 김정은이 말을 이었다.

"이 대통령께서 대표 상임위원이 되시면 그 첫 작업이 체제 개편이다."

"……."

"대표 상임위원과 상임위원 과반의 결정으로 중국이 양당 체제로 개편돼. 자유당과 신공산당이지."

"……."

"공산당이 해체되는 것이다."

그때 김정은이 고개를 돌려 정보국장 윤철을 보았다. 정보국장은 한국의 국정원장 역할이다.

"이봐, 동무가 설명해."

"예, 성장 각하."

허리를 편 윤철이 이동욱을 보았다.

"이번에는 공산당이 조직력을 이용해서 반란을 일으킬 것 같습니다."

윤철은 50대 중반쯤으로 마른 체격에 날카로운 인상이다. 윤철이 말을 이었다.

"영향력이 있는 공산당 간부, 각 지역의 당서기와 공안 실력자에 대한 정보를 수집해왔습니다."

"……."

"이번에는 눈에 보이지 않는 적을 상대해야 됩니다."

그러고는 윤철이 탁자 밑에 놓인 가방을 들어 이동욱 옆에 놓았다.

"이것이 자료니까 확인해보시도록."

그때 김정은이 고개를 들었다.

"네 팀원은 그대로 두되 정보담당관을 보좌역으로 붙여주마."

김정은이 말을 이었다.

"너한테는 인민군 중장 계급이 별것 아닌 것 같은데 이번에 상장으로 진급시켜주겠다."

이동욱의 시선을 받은 김정은이 빙그레 웃었다.

"네가 무슨 생각을 하는지 알아. 하지만 내가 해줄 건 이런 것뿐이야."

"아닙니다, 성장 각하."

"네가 받을 특전은 여기 있는 김 부장이 말해줄 거다."

김정은이 눈으로 김여정을 가리켰다. 김여정은 슬쩍 웃기만 한다.

그날 밤.

이동욱의 숙소인 안가로 정민아가 들어섰다.

오후 10시 반.

응접실로 들어선 정민아가 웃음 띤 얼굴로 이동욱을 보았다. 정민아는 아직도 김여정의 보좌역이다.

"이틀 휴가 받았어."

이동욱의 옆자리에 앉은 정민아가 몸을 붙였다.

"그것만으로도 행복해."

이동욱이 정민아를 들어 안고 침실로 들어갔다.

격렬한 사랑으로 나른해진 정민아가 침대에 누우며 말했다.

"난 자유당 창당 작업을 하고 있어. 조직은 다 갖춰졌고 각 지역별 책임자도 선정해놓았어."

몸을 돌린 정민아가 두 팔로 이동욱의 허리를 감아 안았다.

깊은 밤, 방 안의 열기는 식지 않았다.

그때 이동욱이 말했다.

"이곳 동북3성의 지역까지 옛 고구려 영토였다는군."

"오천 년 만에 서진(西進)한 거야."

정민아가 말을 이었다.

"한민족이 대륙의 주인이 되는 것이지."

"당신은 역사에 기록될 거야."

이동욱이 말하자 정민아는 고개를 들었다. 그러나 말을 잇지는 않는다. 이동욱은 역사에 기록되지 않을 것이기 때문이다.

역사가 만들어질 때 이름도 기록되지 않고 사라진 위인이 어디 하나둘인가?

이동욱이 바로 그 위인 중 하나다.

베이징.

전인대 사무총장 오자성이 천안문 안 주석궁 대기실로 들어섰다.

오자성은 당 조직 지도부장을 겸하고 있는 후보위원이다. 당 서열은 22위. 전인대의 사무총장을 맡고 있기 때문에 이번의 전인대도 오자성이 총괄한다.

62세. 건장한 체격. 항상 웃는 얼굴이어서 별명이 '달마'다.

오전 10시 반.

오자성이 다가가자 자리에 앉아있던 사내가 일어섰다. 대기실에는 둘뿐이다.

사내가 말했다.

"유천수가 준비를 마쳤다고 합니다."

오자성이 고개만 끄덕였고 사내가 말을 잇는다.

"곽준도 기다리고 있습니다."

"공안은?"

"적극적입니다."

"그건 그때 가봐야 돼."

오자성이 목소리를 낮췄다.

"지난번 군(軍)의 반란 때 철석같이 약속해놓고 대부분이 배신했어."

"공산당 입장이 되면 다르지요."

사내가 고개를 저었다.

50대쯤의 사내는 조건우다. 기율부 소속 공안 감찰관으로 공안을 감독하는 직책이다. 당 서열은 45위였지만 공안은 손아귀에 쥐고 있다. 감찰관은 공안의 정치위원으로 공안부장까지 감독하는 직책이다.

조건우가 말을 이었다.

"이번에는 자신의 생사(生死)가 걸린 문제가 되었으니까요."

"공산당과 공안이 뭉치면 저놈들을 몰아낼 수 있어."

오자성이 번들거리는 눈으로 조건우를 보았다.

"군(軍)에 주도권을 줄 수는 없으니까."

지난번 군(軍)의 반란 때 공산당은 비협조적이었다. 그것은 공산당의 실질적인 배후 실력자인 오자성의 지시 때문이다. 군(軍)의 반란이 성공했을 때 공산당 조직에 도움이 되지 못할 것으로 판단했다.

이제 공안 감찰관 조건우와 공산당 조직 지도부장이 결탁했다.

군(軍)의 독자적이고 산발적이며 중구난방 격인 반란과는 유형이 다르다.

장평이 귀국했다.

장평이 누군가?

중국 해방군 정보국장, 군사위 상임위원을 지낸 인물. 지금은 리커창과 함께 위구르 공화국을 통치하고 있다.

그 장평이 베이징의 안가에 '떡' 하고 앉아있는 것이다. 앞에 앉은 사내가 현재 중국의 최고 실세 위복이다. 물론 장평은 위복의 초청으로 날아왔다. 극비 방문이다.

"이제 마지막 상황이오."

장평이 정색하고 입을 열었다.

"공산당과의 싸움이지. 지금은 부패하고 느슨해진 것 같지만 1백 년 가까운 기간 동안 뿌리를 박은 조직이오. 만만하게 보면 안 돼."

"알고 있습니다."

고개를 든 위복이 장평을 보았다.

"그래서 도와주셔야겠습니다."

"나도 그럴 작정으로 왔으니까."

"정보가 중요합니다."

"내가 루신의 한(恨)을 풀어줄 거요."

장평의 두 눈이 번들거렸다.

루신은 장평의 비서였다. 장평이 위구르로 간 후에 해방군 정보국장을 맡아 위복과 손발을 맞췄던 것이다. 그러다가 왕양을 끌어안고 폭사하여 새 세상의 기반을 만들었다. 새 중국 탄생의 일등공신이다.

위복이 고개를 끄덕였다.

"정보국을 다시 장악해주시지요."

"이건 군 반란과는 차원이 다릅니다."

오대근이 이동욱에게 말했다.

이곳은 베이징 서북쪽 주택가의 안가 안.

이동욱의 옆에는 보좌관 최수만이 앉아있다. 오대근이 말을 이었다.

"지금쯤 위복 위원이 전(前) 정보국장 장평을 만나고 있을 겁니다. 우리도 적극 대응해야 될 테니까요."

이동욱은 고개만 끄덕였다. 그러려고 다시 돌아온 것이다.

"전인대가 5일 남았는데 공산당 조직이 전인대부터 무산시킨다는 정보가 있어요."

그때 이동욱이 입을 열었다.

"주동자가 있을 겁니다."

"지금 찾고 있습니다."

오대근이 목소리를 낮췄다.

"위복 위원이 지금 장평 동지를 만나고 있는 것도 그 때문입니다."

"나도 장평 국장을 만날 계획입니다."

전인대가 열리기 전에 작전을 끝내야 한다.

밤 11시 반, 베이징 서남쪽 15킬로 지점의 우단시.

2층 저택의 응접실에 두 사내가 마주 앉아 있다. 주위는 조용하다.

이곳 우단시는 퇴역 장성, 고위 관리의 숙소가 모여 있다.

두 사내는 당 조직 지도부장 오자성과 이 저택의 주인인 화국정이다.

화국정은 74세. 시진핑 이전의 국가주석이다. 온유한 성격으로 파당을 만들지 않았기 때문에 정권을 이양한 후에는 바로 인민들의 기억에서 지워진 인물이다.

그때 오자성이 입을 열었다.

"주석 동지, 중국의 운명이 경각에 달려 있습니다. 모 동지께서 이룩하신 대(大)중국이 1백 년 사직도 지키지 못하고 망할 수는 없지 않겠습니까?"

오자성이 번들거리는 눈으로 화국정을 보았다.

"그것도 동쪽 변방의 조선족에게 대륙을 빼앗기다니요? 더구나 음모에 빠져 제대로 된 저항 한 번 못 하고 15억 인민과 광대한 대륙, 그동안 이룩해온 성과를 탈취당한단 말씀입니까?"

오자성의 목소리가 떨렸다.

"시진핑 주석의 독재와 독단, 욕심이 화근이었지만 이렇게 무너질 수는 없습니다. 앞으로 5일 후에는 이광, 김정은, 위복이 이자들과 부화뇌동한 리찬수 등과 함께 중국의 공산당을 해체하고 자본주의 체제로 바꿉니다."

"……."

"그것을 막아야 합니다, 주석 동지."

"글쎄, 이 사람아."

그때 화국정이 입을 열었다. 눈을 좁혀 뜬 화국정이 오자성을 보았다.

"지난번에도 말했지만 난 자연인으로 돌아온 사람이야. 더 이상 인민 앞에 나서지 않을 거네."

"그냥 주석 동지께서 저희들의 지도자가 되시면 됩니다."

오자성이 바짝 몸을 기울였다.

"지난번 군(軍)의 봉기는 지도자가 없었기 때문에 실패했습니다. 지도자가 있었다면 군(軍)이 단결해서 반역자들을 순식간에 처단했을 것입니다."

"난 허수아비 노릇은 하지 않을 생각이야, 오 군."

"그렇다면 실질적으로 지휘해주셔도 됩니다. 거사가 성공하면 전권을 행사하시도록 하겠습니다."

"이봐, 오 군."

쓴웃음을 지은 화국정이 오자성을 보았다.

"내가 그 말을 믿을 것 같은가?"

"주석 동지, 애국심을 보여주시지요. 모택동 동지를 생각하시더라도 이렇게 될 수는 없지 않겠습니까?"

"이미 대세는 기울었네."

"제가 이미 주석 동지가 저희들의 지도자라고 이야기했습니다."

오자성이 말을 이었다.

"중간 간부들은 모두 압니다."

"……."

"주석 동지께서 저희들의 지도자이신 것을 모두 믿고 있습니다."

"오자성."

화국정이 입술 끝을 비틀면서 웃었다.

"내가 널 잘 알지."

"주석 동지, 죄송합니다. 국가를 위해서 마지막으로 한 번만 헌신해주시지요."

"네 권력을 위해 주변 인간들을 희생시키는구나."

"주석 동지, 은혜를 잊지 않겠습니다."

고개를 든 오자성이 똑바로 화국정을 보았다.

"주석께서 친필 사인한 격문을 중간 간부들에게 배포했습니다."

"내 사인을 위조했구나, 오자성."

"모두 감동할 것입니다."

"나는 더 이상 미련이 없다."

"주석 동지."

오자성이 목소리를 낮췄다.

"이제는 가만 계시는 것이 나으실 것 같습니다."

"닷새 후야?"

부시가 묻자 매크레인이 고개를 끄덕였다.

백악관의 오벌룸 안.

방 안에는 부시와 매크레인, 국무장관 마이클 존슨까지 셋이 둘러앉아 있다.

"예, 각하. 닷새 후에 이광이 정치국 상임위원으로 진입하게 됩니다."

"갓댐."

부시가 한숨을 쉬었다.

"코리안의 공작이 성공 직전이군, 그렇지 않나?"

"문제가 좀 있습니다, 각하."

매크레인의 말에 부시가 상반신을 세웠다.

"무슨 문제?"

"공산당 조직이 반란을 일으킬 것 같습니다. 현지 정보원들의 보고입니다."

"오 마이 갓."

탄성을 뱉은 부시의 얼굴에 생기가 번졌다.

"계속해, 매크레인."

"지난번 군(軍)의 산발적인 반란과는 유형이 다릅니다."

"공산당이 대단하지, 역사도 깊고."

"공산당이 공안과 결탁하고 있습니다."

"공안은 군(軍)이 일어났을 때 고개 숙이고 들어갔잖아?"

"공안은 공산당 조직과 긴밀하게 결합되어 있습니다. 군(軍)과는 물과 기름 관계지요. 군에 저항하지는 않았지만 그렇다고 결탁하지도 않았습니다."

"당신도 CIA 부장을 오래 한 것 같군. 말이 길어졌어."

"죄송합니다, 각하."

"공산당과 공안은 한통속이란 말이지?"

"이제는 공안도 적극적으로 위복과 이광, 김정은에게 반발할 것 같습니다."

"이번에는 성공할 것 같나?"

그때 옆에서 듣기만 하던 국무장관 마이클 존슨이 헛기침을 했다.

"각하, 우리는 공산당의 반란이 실패하기를 바라야 됩니다."

고개를 든 부시가 입맛을 다셨다.

"그걸 누가 모르나?"

분위기가 확 가라앉았을 때 매크레인이 말했다.

"각하, 앞으로 며칠간이 고비일 것 같습니다. 반란이 어떤 식으로 일어날지 아직 확실하지 않습니다."

"반란군 대장은 누구야?"

"그것이 아직 불투명합니다."

"군(軍)의 반란 때는 군단장, 사단장이 주역이었는데 이번에는 뭐야?"

"곧 밝혀지겠지요."

"추측하지도 못해?"

"공산당이 원체 비밀스러운 조직이어서요."

"이광, 김정은 측은 알고 있지 않을까?"

"그들도 마찬가지일 것입니다."

"우리하고 협조하지 않나?"

"군(軍) 반란 때부터 접촉이 끊겼습니다."

매크레인이 말을 이었다.

"물론 우리하고 적대적이지는 않습니다."

"이렇게 나가다가는 아시아 대륙을 통째로 잃고 우리가 병신 되는 거 아냐?"

부시가 투덜거렸을 때 마이클이 대답했다.

"각하, 서둘 이유가 없습니다. 놔두시지요."

부시가 고개를 들었다가 내렸다.

맞는 말이다. 한국과는 동맹관계인 상황이다. 동맹국 한국이 중국 대륙을 '먹'는 것에 불안하거나, 짜증을 낼 이유가 없는 것이다.

장평이 들어서자 선용재가 자리에서 일어섰다.

오후 9시 반, 이곳은 베이징 남쪽 공장단지의 사무실 안.

"각하, 오랜만에 뵙습니다."

선용재가 다가와 장평의 손을 잡았다. 40대쯤의 선용재는 양복 차림으로 비대한 체격이다.

"선 아우, 내가 돌아온 건 널 만나려는 것이었다."

장평이 선용재의 어깨를 감싸 안았다가 놓았다. 선용재는 당 기율위원회 제1분과장. 공산당 세포 조직의 책임자다.

"각하의 연락을 받고 준비해왔습니다."

선용재가 옆에 놓인 손가방을 들더니 탁자 위에 놓았다. 둘은 탁자를 사이에 두고 마주 앉아 있다. 고개를 끄덕인 장평이 선용재를 보았다.

"공산당의 지휘자는 누구야?"

"화국정 전(前) 주석입니다."

순간 장평이 숨을 들이켰다.

"화국정?"

"예, 화국정 주석의 격문이 나돌고 있습니다."

선용재가 가방을 열더니 종이를 꺼내 내밀었다. 화국정의 격문이다.

빼앗듯이 격문을 쥔 장평이 내용을 읽고 나서 고개를 들었다. 얼굴이 굳어 있다.

"화국정이……."

"격문이 각 지방의 공산당 지휘부에까지 다 전달되었습니다."

"공안 지휘부에도 갔겠군."

"그랬을 가능성이 많습니다, 각하."

"실무 책임자는?"

"그것이 아직 모호합니다."

"조직 지도부장 오자성은?"

"오 부장은 전인대 준비로 바쁩니다."

선용재가 고개까지 저었다.

"오자성은 위 위원의 심복이 되어 있습니다."

"그렇군."

오자성은 이번 전인대 행사 총책임자인 것이다. 위복의 심복이어야 맡는 직책이다.

오자성이 웃음 띤 얼굴로 유천수와 곽준을 보았다.

"너희들은 역사에 남을 거다. 그것으로 위안을 삼아라."

이곳은 천안문 근처의 안가 안, 오후 9시.

어둑한 응접실에 셋이 둘러앉아 있다. 응접실 앞쪽 문도 활짝 열어 놓은 것은 도청을 방지하기 위해서다. 오자성이 말을 이었다.

"이번 거사는 99퍼센트 성공한다. 너희들은 불만 붙이는 역할이야."

앞쪽에 나란히 앉은 유천수와 곽준은 공안의 특공대장이다. 각각 27, 33 특공대장으로 전인대 대회장과 주변의 '유사 상황'에 대비한 부대를 지휘하고 있다. 둘 다 40대 중반으로 군(軍) 계급은 상교. 중령과 대령 사이의 계급이다.

그때 유천수가 입을 열었다.

"각하, 이광과 김정은이 어디에 투숙합니까?"

"우리 예상은 이화원 서쪽의 경운궁이야. 그곳에 둘이 같이 투숙할 거야."

"경운궁이면 기갑사단이 공격해도 어렵습니다."

곽준이 고개까지 저으면서 말했다.

"경운궁 길목에 미사일 연대가 주둔하고 있거든요."

"그래서 숙소를 기습하는 건 포기했어. 전인대회장에 들어오면 귀빈 대기실에 들어올 테니까 그곳에서 처리해."

오자성이 말을 이었다.

"전인대회장 경호대 배치는 내 책임이니까 27, 33 특공대에서 차출해주지."

"1개 소대씩만 차출해주시지요."

곽준이 말했다.

"많을 필요 없습니다. 1개 소대씩만 있으면 됩니다."

"좋아. 지금 배치시키면 이상하게 생각할 테니까 행사 당일에 배치시키겠다."

"주석궁 경비대장 황보 상장의 허가를 받아야 되지 않습니까?"

"위복의 허가를 받으면 돼."

오자성이 얼굴을 일그러뜨리며 웃었다.

"등잔 밑이 어두운 법이야. 설마 최측근인 내가 전인대 준비를 하면서 뒤집어엎을 줄은 꿈도 꾸지 않았을 테니까."

"알겠습니다."

어깨를 부풀렸다가 내린 유천수가 말을 이었다.

"나흘 후에 세상을 바로 잡지요."

"목표는 셋이야. 위복, 이광, 김정은이다. 이 셋만 제거하면 된다."

오자성이 다시 한 번 강조했다.

안가를 나온 유천수가 옆을 걷는 곽준에게 말했다.

"화 주석이 다시 지도자가 되신다면 목숨을 바칠 만한 가치가 있어."

곽준에게 몸을 더 붙인 유천수가 말을 이었다.

"조선족 놈들에게 대국(大國)을 넘길 수는 없단 말이다."

"나도 마찬가지다."

곽준이 주위를 둘러보면서 목소리를 낮췄다.

"공산당이 아무리 부패했다고 하더라도 이민족에게 나라를 빼앗기는 건 못 보겠다."

"우리는 충신으로 기록될 거야."

"충신으로 죽어야지."

둘은 사복 차림이다. 특공대 본부는 안가에서 세 블록 거리였기 때문에 둘은 빠르게 걷는다. 그때 곽준이 물었다.

"이봐, 유 상교. 가족은 다 보냈나?"

"위구르로 보냈어."

"위구르?"

놀란 곽준이 어둠 속에서 눈을 크게 떴다.

위구르는 이제 독립국으로 리커창이 대통령이다

곽준의 시선을 받은 유천수가 쓴웃음을 지었다.

"그곳이 가기도 쉽고 안전해."

"그런가?"

"넌 가족을 어떻게 했어?"

"베트남으로 보냈어."

"그렇군. 잘했어."

입을 다문 둘은 잠자코 밤길을 걷는다.

이곳은 천안문 근처의 관청가다. 군데군데 경비병이 서 있을 뿐 거리는 한산하다. 둘은 당 기율부 소속 공안 감찰관 조건우와 동향으로 심복이다. 조건우 덕분으로 출세했던 것이다. 오자성은 조건우가 소개시켜준 거물이다.

밤 10시 반.

천단공원 위쪽 주택가는 차량 통행도 줄어들어서 조용하다. 이곳은 고급 주택가로 입구에 경비초소가 세워진 데다 순찰차가 돌아다닌다. 대부분의 저택이 당 간부들의 소유인 것이다.

검은색 승용차 한 대가 주택가 안쪽의 철제 대문 안으로 들어가더니 현관 앞에서 멈춰 섰다. 차에서 내린 사내는 공안 감찰관 조건우다.

조건우가 집 안으로 들어서자 승용차는 다시 대문을 빠져나갔다.

"나 왔다!"

현관으로 들어선 조건우가 소리쳤다. 평소에는 응접실에 나와 기다리던 아내 정명이 보이지 않았기 때문에 짜증이 난 것이다. 하녀 둘은 아마 방에서 자고 있을 것이다.

그때 안쪽 복도에서 인기척이 났다. 응접실로 들어선 조건우가 다시 소리쳤다.

"뭘 하고 지금 나오는 거야?"

그 순간, 조건우가 숨을 들이켰다.

사내 둘이 나오고 있다. 마룻바닥에 내딛는 구두 발자국 소리가 울렸다. 집 안에 신발을 신고 들어와 있는 것이다.

몸을 굳히고 선 조건우가 뒤쪽의 인기척에 고개만 돌렸다. 현관 안으로도 두 사내가 들어오고 있다.

그 순간, 조건우는 어깨를 늘어뜨렸다. 머릿속이 하얗게 변한 느낌이 들면서 눈이 흐려졌다. 가슴에 쇳덩이가 들어있는 것 같아서 숨이 막혔다.

오전 7시.

숙소에서 양치질을 하던 곽준이 움직임을 멈췄다. 문밖의 소음을 들었기 때문이다.

숙소는 특공대 본부 안의 벽돌 건물로 현관에는 경비병이 서 있다. 곽준이 지휘하는 특공대 병력은 15개 팀으로 200명. 모두 장교로 구성된 최정예 부대다.

"제가 보고를 하지요."

이제는 경비병의 목소리가 울렸다.

"잠깐만 기다리십시오."

"이 자식아, 바빠."

그렇게 말하는 목소리가 선명하게 들렸기 때문에 곽준은 칫솔을 내려놓았다. 목소리의 주인을 알았기 때문이다. 주석궁 수비대 부관 홍찬 대교다.

저 인간이 웬일인가?

세면장에서 서둘러 나온 곽준이 곧 응접실로 들어선 홍찬과 마주쳤다. 홍찬은 군복 차림에 허리에는 권총을 찼다.

"아니, 갑자기 웬일입니까?"

곽준은 아직도 파자마 차림이다. 그렇게 곽준이 물었을 때 홍찬이 빙그레 웃었다.

"곽 상교, 나하고 같이 가지."

"어디 말입니까?"

그때다. 다시 응접실로 장교 둘이 들어섰는데, 눈빛이 날카롭다. 둘은 거침없이 다가왔기 때문에 곽준이 소리쳤다.

"잠깐, 멈춰!"

그러나 장교들은 멈추지 않고 다가와 곽준의 좌우에 붙어 섰다.

"홍 대교! 왜 이러는 거요!"

곽준이 소리쳤지만 말끝이 떨렸다. 얼굴도 일그러져 있다. 이제 짐작이 간 것이다.

그때 장교들이 곽준의 팔을 뒤로 돌리더니 수갑을 채웠다.

"곽준, 너를 반역죄로 체포한다."

홍찬이 표정 없는 얼굴로 말했다.

"너희들은 한 걸음 늦었어. 기회를 놓쳤단 말이다."

고개를 들었던 곽준이 곧 외면했다. 더 이상 말을 할 기력도 남아 있지 않왔다.

이광은 조선성의 수도 선양에 와 있다. 김정은과 함께 베이징으로 가려는 것
이다.

오전 8시, 선양의 영빈관 안.

이층 식당에서 이광과 김정은, 안학태와 김여정 넷이 둘러앉아 있다. 식탁에
는 미역국에 잡곡밥이 놓여있다. 찬은 5개, 소박한 아침상이다. 수저를 든 이광
이 먼저 입을 열었다.

"조금 전에 주석궁 경비대에 포함되었던 군(軍) 특공대장 둘이 체포되었어요.
아시지요?"

"들었습니다."

고개를 든 김정은이 말을 이었다.

"공안 감찰관인 조 아무개가 배후라고 하더군요."

"그런데 조 아무개가 아직 윗선을 밝히지 않았습니다."

수저를 내려놓은 이광이 김정은을 보았다.

화국정 전(前) 주석을 내세우려는 것까지 밝혀졌지만 실제 지휘자는 아직 실
토하지 않은 것이다. 베이징의 분위기는 수시로 변하는 중이다.

이광이 입을 열었다.

"전인대는 그대로 진행하기로 하십시다."

"알겠습니다."

김정은이 고개를 끄덕였다. 오늘은 이것을 결정하려고 만난 것이다.

전인대는 3일 후로 다가왔다.

이번 작전의 책임자는 장평이다. 위구르에서 비밀 입국한 장평이 지휘하고

있다.

"조건우가 입을 열지 않습니다."

정보국 부장 변성이 말했다. 변성은 현역 육군 중장이다.

"혀를 깨물고 자살 시도를 해서 입에 재갈을 물려놓았습니다."

"독한 놈."

쓴웃음을 지은 장평이 손목시계를 보았다.

오전 8시 반, 베이징의 안가 안.

장평이 말을 이었다.

"그렇다면 할 수 없지. 화국정을 심문해."

그 순간 놀란 변성이 숨을 들이켰다.

"각하, 그것은……."

"국가의 운명이 경각에 달린 상황이야."

불쑥 말을 내질렀던 장평이 입술 끝을 비틀고 웃었다.

"나에게는 누가 집권을 하든지 간에 이 체제를 무너뜨리는 것이 중요해."

변성의 시선을 받은 장평이 말을 이었다.

"중국은 이번 기회에 공산당 체제를 바꿔야 다시 도약한다. 누가 집권을 하건 문제가 아냐."

"알겠습니다."

마침내 변성이 턱을 들고 장평을 보았다.

변성은 52세. 미국 주재 중국대사관 무관으로 4년을 보낸 경력이 있다.

변성이 서둘러 응접실을 나가자 장평이 옆에 놓인 전화기를 들었다.

전화기를 내려놓은 이동욱이 옆에 선 최수만을 보았다. 방금 장평과 통화를 했다.

"화국정을 심문한다는 거야. 어쨌든 놈들의 목표는 우리 대통령과 위원장 각하다. 경비를 늘려야 돼."

"연락하지요."

최수만이 고개를 끄덕였다.

"베이징을 인민군으로 덮어버리겠습니다. 경호부대를 보낸다는데 가로막을 놈은 없습니다."

현재 중국의 실력자가 되어있는 위복도 반대하지 않을 것이다.

그때 응접실로 보좌관 강기철이 들어섰다.

"각하, 격문을 찾았습니다."

강기철은 손에 인쇄된 종이를 들고 있다. 종이를 받아든 이동욱이 읽었다.

전(前) 주석 화국정의 이름으로 쓴 격문이다.

'존경하는 공산당, 군(軍) 동지들이여, 나 화국정은 피를 토하는 심정으로 여러분께 호소한다. 현재 중국은 조선족에게 침략당한 상황이다. 남북 조선이 각각 중국 대륙에 진입하여 전인대에서 곧 정치국 상임위원으로 임명될 것이다. 그리고 이광이 대표 상임위원으로 등극, 공산당 체제를 붕괴시키고 공산당원을 처형할 예정이다. 공산당을 없앤 이광은 중국을 자본주의 체제로 전환, 조선족의 식민지로 삼으려는 음모를 꾸미고 있다.'

고개를 든 이동욱의 얼굴에 쓴웃음이 떠올랐다.

공산당 입장에서 이 격문을 읽는다면 피가 끓을 가능성이 있다. 고위층일수록 더 끓겠지.

이동욱이 입을 열었다.

"화국정이 이 격문을 썼는지 모르지만 어쨌거나 책임을 져야겠지."

오후 1시 반.

화국정이 눈을 올려 뜨고 말했다. 얼굴이 일그러져 있다.

"오자성이야."

그 순간 변성이 벌떡 일어섰다.

오후 2시.

전인대 사무총장실에 진입했던 정보국 요원들은 오자성을 찾지 못했다.

오전 10시경에 종적을 감췄다는 것이다.

보고를 받은 장평이 위복에게 연락했다.

"전군(全軍)을 비상 대기시키도록. 그래야 군이 안정이 돼."

장평이 말을 잇는다.

"비상 대기 상태가 되면 오히려 군을 움직이기가 어려워지거든. 그것이 쿠데타를 막는 방법이네."

"예, 총참모장한테 연락하지요."

"오자성이 주역으로 밝혀졌으니 이제 그놈 측근을 찾아야지."

"조건우가 공안을 어디까지 장악했는지 그것도 확인해야 합니다."

"일단 주모자가 밝혀졌으니 한숨 돌렸어."

그러고는 장평이 덧붙였다.

"베이징으로 북한군을 진입시켜."

이것이 핵심이다.

오자성, 조건우가 화국정을 업고 기도했던 쿠데타는 이제 사전에 발각되었다. 이것이 북한군 진입의 이유가 되는 것이다. 경호용으로 동행시킨다는데 반발할 명분이 없다.

오자성이 피신한 곳은 산둥(山東)성 칭다오다. 칭다오는 대도시다.

오후 5시 반.

톈진을 거쳐 방금 칭다오에 도착한 것이다. 승용차에는 운전사 우창수와 경호원 바오가 동행했다. 10년이 넘도록 수족처럼 지내던 심복들이다.

"차는 이곳에 버리는 것이 낫겠습니다."

바오가 주위를 둘러보며 말했다.

이곳은 칭다오 서쪽의 공업단지 안이다. 바오가 가져온 중국산 승용차는 베이징 번호판을 붙이고 있다.

고개를 끄덕인 오자성이 차에서 내렸다. 이곳에서 배를 타고 일본으로 밀항할 예정인 것이다. 바오와 우창수가 차에서 내리면서 각각 커다란 트렁크를 꺼내었다. 달러가 가득 들어있는 가방이다.

오자성은 이미 1천만 불이 넘는 금액을 해외 은행에 예치시켜 놓았지만 사람 욕심은 끝이 없는 법이다. 이번에 도망쳐 나오면서 집 안 금고에 넣어두었던 달러를 모두 가져온 것이다. 250만 불쯤 될 것이다.

그때 오자성이 말했다.

"서둘러라. 늦겠다."

예약한 어선이 기다리고 있을 것이다.

바오가 주위를 둘러보았다.

골목 안은 인적이 없다. 일차선 일방통행로 좌우는 공장의 담장이다. 50미터쯤 앞쪽에 2차선 도로가 가로로 펼쳐져 있다.

"뭐해?"

짜증이 난 오자성이 꾸짖듯 물었을 때다.

바오가 이쪽으로 몸을 돌리더니 가슴에서 권총을 꺼내 겨누었다. 소음기를 부착한 총신이 길다.

순간 숨을 들이켠 오자성이 눈을 치켜떴다. 그러고는 옆을 보았더니 운전사 우창수가 이쪽을 응시하고 있다. 오자성이 다시 바오를 보았다.

바오가 권총을 빼든 순간부터 2초도 지나지 않았다.

"바오, 너 이놈. 뭘 하는 거냐?"

오자성이 한마디씩 끊어서 물었다. 말하는 동안 정신이 들면서 목소리가 높아졌다.

그때 바오가 권총을 고쳐 쥐었다.

바오와의 거리는 4미터 정도다. 총으로 오자성의 가슴을 겨눈 바오가 일그러진 얼굴로 말했다.

"내가 당신 따라서 일본까지 갈 줄 알았나?"

"바오, 일본에서 네 가족을 데려오게 해준다고 말했지 않나?"

"거짓말 마."

그때 옆쪽에 선 우창수가 소리쳤다.

"나는 사람이 아니냐? 내 가족은 개냐? 개도 놔두고 가지 않는 법이다!"

놀란 오자성이 숨만 들이켰을 때다. 바오가 총을 고쳐 쥐더니 방아쇠를 당겼다.

"퍽!"

첫 발이 오자성의 가슴을 뚫었고 총격을 받은 오자성이 차체에 등을 부딪쳤다.

"퍽!"

두 번째 총탄이 다시 가슴에 박혔을 때 오자성이 스르르 주저앉았다. 첫 발도 치명상이었는데 두 번째도 심장을 관통한 것이다.

고개를 꺾은 오자성이 늘어지자 바오가 총구를 우창수에게 겨눴다.

그 순간이다.

우창수가 어느새 권총을 빼 들고 쏘았다.

"탕!"

요란한 총성이 울리면서 바오가 비틀거렸다. 총탄이 왼쪽 어깨에 맞은 것이다.

"탕!"

또 한 발의 총성이 울렸는데 이번에는 옆머리를 스치고 지나갔다.

"퍽!"

몸의 중심을 잡은 바오가 우창수를 향해 쏘았다. 우창수와의 거리는 6미터 정도. 바오는 왼쪽 어깨를 맞았지만 총을 든 오른손은 멀쩡했다. 그리고 바오는 명사수다.

첫 발이 우창수의 목을 관통했다. 우창수가 뒤로 벌떡 넘어갔지만, 분이 난 바오가 다가가 다시 우창수의 머리를 쏘았다.

"퍽!"

둔탁한 총성이 골목을 울렸다.

비상 상황이다.

오후 6시 반.

베이징 전역에 계엄군이 배치되었다. 베이징 관구의 5개 사단 병력 7만 5천 병력이 집중적으로 전인대회장을 주변으로 배치된 것이다. 지금까지는 공안이 맡았던 업무다.

지휘관은 해방군 총참모장 부소와 베이징관구 사령관 류훙이다. 둘 다 상장.

군(軍)의 특공대가 공안의 지휘부는 물론 각 단위 부대에 배치되어 감시, 통제했다. 공안과 공산당의 연계를 막으려는 것이다.

그날 밤 12시가 되었을 때까지 베이징 관구의 137개 공안서는 모두 군(軍)에 의해 장악되었고 384명의 지휘관급 공안 간부가 연행되었다.

전인대 직전의 '공안 숙정'이다.

공안 감찰관 조건우와 연루된 공안 간부를 포함해서 인연이 닿는 간부는 모조리 체포되었다.

"군(軍)은 자유당에 충성을 맹세했습니다."

류홍이 장평에게 보고했다.

전인대 이틀 전.

이곳은 전인대회장 2층의 상황실 안이다.

오후 6시 반.

상황실에는 장평을 중심으로 위복, 류홍, 오대근, 그리고 배국정까지 다섯이 둘러앉았다.

배국정은 이번 전인대에 대비해서 조선성으로부터 파견된 호위총국 소속 특공여단장이다. 배국정은 지금은 조선성 군(軍)이 되어있는 북한군 특공여단을 이끌고 온 것이다. 특공여단은 전인대회장 주변에 배치되어 있다.

장평이 고개를 끄덕였다.

"군(軍)은 통수권자에게 충성하도록 세뇌되어 있어. 공산당에 충성하지 않아."

그것이 공산당 지도자에게는 치명적이겠지만 자유당 당수로서 권력을 장악하게 될 이광에게는 절호의 기회다.

전인대 하루 전, 오전 9시.

전국에 전(前) 주석 화국정의 모습이 TV에 방영되었다. 화국정이 국영방송에 나타나 연설을 한 것이다. 전날 저녁부터 예고한 터라 전 인민이 TV에 나타난 화국정을 보았다.

이제 화국정이 이번 '반란 음모'의 주역이라는 것을 모르는 인민은 없다.

그때 화국정이 말했다.

"인민 여러분, 그리고 공산당원 여러분, 이번 사건은 정권을 장악하기 위한 오자성 일당의 음모였습니다. 그 일당은 내 이름을 이용하여 '격문'을 뿌렸고 공산당을 선동하여 국가를 내란 상태로 유도했습니다."

화국정의 눈에서 눈물이 흘러내렸다.

"나는 이용당했을 뿐입니다. 그리고 나는 현재의 중국 연방 체제를 적극 지지하고 있습니다."

그러고는 떨리는 목소리로 소리쳤다.

"중국은 변해야 합니다! 일당 독재 체제는 무너져야 대(大)중국이 건설됩니다!"

화국정이 화면에서 사라졌을 때 아나운서가 나타나 말했다.

"어제 오후 10시경에 오자성의 시신이 칭다오 외곽에서 발견되었습니다. 오자성은 거액의 미국 달러를 차에 싣고 도주하다가 경호원에 의해 사살되었습니다."

조선성의 선양에 머물고 있던 이광이 TV에서 시선을 뗐다.

오전 9시 15분.

방금 오자성에 대한 보도가 끝났다.

"준비는 다 되었습니다."

같이 TV를 보던 비서실장 안학태가 말했다.

이곳은 선양 시내의 저택이다. 조선성의 영빈관용 저택을 이광 전용으로 사용하고 있다.

안학태가 말을 이었다.

"마침내 긴 여정의 종착지에 다가가는 느낌이 듭니다, 대통령님."

"나는 지금부터가 시작이라는 생각이 든다."

TV에서 시선을 뗀 이광이 창밖을 내다보며 말했다.

"하지만 감개가 무량하군그래, 내가 여기까지 오다니."

"대통령님 말씀대로 할 일이 많습니다."

"대세(大勢)는 우리 편이야."

"그렇습니다. 이제는 중국 공산당도 한계가 온 겁니다. 공산당 체제로는 이 대국을 감당 못 합니다."

그리고 그 증거가 반란이 일어날 때마다 확인되고 있다.

그때 이광이 말했다.

"자유당 조직을 굳혀야 해."

"금세 기반이 굳어질 것입니다."

고개를 든 안학태가 웃음 띤 얼굴로 이광을 보았다.

"공산당원 대부분이 자유당 입당을 신청하는 상황이라서요."

그렇다.

공산당 간부일수록 더 적극적으로 자유당에 입당하려고 기를 쓰고 있다.

위복은 물론이고 해방군 총참모장 부소, 베이징관구 사령관 류홍도 자유당에 입당했다. 자유당 사무총장을 맡은 부통령 강윤호가 선별에 고심할 정도다.

"공산당을 위성 정당으로 만들면 안 돼."

정색한 이광이 안학태에게 말했다.

"건전한 정당으로 자유당의 경쟁 당이 되어야 해."

"모두 잘 알고 있습니다."

안학태가 고개를 끄덕였다.

중국은 이제 자본주의 체제로 전환되어 자유당과 공산당 양당이 입법부를 형성하게 되는 것이다. 갑자기 전환될 수는 없기 때문에 틀을 만들고 점진적으로 쏟아부어야 한다.

이광이 벽시계를 보았다.

내일 전인대가 개최된다. '전국인민대표자회의'다. 이 전인대도 이번이 마지막이 될 것이다.

이제 베이징으로 출발이다.

"우리는 진즉 자본주의 체제로 돌아가야 했어."

상하이 중심부의 웨스턴 호텔 로비에서 요문이 견태규에게 말했다. 둘은 각각 유리공장, 합판사업을 하는 사업가다. 요문이 말을 이었다.

"등소평 부주석이 추구했던 것도 자본주의 세상이야. 공산당 일당 독재체제에서는 우리 같은 기업가가 성공할 수는 없어."

"모두 공산당원, 그것도 간부들 좋은 일만 시켜주는 것이지."

"부패한 간부 놈들 주머니만 채워주는 꼴이라구."

"공산당 간부 놈들은 다 한통속이야. 겉으로는 부패 척결한다고 쇼를 하지만 공산당 자체가 부패 덩어리라구."

"잘되었어."

견태규가 고개를 끄덕였다.

"난 자유당 입당서를 냈어."

"벌써? 빠르구나."

요문이 쓴웃음을 지었다.

둘은 공산당원인 것이다.

위복이 고개를 들고 오대근을 보았다.

"오 형, 내일 전인대에서 체제 변경에 대한 의제는 거의 만장일치로 통과될 거요. 예비위원회에서도 일사천리로 통과됩니다."

위복의 두 눈이 번들거렸다.

"내일 중국 역사가 다시 만들어지는 겁니다."

천안문 근처의 주석궁 안이다. 회의실에는 위복과 오대근 둘이 마주 앉아 있다.

오늘은 중국 측과 남북한 측 실무 대표자의 마지막 회담이다. 지금까지 오대근은 남북한을 대리해서 실무를 처리한 것이다. 오대근이 입을 열었다.

"모레 중국의 지도자가 결정되겠군요."

"그렇습니다."

고개를 끄덕인 위복이 눈을 가늘게 떴다. 먼 곳을 보는 표정이다.

"마침내 중국의 공산당 정권이 무너지게 되는군요."

"대세지요. 공산당의 수명이 다한 것입니다. 이제는 자본주의 체제하의 공산당이죠."

위복의 얼굴에 웃음이 떠올랐다.

"물이 아래쪽으로 흐르는 것이나 같습니다."

오대근이 고개를 끄덕였지만 입을 열지는 않았다.

이제는 대세가 한국 대통령 이광이다.

이광의 세상이 온 것이다.

그 대세를 인정한 김정은도 이광에게 양보한 것이지.

베이징의 안가.

천단공원 근처의 2층 저택이 이광 대통령의 숙소다.

오후 8시 반.

저녁 식사를 마친 이광이 손님을 맞는다. 손님은 정치국 상임위원이며 현재 총리 대행인 리찬수다. 이광의 옆에는 비서실장 안학태가 앉아있다.

먼저 이광이 입을 열었다.

"리 총리께서 공산당을 이끌어주셨으면 해서 뵙자고 한 겁니다."

고개만 든 리찬수에게 이광의 말이 이어졌다.

"이대로 놔두면 공산당이 분해될 것 같습니다. 그래서 리 총리가 수습해주셔야겠어요."

"각하, 저는 자격도 없고 자질도 부족합니다."

리찬수가 굳은 얼굴로 이광을 보았다.

"그리고 공산당은 썩은 나무나 같습니다. 물을 준다고 해서 살아나지 못합니다."

"썩은 나무가 넘어져서 약한 서민만 당할 수도 있어요."

정색한 이광이 리찬수를 보았다.

"그것을 제대로 수습해줄 책임자가 필요합니다. 리 총리뿐이오."

"저는 자유당에 가입하고 싶었는데요."

"공산당이 안정되면 옮겨오시지요."

이광이 달래듯 말했을 때 리찬수가 숨을 들이켰다.

공산당에서 이런 경우는 꿈도 꾸지 못했다. 자본주의 국가의 양당 체제에서는 이런 경우도 있는 건가?

"잠깐만."

광전이 부르자 사내가 걸음을 멈췄다. 그러나 몸을 돌리지는 않는다.

이곳은 영빈관에서 3백 미터쯤 떨어진 도로변, 바리케이드가 쳐진 검문소가 바로 옆이다.

오후 10시 반.

광전이 부하 셋과 함께 사내에게로 다가갔다.

"지금 어디 가는 거요?"

광전은 특공대 상위로 영빈관 우측 경비를 맡은 제3여단 소속이다.

그때 사내가 광전을 보았다.

"난 앞쪽 제7초소로 가는 거야."

"7초소라니."

광전이 이맛살을 찌푸렸다.

7초소는 영빈관 정문에 설치되어 있다. 7초소장은 이현 대교. 특전대 10개 팀을 지휘하고 있다.

"신분증."

손을 내민 광전이 바짝 다가섰다.

작업복 차림의 사내는 30대쯤, 건장한 체격이다.

그때 사내가 주머니에서 신분증을 꺼내 내밀었다.

플래시를 꺼낸 광전이 신분증을 받고 비춰보았다. 거리는 통행인이 뚝 끊인데다 가로등도 비치지 않는다.

그때 광전이 숨을 들이켰다.

'특별통행증'이다. 그리고 통행증에는 사내의 신분이 적혀 있다. '특전단의 상교'다.

상교가 혼자 밤길을 걸어 영빈관 앞으로 접근하다니. 더구나 이 사내는 갑자기 나타났다. 아래쪽 12초소에서도 연락이 없는 것이다.

광전이 물었다.

"7초소에는 무슨 일로 가시는데?"

"이현 대교를 만나려고."

"용건은?"

"그건 말할 수 없고."

사내의 두 눈이 번들거렸다. 어깨를 젖히고 선 모습에 여유가 풍겼다. 반걸음쯤 뒤로 물러선 광전이 사내와의 거리를 두 걸음쯤으로 넓혔다. 본능적인 행동이다.

"12초소는 통과했소?"

"난 우측 4초소 앞으로 지나왔어. 4초소에서는 이런 검문을 받지 않았어."

"그럼 나하고 같이 갑시다."

"어디로?"

"검문소로 돌아가서 기록을 해야지."

"그럼 이현 대교한테 여기서 연락해."

손목시계를 보면서 사내가 말했다.

"이 대교가 날 보증해줄 테니까."

"글쎄, 검문소에서 연락하자니까? 검문소용 무전기로 해야 돼."

광전이 허리에 찬 권총 위에 손을 올려놓으면서 말했고 그것을 본 부하 셋도 일제히 자동소총을 앞에 총 자세로 겨눴다.

그때 사내가 얼굴을 일그러뜨리며 웃었다.

"이광이 운이 좋군."

그 순간이다.

"번쩍."

주위가 환해지면서 다음 순간에 폭발음과 함께 대폭발이 이어졌다.

"콰콰쾅!"

폭발음과 함께 천장의 전등이 떨어졌고 벽이 흔들렸다.

"우르르릉."

굉음이 울리더니 벽 한쪽이 무너졌다. 이광이 놀라 벌떡 일어섰을 때 방문을 박차고 경호 요원들이 달려 들어왔다.

"각하, 이쪽으로!"

경호 요원들이 이광을 양쪽에서 부축하더니 방을 빠져나갔다.

대폭발이다.

영빈관 한쪽이 무너졌는데 직격탄을 맞은 것은 아니다. 그런데도 건물 한쪽이 폭풍에 부서진 것이다.

김정은은 이광의 영빈관에서 3백 미터쯤 뒤쪽의 저택에 투숙했는데 이곳에도 폭풍이 몰려왔다.

밤 10시 40분.

폭음과 함께 저택의 유리창이 모조리 부서졌고 주방의 가스관 밸브가 터져서 가스가 새어 나왔다. 응접실에 있던 김정은이 놀라 일어섰을 때 곧 경호원들이 달려 들어왔다.

"알아봐!"

김정은의 지시를 받은 경호원들이 다시 뛰어나갔다. 모두 황당한 모습이다.

잠시 후에 돌아온 경호원이 보고했다.

"영빈관에서 좌측으로 3백 미터 지점의 도로에서 폭발이 일어났습니다."

경호원이 말을 이었다.

"영빈관이 반파될 정도의 위력입니다. 현재 경호 병력 수십 명이 사망했는데 이광 대통령 각하는 무사하십니다."

"다행이군."

어깨를 늘어뜨린 김정은이 눈을 치켜떴다.

"누구 소행이야?"

"지금 확인 중입니다."

그때 방 안으로 김여정이 들어섰다. 손에 핸드폰을 쥐고 있다.

"대통령이세요."

다가온 김여정이 핸드폰을 내밀면서 말했다.

방 안이 조용해졌고 김정은이 핸드폰을 귀에 붙였다.

"각하, 접니다."

김정은이 말했을 때 이광의 목소리가 울렸다.

"나를 노리는 자폭 테러범이 접근했습니다. 몸에 엄청난 위력의 폭탄을 두르고 있었던 것 같습니다."

"괜찮으십니까?"

"영빈관에서 3백 미터 지점에서 폭발했습니다. 영빈관에서는 10여 명의 부상자만 발생했습니다."

"이놈들이 발악을 하는군요."

김정은이 말을 이었다.

"다행입니다, 각하."

"내일 전인대에는 지장이 없을 겁니다."

이광이 그렇게 말을 맺었다.

"특공대원 중 한두 명의 소행이오."

정보국장 장평이 말하자 위복은 어금니를 물더니 앞에 앉은 류홍을 보았다.

"사령관, 현장을 내일 아침까지 정리하세요."

"날이 밝기 전에 끝냅니다."

류홍이 굳은 얼굴로 말을 이었다.

"그놈이 12초소의 검문을 받고 자폭한 것 같습니다."

베이징관구 사령관인 류홍이 전인대 경비의 실무 책임자다.

그때 해방군 총참모장 부소가 입을 열었다.

"이미 대세는 결정되었습니다. 강아지 한두 마리가 날뛴다고 해도 거스를 수 없습니다."

이제 내일로 전인대가 다가온 것이다.

오전 9시 반.

전국인민대표자회의가 개최되었다.

인민대회당에는 11,000명의 대의원이 집결했고 일사불란하게 대회가 진행되었다.

대회 의장은 전국인민대회 상임위원장을 겸하고 있는 총리대행 리찬수다.

리찬수가 안건을 상정했다.

1. 중국은 자본주의 체제의 자유민주국가로 개조된다.
1. 공산당을 해체하고 자유당과 신공산당 양당 체제로 운영된다.
1. 정치국 상임위원에 남한 대통령 이광을 임명, 자유당 당수 겸 대표 상임위
   원으로 중국을 통치한다.
1. 신공산당 당수는 상무위원 리찬수다.

순서 없이 상정한 4개 안건은 30분 만에 만장일치로 통과되었다.

리찬수는 이 안건을 정치국 예비위원회로 상정하면서 선언했다.

"이 안건을 마지막으로 전인대는 각 지역별 국회로 개조됩니다."

전인대가 사라지게 되는 것이다.

정치국 예비위원 177명 전원의 찬성으로 4개 안건이 통과된 것은 1시간 후인 오전 11시경이다. 이 안건은 다시 정치국 후보위원회에 상정되었다.

예비위원회에서는 정치국 상임위원 7명의 결원도 보충했는데, 이광, 원정, 부소 셋이 추가되었다. 그래서 기존의 넷인 김정은, 위복, 리찬수, 왕후닝까지 합쳐서 7명이다.

이 안건이 다시 후보위원회에 넘겨졌을 때는 오후 3시경이다.

후보위원 20명은 다시 만장일치로 4개 안건과 상임위원 3명의 선정을 의결했다. 이제 상임위원 7명이 확보되었다.

오후 5시.

상임위원, 후보위원이 모인 최고위회의.

중앙에 앉은 사내가 이광이다.

이광이 입을 열었다.

"급격한 개편은 부작용이 나옵니다. 그러니 점진적인 개혁, 개편 작업을 해야 됩니다."

이광이 부드러운 시선으로 위원들을 둘러보았다.

"포용하는 자세로 체제를 바꾸는 것이지 공산당을 말살하는 것은 아니오."

대세는 굳어졌다.

15억 인민의 지지를 받는 상황이다. 무혈 혁명이 일어났다.

"됐나?"

오벌룸에 다섯이 둘러앉았을 때 부시가 대뜸 물었다. 누구를 지적해서 물은 것도 아닌데 국무장관 마이클이 대답했다.

"예, 됐습니다. 이광이 국가주석이 되었습니다. 최고 통치자가 된 것이지요."

"갓."

한숨을 쉰 부시가 흐려진 눈으로 넷을 둘러보았다.

오벌룸에는 왼쪽에서 CIA 부장 매크레인, 안보보좌관 선튼, 비서실장 메디슨, 그리고 마이클까지 넷이 앉아있다.

"그럼 앞으로 어떻게 되는 거야?"

부시가 다시 물었을 때 이번에는 매크레인이 입을 열었다.

"체제를 바꾸는 작업을 시작할 겁니다."

부시가 고개만 끄덕였다.

오늘 회의는 중국의 전인대 결과를 보고받으려고 소집한 것이다.

그때 부시가 고개를 들었다.

"가능성은?"

이번에는 선튼이 입을 열었다.

"어젯밤 이광 씨 저택 근처에서 자살폭탄 테러가 있었지만, 중국은 이광이 통치하게 될 것 같습니다."

부시가 숨을 골랐고 선튼의 말이 이어졌다.

"이광은 인민들의 전폭적인 지지를 받고 있습니다. 공산당원 대부분도 이광에게 호의적입니다."

"군과 공안은 모두 장악하고 있나?"

그러자 매크레인이 대답했다.

"그렇습니다, 각하. 이미 장악했습니다."

그때 입을 다문 부시가 의자에 등을 붙이더니 길게 숨을 뱉었다.

"아시아의 주인이 바뀌었군."

"각하, 코리아가 아시아를 석권한 것입니다."

매크레인이 말을 이었다.

"그리고 코리아는 여전히 미국의 동맹국입니다."

"그렇군."

부시의 얼굴에 쓴웃음이 번졌다.

"이제 이광이 미국 대통령과 동급이 된 것 같군."

둘러앉은 셋은 입을 열지 않았고 부시도 말을 잇지 않았다.

이광의 위상이 미국 대통령보다 높아질 가능성도 있었기 때문이다. 그것을 모두 의식하고 있다.

베이징.

이화원 서북쪽 주택가는 고관들의 저택이 많다. 그리고 그 북쪽에는 숲에 싸인 대저택이 호숫가에 세워져 있다.

바로 모택동의 별궁이다.

별궁은 숲에 둘러싸여서 내부가 밖에서는 보이지 않았는데 본채와 3개의 부속채로 나뉘었다. 1만 5천 평 대지에 경비병 2백여 명을 상주시킬 수 있는 규모로 지금은 이광이 숙소로 사용하고 있다. 전인대가 끝나고 대표 상임위원이 되고 나서 이곳으로 옮겨온 것이다.

오전 10시 반, 본채 2층 응접실에 앉아있는 이광이 안으로 들어서는 리찬수를 보았다.

"어서 오시오."

자리에서 일어선 이광이 웃음 띤 얼굴로 리찬수를 맞는다.

전인대가 끝난 지 일주일이 지났다. 그 일주일 동안 대륙에 격변이 일어났다. 일단 공식적으로 공산당과 당 조직이 해체되었다. 그리고 신공산당이 신설된 것이다. 그 신공산당의 당수가 리찬수다.

이광은 자유당 당수를 겸하면서 중국의 대표 상임위원이다. 중국의 실질적인 통치자인 것이다.

인사를 마친 둘은 마주 보고 앉는다. 배석자는 대표의 비서실장 안학태뿐이다.

그때 리찬수가 입을 열었다.

"오늘 조직개편 발표를 합니다."

체제를 대통령제로 하고 입법부, 행정부, 사법부로 나누어진 3권 분립 체제인 것이다.

그동안 이광과 김정은, 리찬수, 위복 등 상임위원 7명이 만든 조직이 이것이다. 아직 입법부 구성은 안 했지만, 군과 행정부 통수권자인 대통령은 이광이고, 각료 인선도 끝냈다.

그것을 오늘 발표하는 것이다. 그 발표자가 총리로 임명된 리찬수다.

탁자 위에 놓인 발표문을 든 이광이 고개를 끄덕였다.

"국민들이 호응해줘서 다행이오."

"저도 놀랐습니다."

쓴웃음을 지은 리찬수가 이광을 보았다.

"특히 기업인들, 영세 상인들은 새 정부를 적극적으로 받아들이고 있습니다."

"중국에 새 체제가 필요했어요."

"그 시기가 된 것이지요."

고개를 끄덕인 리찬수가 말을 이었다.

"새로운 국가가 탄생하는 것입니다."

오늘 리찬수는 정부 개편과 함께 새 국호를 발표한다.

바로 한국, 코리아다.

중화민국, 차이나(China)가 대한민국, 코리아(Korea)로 개명되는 것이다.

홍콩.

지엔사쥐의 해산물 식당 안, 식당 주인 양문서가 마침 찾아온 생선 납품업자 마진과 함께 시국을 이야기하는 중이다.

"이제는 홍콩이 옛날로 돌아간 것이나 같다."

양문서가 떠들썩한 목소리로 말했다.

오전 11시 20분.

식당 안에는 손님이 10여 명 있었지만 양문서는 상관하지 않는다.

"다시 좋은 세상이 되는 거지. 내가 죽기 전에 새 세상을 맞다니, 꿈을 꾸는 것 같다."

양문서는 65세, 홍콩 반환 전부터 해산물 식당을 해왔다.

마진이 고개를 끄덕였다.

마진은 38세, 톈진에서 홍콩에 온 지 10년. 그동안 공안에 두 번이나 잡혀가 고생을 했다. 데모를 했기 때문이다.

"납품업자들도 만세를 부르고 있어요. 이제 세상이 변했다는 걸 모두 알고 있으니까."

"오늘 정부 개각 발표가 있다지?"

벽시계를 본 양문서가 기대에 찬 표정으로 말을 이었다.

"요즘은 매일 뉴스 보는 것이 즐거워. 내 인생에서 이런 때는 처음이야."

오후 12시 반.

점심시간을 이용한 발표다. TV에 나온 리찬수가 정부 조직을 발표하고 나서 잠시 뜸을 들였다. 5초쯤의 침묵.

그 순간 시청자들의 시선이 모였다. 전 중국 대륙, 그리고 남북한 국민들이 모두 TV를 쳐다보고 있다.

이곳은 서울 서교동의 순대국 식당 안, 점심시간이어서 식당은 손님들로 가득 차 있다.

그때 리찬수가 입을 열었다.

"친애하는 인민 여러분, 오늘부터 중화민국 국호를 대한민국으로 변경합니다. 앞으로 CHINA를 KOREA로 바꾸는 것입니다. 오늘부터 여러분은 KOREA 인민입니다. 위대한 KOREA 인민으로 새 체제에서 살아가게 되시는 것입니다."

식당 안이 갑자기 조용해졌다.

밥을 먹던 사람도 수저를 든 채 움직이지 않는다. 종업원도 우두커니 TV를 응시한 채 서 있다. 모두 숨만 쉬고 있다.

그때다.

누군가 손뼉을 쳤다.

"투덕, 투덕, 투덕."

그러자 서너 명이 따라서 손뼉을 쳤다. 그러면서 굳어졌던 얼굴이 슬슬 풀렸다.

그때 40대의 식당 주인이 두 손을 번쩍 들고 소리쳤다.

"대한민국 만세!"

"만세!"

손님 두어 명이 따라서 만세를 부르자 식당 안은 환성으로 뒤덮였다.

"코리아!"

외침이 일어났다.

"아, 코리아!"

노래처럼 누군가 따라서 소리친다.

축제다.

그 장면을 김정은이 선양의 관저에서 보고 있다.

조금 전에 발표한 조직 개편에서 김정은은 동북3성과 남북한을 포함한 조선성의 성장이 되었다. 중국, 아니 대한민국의 최대 성(最大 省)이다.

대한민국(大韓民國)은 대한민국(大漢民國)으로 한자 하나만 바뀌었다.

CHINA는 KOREA다.

"잘 되어가네요."

옆에서 TV를 보던 김여정이 입을 열었다.

"눈물이 나요."

고개를 돌린 김정은이 김여정의 눈에서 흘러내리는 눈물을 보았다.

"우리가 중국을 통일한다니요."

"그렇구나."

"북남이 손잡으면 이렇게 돼요."

"우리가 만들었어."

"오빠도 역사에 기록될 거예요."

"난 역사 같은 거 상관없어."

그랬다가 김정은이 얼굴을 펴고 웃었다.

이광의 후계자는 김정은인 것이다. 지금도 거대한 조선성의 성장으로 남북한, 동북3성의 통치자가 되어있지 않은가.

"여기 어때?"

정민아가 묻자 이동욱이 주위를 둘러보는 시늉을 했다.

오후 2시 반.

이곳은 한국 동해안이다. 고성 위쪽의 명사십리가 내려다보이는 바닷가.

"경치는 좋은데."

이동욱이 고개를 돌려 정민아를 보았다. 지금 둘은 별장을 지을 장소를 찾는 중이다.

그때 이동욱이 말했다.

"우리 좀 더 찾아보는 것이 낫지 않을까? 우리나라가 더 커졌잖아?"

〈끝〉